三日月が新たなるまで俺の土地！

マイナー武将「**新田政盛**」に転生したので野望MAXで生きていきます

登場人物紹介

新田盛政《にいだもりまさ》

吉松の祖父。歴戦の猛将で、臣下の信も篤い。吉松の後見人役であり、よき理解者。

新田吉松《にいだよしまつ》

本作の主人公。のちに政盛。新田家当主。現代のある企業の80歳の会長が転生した。

春乃方《はるのかた》

吉松の母親。新田行政の妻。はかなげな印象の美人。

輝夜《かぐや》

吉松の3歳上の姉。男勝りの活発な性格。周囲が吉松に一目おく中、唯一子どもとして扱っている。

アベナンカ

アイヌ民族と和人のミックスの女性。吉松の侍女で、輝夜の遊び相手。

吉右衛門《きちえもん》

新田家譜代の家臣として取り立てられた吉松の腹心。温厚篤実で仁義に篤い性格。

南部晴政《なんぶはるまさ》

第24代三戸南部氏当主。「糠部の虎」と畏れられる一代の傑物。

金崎屋善衛門《かなさきやぜんえもん》

北日本の物流によって利を得ている商人。吉松からは「銭衛門」と呼ばれている。

目次

プロローグ・**建武元年**（西暦一三三四年）―― 11

第　一　章・**宇曽利郷《うそりのかう》** ―― 14
第　二　章・**独立勢力への途** ―― 76
第　三　章・**初陣** ―― 134
第　四　章・**津軽へ** ―― 187
第　五　章・**やませの襲来** ―― 249
第　六　章・**一所懸命** ―― 287

後書き ―― 342

編集協力・おぐし篤

プロローグ　建武元年（西暦一三三四年）

昨日から雪が降っている。霜月（旧暦一一月）の津軽は寒い。兵たちの疲労も溜まっている。今年の戦はここまでであろう。

「疾如風、徐如林、侵掠如火、不動如山」

先代より受け継がれた軍旗が靡《なび》く。この旗の文字にある通り、疾風の速度でここまで来た。それはまるで、この旗を掲げる男の生き方そのものであった。

「殿、北条の残党はほぼ片付きました。これで津軽は統一したも同然。速やかに鎮守府にお戻りになられたほうが宜しかろうと存じます」

「そうだな。だがその前に、外ヶ浜を見ておきたい。この日ノ本の果てをな」

一見すると女性にも見える美貌の若者が、屈託のない笑みを浮かべてそう返した。実際、彼を衆道の対象として見る者たちもいる。髭の濃い益荒男たちの中で、色白で華奢にすら見えるその男は、存在からして浮いていた。

だが、その地位と実績は決して侮れるものではない。史上最年少で参議となり、齢一七歳で従三位の地位にある。そして今回の津軽平定で、従二位鎮守府大将軍に就くことがほぼ確定している。戦えば必ず勝つ。神懸り的な強さを持つこの若き主君に、家臣たちの誰もが心服していた。

軍を率いて津軽の東、外ヶ浜と呼ばれる地に向かう。北に広がる水平線を見つめ、若者は目を細めた。都から鎮守府のある多賀城まで僅か一月。日ノ本の果てと呼ばれる外ヶ浜でさらに一月。この世が、こんなに狭いわけがない。海の向こうにある広大な世界に想いをはせた。

「ここが外ヶ浜、日ノ本の果てか……」

「御意。雄朝津間《おあさつま》稚子宿禰天皇《わくこのすくねのすめらみこと》の頃、善知鳥《うとう》中納言安方《やすかた》公が此の地に流されて以来、ここは善知鳥と呼ばれております。この海の向こうは日ノ本の外。糠部《ぬかのぶ》よりさらに北にして、宇曽利《うそり》と呼ばれる地があるとか……」

「だがその地にも、人はいるのであろう？」

そう問われた家臣は黙って一礼した。主君は宮中において微妙な立場にある。その才を高く評価される一方で、あまりに秀で過ぎた才により、他者には理解されない点もあるのだ。その一つが人に対する考え方である。主君にとっては公家も武士も名もなき民も、さらには蝦夷《えみし》の民すら等しく「人」なのである。鎌倉から一五〇年、武士が政事《まつりごと》を行うようになった。だが流浪する民は減るどころか増えている。そこかしこに野盗が横行する中、力のある武士が守る領内のみが、僅かに安寧の土地となっていた。主君はそれを大いに憂慮されている。だがどうすれば良いのか、答えがない。

「いつの日か、誰かが立ち上がるであろうな。人は誰もが懸命に生きている。このままでは生きられぬとなれば、ましてそれが一部の者たちによるものであれば、それを変えようと団結し、蜂起し、今の体制を打ち倒そうとするだろう。そしてそうした動きは往々にして、都のような権力が集まる場所ではなく、こうした外れから起きるのだ。かつての将門公のようにな」

「殿。それは……」

独立勢力として蜂起し、日ノ本を変える。日ノ本開闢《かいびゃく》から二〇〇〇年の歴史において、それを成し遂げた者はいない。平将門ですら失敗した。だがこの若き天才であれば……

「私では無理だ。私には、新たな日ノ本の姿が見えぬ。それではただ、混乱が起きるだけであろう。だがいつの日か、誰かが、今とはまったく違う日ノ本の姿を描き、それを成すやもしれぬ……」

若き天才、北畠《きたばたけ》陸奥守《むつのかみ》顕家《あきいえ》は、そう呟いて外ヶ浜から海を眺めた。その眼差しは少し寂しげで、そして遠い未来を見通しているかのようであった。

第一章　宇曽利郷《うそりのかう》

「どうじゃ。吉松《よしまつ》の様子は……」

闇の中で声が聞こえた。話し方が前時代的すぎると思いながら、瞼を少し上げる。額に冷たいものが押し当てられた。それが手だと気づくまで、数瞬を要した。

「お熱は下がり、脈も落ち着き始めています。峠は越えたかと」

「そうか、そうか」

髭面の男が覗き込んでくる。誰だお前は？　思わず声を出しそうになったが、うぅと呻くだけで精いっぱいであった。自分の記憶では、新型ウィルスに感染して自宅待機中だったはずだが……

身体が疲弊しているのだろうか。手すら動かせない。再び瞼を閉じる。意識はそこで途切れた。


夢を見ていた。ある男の一生だ。その男は若い頃から反骨精神が旺盛で、他人の言うことを唯々諾々と受け入れることができない男だった。手に職を付けて自分で会社を立ち上げる。そのために建築会社に入った。厳しい親方に扱《しご》かれながらも、男は確実に技術を修得し、一〇年の実務経験を経て専任技術者の資格を得て独立した。その頃は『列島改造論』なる本が売れていた時代だった。建築の仕事は山ほどあった。男は経営にも優れていた。小さな工務店は日本経済と共に成長し、県内でも有数の住宅メーカーとなっていった。

息子に会社を継がせて会長に退くと、暇な時間を見つけては小説を貪り読み、そして自分で書き始めた。歴史モノが好きだった男は、やがて地元である「陸奥《むつ》」の歴史に目を付けた。「三日月の丸くなるまで南部領」といわれたほどに広大な領土を成した南部晴政などは、男にとって格好のネタであった。自分がこの時代を生きたらどう生きるか。そうしたことを夢想しながら、ライトノベルと本格歴史小説の中間のような小説を書いたりしていた。

やがて八〇歳近くになり、会長職も辞して地元を散策する日々を送る。そんな中、男は世界的な流行病に罹患してしまった。

（そして気が付いたら、戦国時代に転生していました。ハハハ……）

数え年で二歳、つまり満一歳の吉松は、ヨタヨタと屋敷内を歩いた。この屋敷は、後世においては焼失している。むつ市田名部川沿いの代官山公園にあった「田名部館《たなぶだて》」であった。偶然、田名部川という名前を聞いたので、おそらくはそうだろうと推測している。

（兄の名は幼名で久松。いまは養子に出ているそうだ。おそらくは八戸政栄《まさよし》。一七代当主の八戸勝義が死んで政栄が一八代になるのが一五四八年だから、つまり俺は……）

考え事をしていると、グイと襟を引っ張られた。そしてスッポリと後ろから抱きつかれる。姉の輝夜《かぐや》であった。

「御父様《とと》、御爺様《じい》が戻ってくるわ。御行儀よくなさい」

(新田《にいだ》家に娘がいるとは知らなかった。いや、いても不思議ではないが……)

姉の輝夜は自分よりも三歳年上で、いま五歳である。姉ぶって色々と自分に構ってくるのが鬱陶しく思うこともあるが、年下扱いをされることなど前世を入れて数十年ぶりである。その新鮮さに思わず身をゆだねてしまった。

「あらあら、吉松は甘えん坊ですね。滅多に泣かないというのに……」

母親の春乃方に頭を撫でられる。気恥ずかしく思いながらも、齢二歳では何もできない。母親と姉に良いようにされながら、吉松はムッツリとしていた。

ドンドンと足音が響く。父親が帰ってきたのだ。だが足音が複数ある。母親と姉は畳に正座する。吉松も同じように座らされた。

「いま戻ったぞ。大勝利じゃ!」

ガラリと襖が開き、真っ白な髭を生やした老人が入ってくる。それに父親が続いた。母親に引っ張られる形で、吉松は床に手をついた。

「殿、御義父上様、おめでとうございます」

「おめでとうございます。御父様」

母親と姉が共に手をついて祝辞を述べる。吉松もそれを見習って、声を発した。

「お、おめでとうごじゃいましゅ」

嚙み嚙みながら挨拶する。まだ幼過ぎて滑舌が悪い。だが二人はピタリと止まった。隣りに座る母親の春も姉の輝夜も、吉松をまじまじと見ている。

「おぉおっ！　喋ったぞ！　ずっと黙っていた吉松が、ようやく喋りおった！」

「しかも最初の言葉が〝おめでとうございます〟じゃ！　なんと目出度い！　宴じゃ。今宵は大いに飲むぞ！」

男たちが喜ぶ中、姉の輝夜はさらに喋らせようと「輝夜、輝夜よ」と吉松に何度も名前を言う。母親は嬉しそうに吉松の頭を撫でた。だが吉松は黙ったまま、騒ぐ彼らを眺めていた。その眼差しは、冷徹なほどに冷めていた。


天文一七年（一五四八年）初夏、嫡男のいなかった第一七代八戸氏当主の勝義は、庶流であった新田行政《にいだゆきまさ》の長男、新田政栄《まさよし》を養子に迎える。そしてその直後、勝義は死去する。政栄は齢六歳で第一八代八戸氏当主となった。無論、これには裏がある。

南部氏は鎌倉時代から続く清和源氏の一家系だが、第四代当主の南部師行《もろゆき》が、南朝の公家である北畠顕家に従って「根城南部氏」を立てたところから、八戸氏は始まる。やがて三戸南部氏も支流として誕生するが、南朝の衰退とともに根城南部氏の力も相対的に弱まり、三戸南部氏が台頭する。

歴史の定説では、第二三代三戸南部氏当主南部安信が津軽地方を平定し、弟の石川高信に統治を任せると、五戸地方、毛馬内城（現在の秋田県鹿角市《かづの》）などに弟たちを配置し、津軽と陸奥の完全平定を目指したとなっている。石川高信については弟ではなく次男という異説もあるが、安信は三戸南部氏の「戦国大名化」を成し遂げたと言っても過言ではない。

第二四代三戸南部氏当主南部晴政は、父親の意志を受け継ぎ、陸奥に残された目の上のたん瘤を除去しようと画策した。それが「八戸南部氏の乗っ取り」である。衰えたとはいえ、八戸南部氏は南部師行から続く南部氏宗家である。その力は決して侮れるものではなかった。

そこで晴政は、八戸南部氏の庶流に眼をつけた。蠣崎蔵人《かきざきくろうど》の乱以降、田名部《たなぶ》湊を中心に三〇〇〇石を領していた「新田氏」に調略を仕掛けたのである。一五四八年、八戸南部氏の居城である「根城」において、南部晴政、新田盛政《もりまさ》、新田行政の三者は、嫡男のいなかった八戸勝義を排除し、行政の長男である新田政栄を「八戸政栄」としてしまったのだ。

（これについては史料も少なく、当時の情勢からの憶測でしかなかったが、話を聞く限りはやはりといったところか……）

「久松（政栄の幼名）は根城にて八戸当主となる。儂も後見として根城に入る」

父親である行政が、自分たちの謀略を自慢げに話す。エゲツナイものだと思いながらも、この時代ならその程度は当たり前かと納得する吉松であった。

「喰うか、喰われるか……」

ボソッと呟いた言葉を祖父である盛政は聞き逃さなかった。

「ほう。齢二歳にしてそのような言葉を口にするか。誰から教わった？」

「自然と出てきました」

吉松としてはそう答えるしかない。胡蝶の夢と返しても良かったが、気が狂ったと思われるのが怖かった。盛政は二度頷いて破顔した。

「そうじゃ。その通りじゃ！　新田家は八戸家を喰らった。北の蠣崎、南の斯波、安東。右馬助《うまのすけ》様(南部晴政のこと)はさらに喰らうであろう。吉松は今日より、新田家嫡男じゃ。立派に成長して、父を支え、兄を支えるのじゃぞ？」

盛政の言葉に頷くのを確認し、父親の行政は妻に顔を向けた。

「今後、吉松は新田家の嫡男として、親父殿が後見する。久松は幼くとも八戸当主、根城において厳しく育てねばなるまい。其方らはこの田名部に残るがよい。いずれ久松にも会えよう」

「はい……」

少し表情を暗くしながら、春乃方は頷いた。兄である政栄は齢六歳である。まだまだ母親に甘えたい盛りであろう。だが八戸氏当主となれば、幼年から男たちの手によって育てられる。

「父上。つまり今後は、兄上とは呼べぬということですか？」

「公の場では、殿と呼ばねばならぬ。その辺はおいおい、学んでいくがよい。それにしても、これまでは唖《おし》かと心配するほどに口を開かなかったのに、いざ喋り始めると吉松は賢《さか》しいな。その話しぶりは、とても子供とは思えぬ」

「うむ。これから新田は大きくなる。その嫡男がこれほど賢いというのは、心強いことじゃて」

「……病で寝ている時に、夢の中で誰かに会ったような気がします。目覚めて以来、自分でも不思議なほどに、知恵が、言葉が湧いてくるのです」

「むぅ……生意気よ」

姉に小突かれながら、吉松は適当な言い訳をした。この時代の人々は迷信深い。不可思議なことでも適当な言い訳で、案外納得してしまうものだ。案の定、目の前の中年と老人は頷いた。

「それは、あるいは三郎様（南部氏開祖）やもしれぬな。六家に分かれし御家が、再び一つに纏まろうとしておる。その力になれと仰せなのやもしれぬ」

そう呟き、新田行政は盃を呷った。


天文一七年（一五四八年）、本州最北にある新田領田名部館では、短い夏を迎えていた。吉松は新田氏嫡男となったが、傅役《もりやく》はいない。兄である新田政栄が八戸政栄となったため、父親や主だった重臣は、根城（現在の八戸市）に遷った。田名部館からは直線距離でも一〇〇キロ近くあり、道が整備されていないこの時代では、移動に五日を要する。

（大湊から野辺地まで船で陸奥湾を縦断し、小川原湖を左手に見ながら南下する道でおよそ四日、万一にも陸奥湾で船が沈んだら確実に死ぬな。夏は良いが、冬になればこの田名部は完全に閉ざされる。なるほど。蠣崎蔵人の乱以降、この地が平穏だったわけだ）

新田氏は田名部三〇〇〇石を領しているが、その領地は曖昧だ。北西にすでに廃れている天台宗恐山菩提寺の領があるが、逆を言えば勢力はそれくらいである。野山と森林、原野が広がるだけだ。恐山菩提寺は、比叡山とは違って腐敗はまったくしていない。というよりも天台宗の菩提寺としては廃れてしまっており、田名部にある曹洞宗の寺が菩提寺の代わりとなっている。いずれにしても、本州最北の木もロクに生えていないような山に籠って修行するなど、並の覚悟ではできない。比叡山や本願寺の生臭坊主どもとは出来が違う。陸奥は、冬になれば屋根に届くほどに雪が積もる過酷な環境だ。あまりにも過酷すぎて、野盗すら出ないほどだ。

（だがそれだけに、開拓に成功すれば途方もない利益を生み出す。まずは衣食住を整えることだ。何をさておいても「食」だな）

「何を考えておるのじゃ、吉松よ」

田名部館から陸奥湾を眺めていると、祖父である新田盛政が声を掛けてきた。盛政は、蠣崎蔵人の乱で活躍した八戸政経《まさつね》の子である。八戸政経はもともと新田清政の子で、第一三代八戸当主となった。つまり新田家が八戸家を継ぐことは、今回が初めてではない。南部氏は鎌倉時代から陸奥に深く根付いてきたのだ。

「御爺。俺はこの田名部を豊かにしたい。そのためには手足となって動いてくれる者が必要だ。俺はまだ二歳、とても力仕事はできぬ。誰か付けてくれぬか？　できれば文字が読める者を……」

「であれば、吉右衛門が良かろう。槍も太刀も駄目な男だが、その分、頭は良い奴よ。それで、何をするのじゃ?」

「まずは米だ。この田名部でも稲作は行われているが、ロクに収穫できぬ。夏であっても寒いからの。ならばこの地に相応しい米作りをせねばならぬ。だがもう夏だ。まずは今年の収穫に向けた準備をするとしようか。鍛治《かなち》と番匠(大工のこと)に会いたい」

この時代の人間は保守的である。先駆的な取り組みを嫌がり、昔からのやり方に固執する。だが効果があると解ればすぐに乗り換える。鉄砲が爆発的に普及したのはそのためだ。

「御爺様、綺麗な貝を見つけました!」

姉の輝夜が浜辺で燥《はしや》いでいる。祖父の盛政は破顔して輝夜のところに向かった。これでいい。自分には傅役も後見する祖父すらも必要ない。姉がいれば、祖父も母も姉のほうの面倒で時間が取られる。その間にこの田名部を、そして新田家中を自分の色に染め上げる。

(まず三年だな。三年でこの田名部を劇的に成長させる。その後は……)

外見はどう見ても幼児なのに、海を見つめるその瞳には凄まじい野望が渦巻いていた。


父親の新田行政は、八戸氏本拠である根城(現在の八戸市)で暮らしている。そして新田家の嫡男である吉松(後の新田政盛)は、陸奥湾に面する田名部領(現在のむつ市)において、祖父である新田盛政を傅役とし、嫡男としての教育を受けることになった。

田名部領は三〇〇〇石だが、これは「禄高」でありすべてが領主のモノになるわけではない。新

田家では代々「五公五民」の徴税をしているため、半分の一五〇〇石が新田家に入る。この中から家臣の俸給を出さなければならないし、日々の生活費も賄う必要がある。

「つまり貧しいのだな？」

新田家に残された文官、吉右衛門から説明を受けた吉松は、およそ二歳児とは思えぬ姿勢でそう返した。田名部館の広間にて当主として座っている。横には肘を載せる脇息があるが、身体が小さいため使えない。肘よりも顎が載りそうなほどであった。

吉松の言葉に盛政と吉右衛門は失笑した。確かに豊かではない。だが新田家はかなり恵まれている。津軽から陸奥を領する南部家の一門であるばかりか、鎌倉から続く南部氏の「宗家」から分かれた家柄なのだ。今でこそ三戸南部氏が宗家となっているが八戸家も新田家も、この陸奥においては隠然たる勢力を持っており、南部右馬助晴政に次ぐと言っても良いだろう。その分、戦においては兵を出さなければならないが、それは家を大きくする機会でもあるのだ。

盛政がそう答えると、吉松は首を振った。

「そういう意味ではない。田名部の民を見ろ。皆、痩せておる。着る物も貧相で家も襤褸ではないか。冬になれば寒風も入ってこよう。娘を売りに出す家すらあると聞く。これのどこが豊かなのだ？　一所懸命こそ武士の誉れというが、ただ土地を守るだけなのか？　そこに生きる民のことは考えぬのか？　ならば武士など、民の生き血を吸う藪蚊と同じではないか」

二歳児が真剣な眼差しを向けてくる。盛政は思わずカッとなった。童《わらべ》に何が解るのか。蠣崎の乱が起きる前までは、この田名部には北部王家が御座し、それなりに華やかであった。だがあの乱によって大きく衰退した。それを立て直したのは自分であり、倅の行政なのだ。

「若様、言葉が過ぎますぞ」

吉右衛門がそう窘める。だが吉松の言うことに間違いはなかった。確かに新田家は恵まれている。しかし田名部の民は決して豊かとはいえない。ここは日ノ本の北限、この地から北は蝦夷の領域なのだ。温暖な南の地とは暮らしぶりが違うのは仕方がない。だがそれを言い訳にしてはならない。領主であれば、領民を守るために心を砕かなければならない。それが「一所懸命」の本分なのだ。

「そうだな。確かに言い過ぎた。二人とも済まぬ。御爺、俺はこの田名部を豊かにするぞ。三年だ。三年だけ、俺のやることを見守ってくれ」

「……解った。お前の好きにするがよい」

これが本当に二歳児の言葉なのか。盛政も吉右衛門も、背中に汗が流れるのを感じていた。


「若様、鍛師の善助と番匠の佐助が参りました」

吉右衛門が、田名部で鍛冶師として働いている善助と大工の佐助を連れてきた。田名部館は「館」といっても所詮は「北端の砦」に過ぎない。畳などあろうはずもなく、板張りの床に胡坐で座るのが普通だ。吉松は平伏する二人の男たちの前に立ち、そのままストンと座った。

「二人ともよく来てくれた。俺が新田《にいだ》吉松である」

「「ははっ」」

齢二歳の子供に、中年の男二人が頭を下げる。内心では迷惑と感じているのは、側仕えの吉右衛門でさえ感じていた。当然、中身だけは人生経験豊かな老人の吉松も、二人の心情はとっくに察している。だがそれは噫《おくび》にも出さない。たとえ二歳児とはいえ、当主代理として田名部を預かっているのだ。経営者として人を使うならば、最初が肝心である。

「二人に作ってもらいたいものがある。吉右衛門」

吉右衛門がスッと前に出て紙を差し出す。希少品だが、他者に指示するには紙が一番であった。二人は紙に眼を落とし、互いの顔を見て、そして吉松に視線を向けた。説明を待っているのである。

「善助と佐助には、それぞれ三つを作ってもらいたい。期限は半年だ」

それは農具や建材、そして燃料であった。「足踏み式脱穀機」「搾油機」「井戸用手押しポンプ」「煉瓦」「コンクリート」「炭団《たどん》」である。紙にはそれぞれの作り方や設計図が描かれている。設計図さえあれば、いずれも戦国時代で再現可能なものだ。

「まずは足踏み式脱穀機と煉瓦、そして炭団だ。脱穀機があれば刈入れ時に人手が余る。彼らは煉瓦や炭団作りに参加してもらいたい」

「若様のご指示とあれば取り掛かりますが、これは一体……」

善助と佐助、さらにはこの紙を代筆した吉右衛門まで首を傾げている。この質問は予想していたので、吉松に焦りはなかった。

「田名部を豊かにするための道具だ。実は夢の中に、さる方が現れてな。いろいろと教えていただいたのだ。これらがあれば、田名部は飛躍的に豊かになる」

「さる方？」

「これ以上は聞くな。いずれにしても、その紙があれば作れるだろう。まずは騙されたと思って試作してみてくれ。たとえできなくても、責を問うことはせん」

二歳児とは思えない言葉遣いに眼を白黒とさせながら、二人の匠は頷いた。


「鍛師と番匠を呼んで、なんぞ指示したそうじゃの？」

「うむ。今年は既に田植えも終わっている。実際に動くのは来年からだ。だができることはある。まずは冬をどう越すかだ。そのための道具を作ってもらっている」

当主である新田行政が根城にいる以上、この田名部は自分が切り盛りしなければならない。新田家嫡男の祖父である盛政はそう思っていた。だが嫡男の吉松はそんな自分を飛び越えて、田名部を根こそぎ作り変える勢いで動いている。これが本当に齢二歳の幼児なのか。神童などというものではない。まるで鬼神、怪物の類に思えた。

（じゃがそれでよい。当主たる者、多少畏れられるほどでなければならぬ。周囲に見透かされるようでは、いずれは足元を掬われかねぬからの）

「御爺、聞きたいことがある。これはここだけの話にして欲しい。父上にも内緒だ」

吉松が声を潜めた。そして貌に影が差す。その様はとて幼児のものではない。

「なんじゃ？　悪巧みか？」

「似たようなものだがな。もし、新田家が八戸、そして南部より強くなったら、どうする？」

そう問われ、盛政は吹き出しそうになり、次にゾッとした。これが、二歳児が問いかけることであろうか。顔を見ると、吉松の瞳には強い力が込められている。本気だと感じた。

「……南部家はもともと、南部三郎光行様を祖とする。一戸から九戸、石川、さらには北氏、南氏、東氏まで皆、根は同じなのじゃ。三郎様が平良ヶ崎館を建てられてより三〇〇年、多少の変化はあれど、南部の家は三戸を宗家、根城を分家筆頭として津軽と陸奥を治めてきた。無論、三戸と根城の対立もあった。だが根は同じなのだ。同じ南部家として纏まってきた。右馬助様はそれをさらに強め、糠部、津軽を南部で統一しようとされている。そして皆が、それに心服している」

「なるほど。つまり新田が南部に取って代わることは難しいということだな？」

「……………」

滅多なことを口にするな、とは言えない。なぜなら目の前の二歳児は、自分が口にしている言葉の危険性を十分に理解しているからだ。だから「ここだけの話」なのだ。そしてそれは、子供の戯言よりも遥かに恐ろしかった。

祖父の表情に気づいたのか、吉松はフッと笑った。

「ハッハハッハッ！　御爺、童の戯言だ。忘れてくれ。それはそうと、少し考えていることがある。

崩し字について、御爺の意見を聞きたい」

　話題が変わった。盛政はフッと息を吐いて、そして笑顔になった。


　田名部館の奥座敷で、春乃方と輝夜は貝合わせをして遊んでいた。かつて北部王家が置かれた田名部館には、こうした公家の品々が残っている。笛や箏《そう》などもあり、春乃方は時折、それを奏でていた。だが娘の輝夜は、どちらかというと外で遊ぶことを好んでいる。

「母様《かか》、吉松が遊んでくれないのです」

　娘の愚痴に、春乃方はなんとか朗らかな笑みを返すことができた。だが内心は別である。一時は最悪を覚悟したほどの高熱から回復した吉松は、それまでとはまるで別人になってしまった。かつては御仏の遣いと思えるほどに、純粋な瞳と愛らしい笑顔を浮かべていたのに、今では獣のような猛々しい眼差しをして、田名部中を駆け回っている。口調も仕草もまるで大人で、子供らしさなど欠片もない。鬼神妖魔に取り憑かれたのではないかと思えるほどだ。

（あの子は変わってしまいました。暗闇の中でも爛々と輝く、燃えるような瞳は、何を見据えているのでしょう。そして時折見せる、信じられないほどの悪相。あれはまるで怪物のような……）

「御方様、若様がお越しになられました。お通ししても、宜しゅうございますでしょうか」

「え？　えぇ……構いません」

　トコトコと小さな童が部屋に入ってくる。姉の輝夜はパッと笑みを浮かべて背後から抱きつき、童を抱きかかえた。一瞬、迷惑そうな表情を浮かべるが、姉のしたいようにさせる。表情の変化を正面から見ていた春乃方は、やはりこの子は普通ではないと思った。

「母上、姉上。近頃、忙しくしていたため、お話もできませんでした。お許しください」

「そうよ。吉松はもっと遊ばなきゃダメ！」

「輝夜、吉松は新田の嫡男なのですよ？　そのような態度はいけません」

吉松は新田家の次期当主である。父親の行政に次ぐ第二位の位置にいるのだ。たとえ姉であっても、吉松に対しては丁寧な言葉を使わねばならない。

「構いません。今日は母上と姉上にお願いがあって来たのです」

だが目の前の怪童は、そんな常識など気にもしないようで、姉の腕の中で手を振った。

「田名部では新たな取り組みが始まりました。陸奥漆喰や煉瓦が完成すれば、この冬は楽に越すことができるようになるでしょう。秋の収穫に向けて、新しい道具も試したいと思います。今後数年で、田名部は劇的な変化を遂げるでしょう」

「そ、そうですか。それは良かったですね……」

何を言っているのか、半分も理解できなかったが、春乃方はなんとか返答した。

「ええ。そこで、改革の一環として、食を変えたいと思います。母上には田名部館での食事について、お力添えをいただきたいのです」

つい数ヶ月前まで自分の乳を飲んでいた幼児が、いきなり食事の話をし始める。この子は一体、

なんなのだろうか？　息子の無邪気な話に頷きながら、春乃方の心中は疑念に満ちていた。

田名部の街（といってもこの時代では集落程度である）を見て回る。吉松は幼いため馬には乗れない。祖父の盛政に抱えられるように馬に乗り、そして集落内を歩く。戦国時代の移動手段は、基本的に徒歩である。足腰を鍛えなければ、何もできないのだ。

「この煉瓦というものは面白いですな。若殿に教えていただいた陸奥漆喰（コンクリート）と組み合わせることで、より頑丈な壁を作れまする」

「うむ。家を建てる際の新たな建材となろう。それにこれは熱に強い。炭焼きの窯を作る際にも役立つ。だが気を付けろ。煉瓦は地揺れに弱い。今後、新たな家は必ず筋交いをし、煉瓦と陸奥漆喰で断熱を施すのだ。この冬は一人の凍死者も出してはならぬ」

刈入れまで間もなくという頃、吉松が指示していた「新技術」が少しずつ形になり始めていた。道具の使い方、作り方の手順、さらには図面まで渡したのだ。たとえ戦国時代の職人であろうとも、作れるはずであった。

「搾油機はもう少し掛かりますが、若様が仰られていた石鹸とやらは、熊の脂身から作ることができましたぞ。確かに汚れは落ちますが、些か臭いが強うございますな」

「それについては考えがある。夏泊に椿の森がある。この椿から油を取ることができる」

「ほう、椿か。そういえば聞いたことがあるのう。その昔、宗尹親王《むねただ》が舟遊びをしていた際に、椿の山を見つけたと仰られたことがあったそうじゃ。その後、誰も確認せなんだが、あるのじゃな？」

「御爺、あるぞ。だがなぜ俺が知っているかは聞くな。夢に出てきたと思っておいてくれ」

万葉集にも出てくる日本固有種である椿は、本州夏泊半島の「椿山」が自生北限地である。一万本を超える椿の森は、初夏になれば一斉に花開き、中々に見ごたえがある。

「夏泊の海岸近くのはずだ。どうせ誰も使っておるまい。ならば田名部が有効利用させてもらおう」

この時代に「自然保護」という考え方はない。後世に椿山の名所を残すためにも、椿植林も進めるべきだろう。指示を出しながら、吉松はそう思った。


陸奥《みちのく》の夏は短い。葉月（旧暦八月、新暦九月）になれば、山は色づき始める。平均気温も二〇度を下回り、朝は寒さに震えるようになる。

「若がお考えになられた足踏み式脱穀機ですが、これは凄いですな。これまでの脱穀が遥かに楽になりました。領民も喜んでおります。ご指示通り、空いた時間は狩りや炭薪作りに充てております。冬支度がかなり早くできることから、この冬は無事に越せるかもしれません」

「かもしれません、ではダメだ。必ず無事に越させなければならん。雪かき用の円匙《えんし》も作らせろ。それと煉瓦による壁の補強、断熱も忘れるな」

この時代の人口は、一石でだいたい領民一人である。つまり田名部領の領民はおよそ三〇〇〇人となる。この生産性は明治時代まで続く。その結果、東北地方では身売りや姥捨てが当たり前に存在した。陸奥の自然はそれだけ厳しいのである。

（まずは一人当たりの生産性を向上させる。そして空いた時間に保存食を生産し、煉瓦や石鹸を使って住環境や衛生環境を整える。貨幣経済が遅れているため物々交換となっているが、それは経済が座に支配されていないという利点もある。現在、田名部は閉鎖経済状態だ。いずれは交易船も造らせて、越後、越前との交易も行おう）

「御爺、文官が足りん。何とかならないだろうか」

一通りの指示を終えた吉松は、祖父である新田盛政に相談した。やりたいことは山ほどあるのに、とにかく人手が足りない。だが増やせばそれだけ禄を出さなければならない。根城の八戸氏には父である新田行政がいる。そのツテで文官を借りたいところだが、情報が流れる恐れもある。悩みどころであった。

「吉右衛門は読み書きに算術までできるが、身体は一つしかない。吉右衛門と同程度の人間が欲しい。できれば一〇名以上だ」

「吉松よ、焦るでない。そなたが新田の嫡男となってから、まだ幾月も経っておらぬではないか。もうすぐ冬に入る。正月には行政も戻ってくる。その時に相談してはどうじゃ？」

吉松は腕を組んでしばし瞑目し、そして頷いた。

陸奥の海は豊かである。ホタテは日干しにすれば長く保存できるし、貝殻は焼いて石鹸の材料になる。日干ししたスルメイカは、風味が落ちることを無視するならば、ほぼ永久に保存できる。鰯《いわし》は肥料になるし、煮干しにすれば二年以上は保《も》つ。真鯛、真鱈、平目なども獲れる。

「冬場は網の用意をさせるか。また文官養成のために文字や計算を教えるのも良いな。どうせ皆、暇にしているのだ。時間を有効に使うべきだろう」

雪かきと並行して道を整備する。領民三〇〇〇人の戸籍を整える。歪な田畑を整え、正条植えができるようにするなど、やりたいことは山ほどある。だが一つずつ整えていくしかない。まずはこの冬でやりたいことは「文字の統一」であった。

「今後は新田家では、公式文書では崩し文字を禁じ、すべてを楷書にしたいと思う。また仮名や片仮名なども文字を統一する。具体的にはこれだ」

孫が渡してきた紙を見た盛政は瞠目した。目の前にあるのはいわゆる、五十音一覧表である。これまで崩し文字が当たり前で「なんとなく」で読んでいた書状をすべて楷書に統一する。これには反発する者も多いだろう。

「なぜ楷書なのじゃ？　草書のほうが書きやすく、三戸や八戸のみならず多くの家で使っておるが？」

「草書とは略式文字であろう。だが略し方が人それぞれで、読み手は解読せねばならん。例えば、安東が攻めてきたという火急の知らせをいちいち解読して、なんとなくこう言いたいのだろうで良しとするのか？　私的な日記や個人間の手紙のやり取りならば草書でも良いだろうが、物事を正確に伝える必要がある公式文書では、誰もが同じ文字を使うべきだ。御爺、これは絶対に譲れぬ。たとえ父上と殴り合いになろうとも、必ず押し通すぞ」

孫の真剣な表情に、盛政は苦笑した。新田家当主である新田行政は、根城に入っている。つまり実質的には八戸家の当主なのだ。父親が八戸家を乗っ取り、息子である吉松が新田家を乗っ取る。下剋上とは違うが、新田家は既に吉松が当主となっていた。

「その必要はあるまい。儂からも楷書を使うことを伝えておこう。じゃが吉松よ。正しき文字で統一するならば、そなたはまず漢字を覚えねばならぬぞ？」

喋り方は大人びていても、齢二歳の幼児である。盛政は、この冬から吉松に手習いをさせようと決意した。

「御義父上様、吉松は大丈夫でしょうか？」

冬を迎えたある日、春乃方は義父である盛政に、これまでの悩みを相談した。吉松の口調や行動は異常である。早熟などというものではない。まるで大人が乗り移ったかのようであった。

「もしや、物ノ怪や怨霊に取り憑かれているのでは……」

「そのようなこと、あろうはずがない。其方の杞憂じゃ」

盛政は春乃方の心配など一顧だにしなかった。錯乱した乱暴者になったというのなら別だが、吉松はしっかりとした考えに基づいて、一貫した行動をしている。確かに、その言動は怪物じみているが、それが悪いこととも思わなかった。

（物ノ怪に取り憑かれていようと、別に構わぬ。母親に甘えてばかりの軟弱者と比べれば、遥かにマシじゃわい。吉松ならば田名部を、新田を想像できぬほどに栄えさせるであろう）

盛政から見れば、当主の行政よりも吉松のほうが頼もしかった。行政は南部晴政の掌の上で踊っているだけである。それでも家が残るのであれば、と盛政も許容しているが、本来、新田は田名部を領する一国人なのだ。南部家に従属するにしても、牙を抜かれてどうするというのか。

「ですが、吉松はこのようなものまで出してきて。文字など教えてもいないのに……」

春乃方は数枚の紙を差し出した。五〇音一覧表や楷書の漢字である。中々の達筆であった。楷書による統一を男のみならず女にまで求めるというのである。

「ふむ。吉松に手習いは必要なさそうじゃの？」

「御義父上様。なぜ吉松は、習ってもいない字を書けるのでしょう？　まるで初めから知っていたかのように、スラスラと文字を書くのです。とても子供とは思えません」

「逆に聞くが、習っていない文字を書けて、何が悪いのじゃ？　言うておく。吉松は新田の嫡男じゃ。その役目は次代を担い、新田をさらに栄えさせること。それが叶うのであれば、怪物であろうと怨霊に取り憑かれていようと、一向に構わぬ。それが国人の嫡男というものじゃ」

盛政は厳しい眼差しを浮かべて、春乃方に言って聞かせた。子供を可愛がりたい気持ちは理解できる。実際、自分の息子である行政はそうやって育てられた。だがその結果はどうか。誰かから指示を受けねば動けぬ者。言いなりの男となってしまった。吉松には、そうなって欲しくなかった。

「吉松はすでに大人の判断ができる。自分を必要としなくなってしまったことに、母親として寂しさを感じておるのであろう？　ならばいっそ、根城に行くか？　久松（吉松の兄、八戸政栄）もまだ幼い。其方がいれば行政も助かるであろう」

盛政はそう言いながら、漠然と将来を予想していた。吉松の器量は、とても宇曽利の一国人で収まるものではない。いずれ八戸を、下手をしたら南部すらも飲み込んでしまうかもしれない。そうなれば、父親とも断絶するだろう。ならばせめて自分だけは、吉松の肉親として此の地に留まろう。自分の言葉に迷いを示している義娘を見ながら、盛政はそう思った。

（やれやれ、神童というのも困ったものだ）

新田家前当主の盛政は、息子への手紙を書きながら首を振った。吉松からの指示で、父親である行政を安心させる内容を書いて欲しいというのだ。吉松も手紙を書いたが、盛政が書くことでその内容に信頼という箔が付く。吉松はそこまで計算をしていた。

田名部は自分が後ろ盾になり、吉松の下で纏まりつつある。民たちも安心して、今年の冬を越せそうだ。戻ってくるのは来年の春さきで良い。そういった内容を書く。

書きながら、文字を楷書にする意義を考える。理屈は理解できる。確かに文字を統一することで、相手の意図を正確に読み取ることができる。この田名部では、少し前まで「雅《みやび》」が重んじられていた。北部王家が田名部に置かれていた頃は、陸奥の海に船を浮かべ、酒を飲みながら短歌を謳っていたという。当時であれば、楷書による統一など不可能だろう。

（右馬助様（南部晴政のこと）は新進気鋭の御方じゃ。楷書に統一すると言えば、面白いとお笑いになるやもしれぬ。むしろ倅のほうが反対するであろうな）

父上は八戸を切り盛りすればよい。新田家のことは俺に任せれば良いのだと吉松は言った。確かに、まだ一〇歳にも満たない長男が八戸家を継いだのだ。支える者が必要であろう。根城八戸家は、新田家より遥かに大きい。そして田名部と根城では大分距離がある。両方を見るのは無理だ。だから自分がここにいるのだが、吉松の動きを見る限り、特に口を出す必要は無さそうである。若さゆえのやり過ぎはあるかもしれないが、道を外さない限り、好きにさせてやればよい。

「ふむ。こうしてみると、楷書の手紙も悪くないの。これならば誰でも読めよう……」

書き上げた手紙を見返して頷く。私信ならともかく、先代が当主に対して報告する書状である。誤解が無いようにしなければならない。この書状で、当主である行政も楷書の利点を認めるだろう。

「それにしても吉松め。八戸の家老たちにも書状を送るとは。先々を考えてのことか？」

盛政はため息をついて、再び筆を手にした。

青森県下北半島の名所といえば、やはり「恐山」が有名であろう。高野山、比叡山に並ぶ日本三大霊場の一つだがその開山は古く、八六二年に天台宗の慈覚大師によって地蔵菩薩の本尊が置かれた。坂上田村麻呂による蝦夷討伐があったとはいえ、平安時代の東北地方は「蝦夷の地」である。道なき野山をかき分けながら進み、最果ての下北半島に硫黄が噴き出る温泉地帯を見つけたとき、慈覚大師は何を感じたのだろうか。血のように赤い池を見れば、ここが地獄かと思っても不思議ではない。

だが、そんな最果ての山で一生を過ごすには、余程の覚悟が必要である。結局、恐山天台宗は長続きせず、数百年に渡って「恐山信仰」のみが残った。

一五二二年、この地に再び「仏教」がやってくる。曹洞宗の高僧「聚覚」は、南部家の支援を受けて田名部館の近くに「圓通寺」を創建し、恐山菩提寺を再建する。だが乱世の中で本州最北端の霊場を保つことは容易ではない。恐山菩提寺が本格的に機能し始めるのは、江戸時代に入ってからである。

「ヒョヒョヒョヒョッ！　なるほど、確かに神童じゃのぉ」

吉松の目の前には、真っ白な眉毛をした老人が座っている。年齢は七〇を過ぎているだろう。圓通寺住職の聚覚和尚は、その名前こそ曹洞宗内でも知られているが、実際には僅かな布施と南部や新田からの支援で細々と暮らしている坊主に過ぎない。

（だからこそ「真の貴人」と考えることもできるか。この最果ての地にやってきて寺を建てような

ど、並の覚悟ではできない。ザビエルやフロイスと同等だろう）

「和尚。俺は算術は得意だが、読み書きが苦手だ。ぜひ教えてくれ」

吉松が書けるのは「現代漢字」である。戦国時代の漢字は、たとえ楷書であったとしても現代とは違う。また手紙の形式や作法などは吉松の知識には無い。礼儀作法に精通した人間から学ぶ必要があった。

「これっ！　教えてください、じゃっ！　読み書きのみならず言葉遣いや礼儀作法も叩き込まねばならんのう。それではとても新田家の当主になどなれんわっ」

パシンと頭を叩かれる。俺はまだ二歳だぞと内心で毒づきながら、素直に頭を下げる。吉松は決めた。この冬で一通りを覚えて、さっさと卒業してしまおうと。


戦国時代は世界的に「小氷期」であった。二一世紀と比べると、平均気温が二度近く低い。そのため作物が育ちにくく、庶民たちは常に飢えていた。田名部は本州最北の地である。冬の厳しさは尾張や相模とは比べものにならない。

「炭団《たどん》が間に合ったのは幸いだったな。これで、各家でも十分に暖が取れるだろう」

一八世紀、江戸時代に商品化した「炭団」は、木炭製造時に大量に出る「炭の欠片」を海藻から採れる「フノリ」で固めたものだ。木炭と比べると火力こそ弱いが、一日中でも燃え続けるため屋内で暖を取るには最適である。毎日使用することを想定し、各家に一五〇個の炭団を用意することができた。

「春になれば五〇〇石船を建造し、その船で敦賀と交易を行う。こちらからは石鹸や炭団などを売り、敦賀からは越前和紙や苧麻《からむし》などを買う。特に苧麻は重要だ。種や苗があれば必ず手に入れるぞ」

魚の干物、山ウドとワラビの漬物、海藻とホタテの吸い物、雑穀米という食事をしながら、吉松は春以降の構想について語った。盛政はただ頷いて目の前の幼児を見つめる。

(なんという童じゃ。敦賀など儂ですら名前程度しか知らぬ。吉松には本当に、物ノ怪が取り憑いておるのではないか？　それにしても飯が美味いの。これも吉松が考えたそうじゃが、干した昆布でこんな旨味が出るのか。出汁と言ったかの。公家の料理で使うそうじゃが、なるほど美味いわ)

鰹節や昆布は、奈良時代から食材として存在している。昆布は朝廷にも献上され、出汁として料理に使われていた。だが京都を中心に発達した「出汁料理」は、遥か北の地までは浸透しておらず、食事といえば雑穀と塩、そして獲物が取れれば魚や鹿や猪などの肉であった。

「吉松、これどうやって作るの？　あとで教えなさい」

「輝夜、吉松は忙しいのです。作り方は母が教えてあげます」

吉松はここのところ、母親と姉との時間を増やそうとしている。圓通寺の聚覚住職から言われたことらしい。先々のことばかりを見ていると、家族という足元が疎かになる。家の乱れは往々にして足元から始まるのだ。その甲斐あってか、母親も少しだけ、安心したように見えた。

「うん、旨い。母上の料理は絶品ですね。特にこの漬物が良い」

「其方が書いた作り方のお陰ですよ。それにしてもこのような料理、何処《どこ》で覚えたのです？　以前も話をしていた、夢に出てきた御仁に教えられたのですか？」

「吉松ばかり狡いわ。私にも会わせなさい」

「姉上、それは無理ですよ。母上、たとえ多くの知識があっても、それを形にするのは今の私では無理です。母上、姉上に甘えることになりますが、御容赦ください」

（和尚が言うことは、要するに自己重要感のことだろ？　母上や姉上に、自分も役に立っているという感覚を与えてやればいい。人心掌握の基本だ）

人は、自分は不必要な存在なのではと感じると、それだけで気持ちが萎える生き物である。そのため上司は、部下一人ひとりに「お前はこの会社にとって必要な人間だ」と感じさせなければならない。現代でも戦国時代でも、それは同じである。

「御爺、来年からは大きく動くぞ。だが炭団の作り方などはできるだけ秘匿したい。我が領の特産品として交易に使いたいからだ」

「田名部はある意味、孤立しておる。ここに来るには野辺地から船で渡るか、吹越《ふっこし》の峠を越えるしかないからの。それに新田は南部一族の端に位置しているとはいえ、一個の国人じゃ。お前の好きにすれば良い」

六つに分かれた南部氏は、その後さらに細分化し、それぞれに独立した領地を持っている。南部晴政はそれらを統合して戦国大名化を図ったが、結局のところは「南部一族の棟梁」どまりであった。各国人がそれなりに発言権を持っていたため、幼い息子への家督継承すら苦労する羽目になる。やがて津軽為信の登場で南部は分裂してしまう。

（分国法すら無かったからな。南部晴政が一代の傑物であることは確かだが、情報というインプットが無ければアウトプットは無い。この陸奥では決定的に情報量が不足しているのだ。産業振興という発想が無かった。温暖な地ならそれでもよい。だがこの陸奥は「計画的産業振興」が不可欠だ）

「この地の北には、大畑という海に面した地があるらしい。聚覚和尚の話ではほとんど人も住んでいないそうだが、煉瓦や炭団作りを隠す場所としては最適だろう。人が増え次第、大畑にも集落を作るつもりだ」

そう言って、幼児が美味そうに吸い物を啜る。老人は、その姿を眩しそうに見つめた。

深々と雪が降る。二一世紀になっても、下北半島では腰まで雪が積もる。まして小氷期の戦国時代では、その降雪量は尋常ではない。田名部の民たちは朝から雪かきに追われている。スコップや車輪付き手押しラッセルなど新たに開発した道具を使うことで、雪かきの効率は劇的に向上した。

「雪かきで汗を掻いた後は、必ず手拭いで拭くようにしろ。そのままでは体が冷えて病に罹るぞ」

吉松の細かい指示により、午前中には雪かきが終わり、午後は冬の仕事が始まる。新しく建てた

「煉瓦倉庫」では、春に向けて材木を加工している。雪解けと共に船を建造する。また狩猟用のために実用化した機巧弩《からくりど》、石鹼や炭薪も並行して作っている。

「煉瓦倉庫は温かいですからな。村人たちも暖を取るために集まっています。子供の世話をしたり荷運びを手伝ったりすることはできますからな」

吉右衛門の仕事は吉松の手伝いである。春以降の新しい計画を吉松が立て、それを吉右衛門が紙に落とす。時には盛政も加わり、政治的な判断をしてもらう。吉松には南部一族の情報が不足していた。そのため正しい判断ができない恐れがある。武力があれば無視もできるが、かき集めても数十人の兵士しかいない新田家では強者に目を付けられないように振る舞うことが重要であった。

「御爺の助言に従い、まずは五〇〇石の船から始める。だが問題は人だ。とにかく人が不足している。できれば安東あたりから人を引っ張ってきたいが……」

「無理であろうな。安東は遠い。そして蝦夷徳山の蠣崎家は南部を憎んでおる。人を集めたところで裏切られるのがオチよ。まだ三戸や根城から人手を借りたほうが良い」

「ですがそれでは、若様のご活躍が知られてしまいます。若様はできるだけ、田名部の繁栄を隠したいのでございますよね？」

「父上に伝わるくらいなら良い。だが南部宗家には知られたくない。下手したら攻められるぞ」

「さすがにそれはなかろうが……」

盛政は否定するが、吉松にとって、現在もっとも脅威となるのは南部晴政であった。戦国大名化を目指す晴政にとって、力のある国人など目障りそのものだろう。取り込まれるか取り潰すか、いずれにしてもロクな結果にはならない。

「あと五年、できれば一〇年は戦に巻き込まれることなく、田名部の繁栄に尽力したい。だが無理であろうな。できて三年といったところか……」

あと三年でどこまで力をつけられるか。それによって自分の野望の限界が見える。吉松の内心にはジリジリとした焦りがあった。

陸奥の冬は厳しい。豪雪地帯であるため、家に閉じ込められることになる。吉松は冬の間に、文字の練習をしたり、田名部を今後どのように発展させていくかなどを考えたりしていた。

(甘味を得るために干し柿をと考えていたんだが、そういえばこの時代に南部柿が無いんだよな。イタヤカエデは下北半島にも自生しているから、それでメープルシロップを作るか。あとは稗《ひえ》を使った酒造りだな。アイヌ民族独自の酒、トノトは稗から作られているから、この時代でも生産は可能なはずだ)

温暖な近畿圏などでは米から日本酒を造っているが、北限の陸奥では米の生産量が少ない。田名部でも稗や粟などを混ぜた雑穀米が主流だ。それでも、吉松は創意工夫をしてそれなりに美味い料理に仕上げているが、本音では米が食べたかった。

(水田の整地と正条植え、そして苗代栽培によってある程度の増産は見込めるだろう。農耕用の道具も整えた。家畜増産は春以降に取り組むが、獣肉による蛋白質の摂取がまだ不足している。山間に住む蝦夷の民たちの力を借りるか）

吉松の構想は、まずは衣食住の拡充であった。自分はまだ二歳である。とても戦に出られるものではない。田名部三〇〇〇石といっても、出せる農民兵など限られている。幸いなのは、田名部の位置である。田名部に攻め込むには野辺地から船で陸奥湾を渡るか、下北半島の吹越峠を越えなければならない。此方《こちら》から仕掛けない限り、当面は戦は無いだろう。

（親父には悪いが、戦は根城八戸家でやってくれ。その間に俺は下北半島を制圧し、南部を超える経済力と軍事力を手に入れる。野辺地を制圧して陸奥湾を内海化し、そして津軽に進出する……）

木板に描いた地図の上に石を載せる。北海道から東北地方の地図であり、記憶を頼りに描いた簡単なものだ。だが自分ひとりが構想するには充分であった。

（三戸、根城、浪岡《なみおか》あたりから人を引っ張れないだろうか。特に浪岡北畠氏は邪魔だ。安東とも繋がっていることから、南部氏にとっても目障りだろう。先代の浪岡弾正具永《ともなが》は一代で浪岡を繁栄させた津軽の巨人だが、現当主の具統《ともむね》は凡庸と聞く。そろそろ陰りが出始めてくるか？）

浪岡氏は陸奥の名族であり、その源流は南北朝時代に奥州に下向した北畠氏にある。だがこれは諸説があり、鎮守府将軍北畠顕家の子孫というのは江戸時代に書かれた家系図だ。北畠顕家といえば、陸奥将軍府を開いた南朝最大の武人である。信じがたいことに齢一四歳、つまり現代的には満一二歳で参議になり、建武の乱では、陸奥国から足利尊氏を倒すために京都まで出陣してこれを撃破、南北朝の内乱では再び陸奥国から出陣して鎌倉を陥落させ、美濃の青野原で北朝方である美濃守護土岐頼遠と戦い、これを撃破した。このとき、齢二一歳（満二〇歳）だ。

だがやはり若者だったためか、戦には強かったが政治には弱かった。一所懸命の武士たちを動かすには後方の権威が必要だったのだが、土地を恩賞とする仕組みが整っていなかったため、より統治システムが優れていた室町幕府に敗れてしまう。二一歳という若さで命を落とすのだが、日本最果ての地である陸奥国から、京都まで攻め上ったという事実は、後世においても奥州人たちの誇りとなっている。そのため南部氏も、敵対勢力である浪岡氏を最後まで滅ぼさなかった。浪岡氏を滅ぼしたのは、津軽為信である。

（だが俺は違う。俺にとっては過去の栄光など米一粒の価値もない。蠣崎も安東も浪岡も、南部も八戸も九戸も、すべて俺が支配してやる。そして俺が、天下を獲る）

天文一七年（西暦一五四八年）冬。新田吉松、このとき齢二歳。その瞳は、遥か彼方への野望に爛々と輝いていた。

年が明けた天文一八年（西暦一五四九年）睦月（旧暦一月）となった陸奥は最厳冬期であった。旧暦一月ということは、新暦ではちょうど二月にあたる。むつ市は現在においても、最低気温はマイナス五度近く、一日の平均気温も氷点下となる。だが降雪量は一月よりは少なくなり、曇天や時には晴天の日もある。睦月から如月、弥生と徐々に気温は上がり、宇曽利は短い春を迎えるのだ。

「吉松よ。この冬は誰も死なずに済んだそうじゃ。儂が憶えている限り、田名部の民がここまで笑顔に正月を迎えたことは無い。見事じゃ」

　馬に乗って田名部の民を見て回る。馬の手綱を握るのは盛政であり、吉松は盛政の両腕に挟まれるように、前に座らされていた。集めた雪はまとめて大川（田名部川のこと）に捨てる。スコップや猫車（荷運び用一輪車）を実用化しておいたので、雪かきもかなり楽になっていた。

「道が悪いな。あちこち泥濘《ぬかる》んでいる。道の水はけを良くしなければ、発展に支障が出る。農地整理の後は、街道整備だな」

「あまり焦るでないぞ？　お前ひとりでできることには限界があるのじゃ」

　冬の間に田名部領の今後については、盛政とも幾度か話し合いをした。まずは飢えを無くすことである。これは稲作の他に稗や粟を育て、さらに実用化した機巧弩を使った狩りを行うことで少人数による大量生産を可能とする。特に稗は重要だ。栄養分が米よりも遥かに多い上に、酒の原料にもなる。アイヌ民族が作っていた稗酒「トノト」は、二一世紀になって北海道の酒蔵が再現している。

（微かな酸味と甘みのある酒だったな。マッコリに近い味だった覚えがある）

「さて、そろそろ戻るぞ。行政たちが来るからの」

　如月に近くなった頃、吉松の父親である新田行政が田名部へと戻ってきた。吉松にとっておよそ半年ぶりの再会であった。

「吉松が書いたという書状を読んだ。その年であれほど見事に文字を書けるとは大したものよ。楷書というのも良い。書くとなれば些か面倒だが、読みやすく誤解もなかろう」

戻ってきたのは当主である新田行政だけであった。兄の八戸久松（後の彦次郎政栄）は戻っていない。たとえ幼くとも南部家の重鎮、八戸家の当主なのである。吉松がもう少し大きくなり、根城に赴いた時に対面することになるだろう。もっとも吉松にとっては、八戸久松など他人も同然である。顔すら覚えていなかった。

「父上。見ていただいた通り、田名部は徐々に発展しております。新田家のことはどうぞご不安なく、根城、そして三戸をお支えくださ い」

吉松が慇懃に一礼する。これは本音ではあるが、忠誠心からではない。百歩譲って、母親や姉は此処《ここ》にいてもいい。だが父親は違う。これから田名部を発展させる上で、南部晴政に近い父親は邪魔なのだ。年に一度どころか一生、顔を出さなくてもいいとさえ思っていた。

一方の行政は、子の心親知らずというのであろうか、吉松の言葉通りに受け取った。次期当主の頼もしさに破顔し、父親である盛政に顔を向けた。

「父上。吉松に傅役をと考えておりましたが、どうやら必要なさそうですな」

「うむ。じゃが書状の通り、人手が足りぬ。三戸や根城から口減らしの子供などを送ってもらえぬか？　また数名で良い。文官も必要じゃ」

「それはすでに用意しております。明日には五〇ほどが到着しましょう。もっとも文官は数名で、他は子供や女などが多いのですが……」

「構いません。人は使いようです。逃げようにも、この田名部から離れれば飢えて死ぬのみ。最初にそれをきつく伝えた上で、しっかりと働かせます」

（近代農法と農具改良で、生産性は二倍にはなるだろう。田名部は六〇〇〇石になる。さらに開墾や貿易により経済力をつける。南部に付け届けをして無統治地帯に近い下北一帯を統治下に置く。新田は八戸を超えて、陸奥最大の国人衆になるだろう。この父親とはいずれ争うことになるかもしれんが、別に死んでも構わん。生き残れなかったらその程度の男だったというだけよ）

吉松は、父親に感謝の言葉を述べて頭を下げた。だがその口元には、野望に満ちた笑みが浮かんでいる。行政は笑って鷹揚に頷いた。この時、邪悪にさえ見える吉松の笑みに気づいていたのは、母親の春乃方だけであった。


その日の夜、前当主である新田盛政と現当主である新田行政は、親子水入らずの時間を過ごしていた。幼児である吉松は早めに就寝している。吉松が試験的に作らせた稗酒を飲んだ行政は、その味に驚いた。米と比べて味の劣る稗から作られたとは思えない美味だったからである。

「吉松はコレを陸奥酒と名付けて売るつもりじゃ。田名部の民は吉松に心酔しておる。新田は大きくなるぞ。下手をしたら、根城を超えるほどにの？」

「それは頼もしい。我らは斯波、安東、蠣崎と囲まれております。新田が強くなるということは、南部が強くなるということ。殿も喜ばれましょう」

無邪気に笑う息子を見て、盛政は内心でため息をついた。倅の行政は南部右馬助晴政に心酔している。確かに南部晴政は一大の傑物だ。この奥州において晴政を超える人物はいない。だが次代はどうであろうか。晴政は今年で数え三四歳になる。だが嫡男がいない。石川左衛門尉《さえもんのじょう》（石川高信のこと）の庶子である亀九郎を養子にという声も聞こえるが、吉松の器量を超えるとは思えなかった。

（儂であれば、いっそ吉松を右馬助様の養子に出して、いずれ子ができたときに新田家再興という形にするがな。だが吉松自身は納得するまい。あ奴は誰も仰がぬ。誰にも忠を持たぬ。天下において唯独り、己の中で燃え盛る野望にのみ、忠を誓っておる……）

行政は無邪気に酒を飲んでいるが、この酒は八戸家の家老衆や南部家の各国人にも、少量ながら歳暮として送られている。兄の八戸久松を頼む。新田も兄を支えるため、頑張っていると童らしい率直な気持ちを書いた書状だ。だがこの書状に「父を頼む」とは一言も書かれていない。受け取った側はどう思うだろうか。既に新田家は、吉松が動かしていると思うだろう。吉松はそこまで考えて、童らしい内容と言葉遣いで書状を認《したた》めているのだ。とても齢三歳が考えることではない。

（ひょっとしたら吉松は、八戸家はおろか南部家すらも、飲み込んでしまうのではないか）

だが盛政は、内心に湧き上がった懸念を口にすることはなかった。むしろ「それならそれで面白い」とすら思っている。力関係から南部家に頭を下げているが、新田は新田で一つの国人なのだ。南部に取って代わって悪いわけがない。ならば自分はどうするか？　新田家が生き残る可能性を少しでも高めるべきだろう。

「吉松がな。恐山の先を拓きたいと言うておる。あそこは誰の所領でもなし。所詮は子供が考えることじゃ。好きにすれば良いとも思うのだが、一応は右馬助様に口添えをしておいてくれぬか？」

あえて吉松を子供扱いして行政に話す。こうすることで警戒されずに済む。予想通り、新田家当主は笑って了承した。


如月（旧暦二月）になると、雪もかなり少なくなる。田名部はそれまで歪だった田畑の整地を始めた。一反（一〇アール）の広さを規定し、それをいくつも作る。スコップと猫車によって、能率はかなり良い。目標は一反あたり三〇〇キロの米を収穫することである。本来、一反とは一石（米一五〇キロ）を収穫できる広さを示していたが、農業技術の発達によって二一世紀では一反から六〇〇キロ以上の収穫が可能となっていた。吉松が目標としているのはその半分である。

（塩水選、苗代栽培、正条植え、各種堆肥を使うことで生産性は上がるはずだ。草刈り用の雁爪、二一世紀でも田んぼの四隅を刈るときに使われている人力式稲刈り機などを使えば、農作業も楽になる。三〇〇〇反の農地を開発するのに必要な人員は半分以下になるだろう）

一九六〇年時点で、農家一戸当たりの平均耕作面積は約九反であった。だが稲作以外も行っていため、これは参考にならない。吉松は一人平均して三反と仮置きしていた。

「田名部の民はおよそ三〇〇〇人。一〇〇〇人で三〇〇〇反の水田を耕すことができれば、人員を別の産業に充てられる。椎茸栽培の手伝いなどは子供でもできるしな」

およそ二ヶ月を費やして、田名部全体を作り変えていく。そして弥生（旧暦三月）を迎えると、いよいよ米作りが始まった。予め塩水選しておいた種籾で苗代栽培を行い、それを水田に植えていくわけだが、育苗だけでも一ヶ月は掛かるため、苗代栽培の間も整地を行い続ける。

田名部の民たちは当初こそ不審がっていたが、吉松が考え出した各種農具の利便性にはすぐに気づいていたため、命じられるまま新しい稲作に取り掛かった。

「水田に向かぬところは稗を栽培せよ。かといって手を抜くなよ。稗が多く収穫できれば、それだけ多くの酒が飲めるのだ。さらにその酒は田名部の特産品となり、他国にも流通するようになるだろう。そのためにも商人を呼んで、交易路を確保しなければならんな」

卯月（旧暦四月）、見事に長方形が並んだ水田に、深緑の苗が等間隔で植えられた。風に靡く青々とした苗を見ながら、吉松は次の一手を考えていた。


あまり知られていないが、戦国時代の南部氏に御用商人は存在していない。盛岡の城下町などは豊臣秀吉が天下を統一してから発達した。本州北端の地であるため、戦国時代では日本の物流網からも孤立していたのである。南部氏はもっぱら、蝦夷地と取引をしており、ごく稀に仙台あたりから商人が来たりしていた。つまり「閉鎖経済」だったのである。

（考えてみれば、奥州全体が閉鎖経済と言えるだろうな。大崎氏や高水寺斯波氏などの名門家が、豊臣秀吉の時代まで残っていたのだ。関東まで戦国時代だったが、奥州だけは室町時代のままだった。真の意味で戦国大名だった奥州人など、伊達政宗と津軽為信くらいだろう）

吉松は意識を目の前の男に戻した。陸奥は日ノ本の北端にある。さらにその端に位置する宇曽利には、商人など来ないと思っていた。だが現実には、船に乗って商人がやってきた。髪の毛一本すら生えていないツルリとした頭を撫でながら、如何にも強欲そうな笑みを浮かべている目の前の男は、一体何者なのだろうか？

「へへへッ、アッシは金崎屋善衛門というしがない商人です。深浦という地で北に行ったり南に行ったりしております。徳山大館（現在の北海道松前町）からの帰りだったのですが、田名部には行ったことがないなと思いまして、つい寄り道したわけです」

「金崎屋善衛門……聞いたことがないな。御爺、知っておるか？」

「金崎屋というと、確か安東と蠣崎とを繋いでおる商人であろう？　それが新田になんの用じゃ？」

「へへへッ、まぁアッシも商売ですから、銭になるならなんでも扱います。別に安東様の家来というわけでもありませんし、宇曽利の地にも、何か売れるものはないかなと……」

吉松は顎を引いて上目遣いで、目の前の怪しい男を見つめた。睨んでいるようにも見えるが、所詮は齢三歳の幼児である。善衛門は気にすることなくヘラヘラと笑みを浮かべている。

（金崎屋善衛門、どこかで聞いた名だな。深浦というと、西津軽の深浦町か？　青池で有名な十二湖がある……あっ、ひょっとして深浦埋蔵金伝説を残した「黄金崎銭衛門《こがねさきぜにえもん》」か？　海賊じみた行為で黄金を集めまくったとも、蝦夷地交易で莫大な財を成したともいわれている……）

「面白いっ！」

胡坐をかいていた吉松は、パンッと自分の膝を叩いた。善衛門は目をパチクリとさせた。どう見ても幼児なのに、反応や言葉遣いが大人じみているからである。

「のう銭衛門、この田名部新田と商いをせぬか？」

「善衛門でございます。もちろん商いは嬉しゅうございますが、どのような品を？」

吉松が二度手を叩くと、吉右衛門が小姓の子供二人を連れて入ってきた。口減らしによって田名部に送られてきた子供だが、一人ひとりと話をして比較的利発そうな子供二人を小姓としたのである。松千代、梅千代という名を与え、文官候補として吉右衛門の下に付けた。

「田名部で作られている特産品だ。向かって左から石鹼、煉瓦、炭団という。石鹼は汚れを落とすために使う。煉瓦は家屋を建てる建材だ。炭団は冬場に暖を取るための炭だが、通常の炭よりも遥かに長持ちする。越後や越前でも売れると思う」

最初は首を傾げていた善衛門であったが、吉松の話を聞くうちに真顔となり、そして黙り込んだ。

「越前では和紙を、越後では苧麻の苗と職人を連れてきて欲しい。奴隷として売られている者がおるやもしれぬ。難しければ苗だけでも頼む」

「はぁ……まぁ越前なら一向宗との争いで捕らえた奴隷が多いと聞きますので、買うことは可能でしょう。ですが職人となると……」

「構わぬ。いま田名部では人手が足りぬ。俺のような幼児では困るが、一〇歳程度の子供でも良い。働けそうな者がおれば買ってきて欲しい」

「へぇ、承りました。それにしても、こんな特産品が田名部にあったとは……これはかなり高く売れそうですなぁ～ウヒヒヒッ」

伝説にたがわぬ悪徳商人のような笑みを浮かべる男を見て、盛政は止めようかどうか迷った。だが吉松が自分に視線を向けて微かに首を振ったため、思いとどまる。

「ククク ッ、その意気よ。新田と共に儲けよ、銭衛門！」

幼児は左手の掌を上に向け、親指と人差し指で輪を作った。それが何を意味するのか、善衛門には理解できなかったが、なんとなく卑猥で、それでいて良いものに感じた。

「旦那、本当に良かったんですかい？　もし安東様にバレたら……」

「何を言っている。アッシらはただ交易をしただけ、疚しいことなど何もしとらんわ。それよりも、もっと船足が早うならんかの。陸奥の冬は早い。今年中にもう一度、田名部に行きたいぞ」

津軽半島を回る船の上で、金崎屋善衛門は新たな出会いを仏に感謝していた。

（知らなんだ。まさか田名部にあのような神童がいたとは。おっと、これは口にはできぬ。どこで仕入れたかは決して言わぬという約束だからの。グヘヘッ、大いに儲けられそうじゃ！）

「深浦に着いたらすぐに越後、そして越前に向かうぞ。儲けは確実じゃ！」

善衛門は吉松を真似て左手の親指と人差し指をくっつけてヒラヒラとさせた。そして小さく呟く。

「それにしても新田の若様は結局、アッシの名前を最後まで『銭衛門』と呼ばれておったのぉ。次はちゃんと覚えてくださるかのぉ」

これが、後に奥州最大の大商人となる「金崎屋銭衛門」と吉松との、最初の邂逅であった。

口減らしの犠牲になるのは、百姓の次男、三男である。そうした子供は売り出されたり、あるいは放逐されたりする。そして奴隷となり働かされる立場になった子供は、大抵は逃げる。

「またか。追わなくても良い。どうせ三日もすれば戻ってくる」

田名部に来た五〇名の中から逃亡者が出た。普通なら探して捕らえ、折檻するのだろうが、吉松はあえて放っておいた。田名部領は三方向を山で囲まれており、子供の足で三戸や根城に行くのは不可能だ。そして夜になると一気に寒くなる。野山には熊や猪、狼などもいる。子供一人で生きるのは不可能だ。たとえ逃げても結局、諦めて戻ってくることになる。

「戻ってきたらしっかり食わせてやれ。決して叩いたりしてはならぬ。この田名部では飢えぬ、震えぬ、怯えぬ生活ができるのだと、身体で理解させればよい」

執務室で書付と向き合う。田名部は徐々に発展している。田畑の整地後は、家々の移転を開始した。陸奥漆喰《コンクリート》でしっかりと土台を固め、吉松自身が描いた設計図に基づいて、木と煉瓦で家を建てる。耐震性と保温性は格段に向上した。屋根は茅葺だが、それもいずれは総瓦に変えるつもりだ。

「粘土の場所は解っている。いずれ瓦の生産も始めたいな。だがその前に農作物だ。大根、牛蒡、山芋、茄子、ニンニク、ネギあたりは既に存在するからな。あとは大豆だ。大豆があれば味噌や醬油を作ることができる。量産すれば特産品になり、都に近い越前ではかなり売れるだろう」

米が増産されれば、清酒造りもできる。この時代の酒は濁酒が主流だ。清酒も特産品として高く売れるだろう。それらの金で人を買う。職人を連れてくる。そして彼らが新しい田畑を拓き、さらに増産する。

「まずは大畑と川内を開拓するか。道を整備し、砕石舗装を行う。田名部を中心とした物流網を形成し、それぞれに特産品を置く。川内は粘土が取れるから焼き物だな。大畑は人目に付きにくいから、特殊品だ。石鹼、和紙、酒、そして硝石……」

恐山山系からは良質な硫黄を取ることができる。硝石があれば黒色火薬を製造することができる。だが吉松は現時点では、鉄砲を作るつもりはなかった。あまりにも手間とカネが掛かりすぎるのだ。

「灰吹き法も試すか。南蛮商人や明に儲けさせるのは癪だからな」

「何が癪なのじゃ？」

独り言を呟いていたら、いつの間にか傅役の新田盛政がいた。吉松は咳払いして居住まいを正す。

「なんでもない。田名部をもっと豊かにしたいと考えておったところだ。ところで御爺、用件は?」

どう見てもただの言い繕いだが、盛政はあえて無視した。目の前にいるのは孫という立場の得体の知れない怪物であり、それに期待している自分がいる。老い先短い自分にとって、それは幸福なことだと盛政は思っていた。

「津軽石川の街からじゃ。口減らしの人を送ってきおった。三戸や八戸からも来ている。どんどん人が増えておるが、本当に大丈夫なのか?」

「大丈夫だ。というかまだまだ足りん。稲の育ちが思いのほか良い。人手を増やし、さらなる領地発展を目指す。まずは北と西を開拓するが、その次は東だ」

南へは行くのかと問いかけたい自分がいることを盛政は自覚していた。だがたとえ問いかけても、目の前の幼児は「今は」目指さぬと回答するだろう。田畑に適した土地をいくつも見つけているのだ。それらの開拓に成功すれば、田名部新田家は数万石の国人になるかもしれない。人が増えれば兵も増える。数万石の土地と一〇〇〇を超える兵を持つ。もしそうなった場合、目の前の幼児が八戸氏、そして南部氏にどのように出るか。少なくとも、今のような従順な態度は取らないだろう。いずれは戦になる。老練の盛政はそう確信していた。


春になったらやりたかったことが「椎茸栽培」である。戦国時代において椎茸は高級品であり、人工栽培で大量に収穫できれば、それだけで現金収入が得られる。だが栽培には時間が掛かる。

まずはミズナラの木を根元から切り落とし、そのまま放置して葉を枯らす。続いて一メートル程度の長さに切って、一ヶ月間乾燥させる。次に植菌作業を行う。形成菌を使うと楽なのだが、この時代ではオガ屑で菌を培養したオガ菌くらいしかできない。ミズナラの幹に穴を開けてそこに棒でオガ屑を詰め込み、木を削って作った蓋を塡める。あとは直射日光が当たらず、雨当たりと風通しの良い場所に仮伏せ、本伏せをすれば、椎茸の人工栽培が完成する。

（オガ菌などを使わず、ただ木を組んで椎茸の発生を期待するという「半人工栽培」は江戸時代初期には誕生していた。ナタ目法だったかな？　いずれにしろ、食料が増えることは良いことだ。いずれは菌床栽培によって、エノキやシメジ、マイタケも獲れるようになるだろう）

「若様。ご指示通り、ミズナラの木を組み終えました」

「うむ、ご苦労であった。信のおける者を茸場所役《たけばしよ》とせよ。茸類は、田名部の特産品になる。きわめて重要な役目なので、必ず田名部累代の者を充てるのだ」

報告に来た吉右衛門に対して追加の指示を出す。齢三歳の吉松は、山の中を駆け回ることができない。そのため吉松は図面を用いて説明し、実際の現場監督は吉右衛門が行っていた。

「すまぬな。だが俺はまだ体ができていない。吉右衛門にばかり苦労を掛けてしまう。許せ」

「若様、そのようなことお気になさいますな。若様のご指示により、田名部は豊かになってきました。某《それがし》、その一助を担っていると自負しております。喜びこそ感じれど、苦労など感じませぬ」

人は停滞によってやる気を失う。上手くいっている、豊かになっているという手ごたえが得られるのならば、人はバリバリと働けるものだ。高度経済成長期のサラリーマンが、まさにそうだった。

「吉右衛門よ。食事と睡眠は欠かすなよ。それに今、恐山の麓に湯治場を用意させている。少し離れておる故、足繁くは通えぬであろうが、完成次第、そなたに一番湯を与えよう」

「ハハッ、ありがたき幸せ」

吉松としては、田名部館により近い矢立山の矢立温泉や、田名部川沿いの斗南温泉を掘りたかったが、あれらはすべて「動力揚湯《ようとう》」なので、この時代では温泉場とすることは難しい。田名部の近くならば恐山温泉、薬研温泉、湯野川温泉あたりなら自然湧出のため、簡単に温泉場を整備できる。

「ところでどうだ。松千代と梅千代の二人は?」

「二人ともだいぶ慣れてきたようにございます。二人にはいずれ、小姓頭として数人の面倒を見させようかと考えております」

小姓として召し抱えた数え一〇歳の少年二人は、機転が利いて判断力もある。吉右衛門が直々に読み書きと計算を仕込んでおり、いずれは文官として成長してくれるだろう。吉右衛門を校長とした文官育成学校といえるだろうか。吉松が治める田名部は発展しつつあるが、空前の好景気というわけではない。そこまで持っていくには、あまりにも人手が足りなさすぎるのだ。

「今日はもう休め。明日からまた忙しくなる」

吉右衛門を下げると、吉松は書付に目を落とした。そこには、自分が知るもっとも効率的な「硝石づくり」の方法が書かれていた。硝石づくりには時間と手間が掛かる。将来を考えれば、今から硝石づくりを始める必要があった。だが田名部には人手がない。どうやって硝石を作るか、吉松はじっと考え続けていた。

田名部館から北に向けて道の整備が続いている。荷車二台が行き来しても余裕があるように、道幅は五間（およそ九メートル）を取っている。現代でいえば、片側一車線の車道に歩道までつけた幅といったところだろう。吉松はこれを新田領の主要街道の基準とした。かつての東海道もそれくらいの道幅だったと記憶していたため、そのまま採用したのである。

「時間は掛かるだろうが、この道を北は大畑、西は川内、東は猿ヶ森まで通す。砕いた石を敷き詰め、土固めで固めていく。だがまずは恐山までの道だ。山を拓いていくので大変だが、極めて重要だ。恐山には温泉があり、また大きな湖がある。あの景勝地を温泉地として開発すれば、遠い将来、遠方からも人が来るようになるだろう」

農作業が効率化したため、二〇人ばかりを土木作業員として確保することができた。彼らを五人一組とし、三日働いたら一日休みという形で回していく。食事は三食を新田家が出す。また家族のための扶持米も出す。形としては「雇用」である。

「こうした土木作業員はいずれ戦でも活躍することになる。今は二〇人だが、いずれ数百人まで増やす。そう遠いことではないだろう」

吉松の計算では、数年後には実現している話であった。口減らしの人を田名部が受け入れるという話は、津軽の石川城にも届いたらしく、数十人が再び送り込まれてきた。また稲も順調に育っているため、相当な収穫が見込める。農地拡張と街道による集落間の物流網を形成すれば、田名部は数万石まで成長できると考えていた。

「効率だ。とにかく効率だ。最小の労力で最大の成果を得る。そのためには計画し、実行し、そして検証する。これをひたすら繰り返すしかない」

読み書きができる者、人の扱いが上手い者を優先して引き上げ、班長に任命していく。そして報告の仕方などを吉松自身が指導する。迂遠な報告や修飾語を使った誇大報告ではなく、まず悪いことを先に報告させ、次に良いことを報告させるように指導する。

「人は誰しも過ちを犯す。俺だって間違える。だから俺は、やらずに失敗したという怠惰を責めることはあっても、やって失敗したのなら責めたりはせぬ。失敗を受け止め、原因を突き止め、次はどうすればよいのかを考え、そして活かすのだ。それを学びというのだ」

吉松は、前世では建築会社の経営者だった。そのため効率的な土木作業や建設作業を熟知している。だがそれ以上に吉松が気を使ったのは安全点検であった。点呼確認や声掛け、そして道具の手入れなどを詳しく伝え、必要なら馬で現場まで行って指導する。最初は仕方なく従っていた者たちも、指先を怪我したり足を挟んだりといった事故を経験することで、安全点検の重要性を学んでいき、それを後進に教えるようになる。こうして土木作業の新たな常識が生まれる。

「恐山はそれほど標高が高くないとはいえ、それでも田名部から山道を三里（約一二キロメートル）近く整備しなければならない。一日平均半町として、休日を含めておよそ三〇〇日、冬場は作業不可能と考えれば二年がかりだな」

番匠の佐助に作ってもらった「算盤」を弾いて、吉松は唸った。恐山は富士山のような単体の山ではなく「恐山山系」という山々で形成されている。ヒバやブナなどの木々が茂る森林地帯であり、熊、猪、鹿、狼も出る。作業では機巧弩を持たせているが、作業人数がまだまだ足りない。

「人は増えてきているが、それでも田名部の人口は三五〇〇にも満たない。かといって、あまりに人を集めすぎるのも南部の中で目立ってしまう。他国から運ぼうにも船では二〇人が限界であろう。陸の孤島というのは、防衛や情報機密には良いが、人が増えにくいというのが欠点だな」

吉松はゴロリと寝転がって頭の後ろで手を組んだ。天井を見つめながら考える。

（もどかしいが、やはり一〇年くらいをかけてじっくりと田名部を成長させるしかないのか。やりたいことは山ほどあるんだがな。この時代には手付かずの安部城や陸奥鉱山からは金、銀、銅が採掘できる。灰吹き法を使えば、他国から粗銅を輸入して純度の高い銅を精製できるし、それで良銭を大量に鋳造すれば交易もさらに発展するだろう。蝦夷地との交易も行いたいな。アイヌ民族にカエデから採れるメープルシロップの技法を教える代わりに、鉱山開発の許可を得る。鴻之舞までは無理でも、石狩の手稲鉱山なら佐渡に匹敵する金が得られる……ん？　この足音は梅千代か？）

足音が聞こえたため、吉松は体を起こした。襖の向こう側から声が掛かる。案の定、梅千代であった。

「若様、湊より報せです。船が到着したとのことです」

「船？　銭衛門か！」

　それは待ちに待った、金崎屋善衛門の再訪であった。


　金崎屋善衛門はおよそ二ヶ月ぶりに見る田名部の街に目を細めた。田畑は整然と並び、稲が等間隔で植えられて青々と茂っている。家々も移築されたようで、褐色の煉瓦と木によって建てられており、かなり頑丈に見える。道は広く整備され、行き来する人々の表情にも活気があった。

「やはり新田の若様はただ者ではない。商いの匂いがプンプンする。この街はさらに発展するぞ」

　そう言いながらも、善衛門は田名部の弱点も看破していた。人が足りなさすぎて、生活必需品すら整えるのに苦労しているのだ。いかに新田吉松が傑物であろうと、まだ齢三歳の幼児である。吉松の指示を受けて現場で動く者がいなければ、これ以上の速さで発展することは難しいだろう。

「へへへッ、そういう意味では、今回は若様も喜んでくださるだろうな。おい、行くぞ」

　善衛門は仕入れた商品たちと共に、田名部館に向かった。

「二月ぶりか。待っておったぞ、銭衛門」

　田名部館の庭に面した居間で、吉松は善衛門を迎えた。相変わらず銭衛門と呼ばれるが、あえて正したりはしない。そう呼びたいのなら呼べばよい。商人の名前としては悪くないと思っていた。

「紹介しよう。母上と姉上だ。今後、都の雅な衣類や化粧道具、源氏物語などの書物を頼むこともあるだろう。良しなに頼む」

「へへぇっ！　実はひょっとしたらと思いやして、何点か着物を運びました。ぜひ御母堂様、姉上様に献上させていただきたく……」

二人の前に箱が運ばれてくる。開けてみると見事に染められた織物や頬紅などが入っていた。

「まぁ！」

春乃方は手を叩いて喜んだ。姉の輝夜がその場で着物を取り出そうとしたので、侍女が気を利かせて二人を別室に連れていく。ここから先は政事の話になるからだ。

「済まぬな、銭衛門。この北限の地では、あのような着物一つでさえ、母親に着せてやるのに苦労するのだ。銭衛門が来てくれて、本当にありがたいと思っている」

「いえいえ！　商人は人々のために物を運び、喜んでいただき、その対価として利を得るものです。ああして喜んでいただいたこと、商人冥利に尽きまする」

そう言って、木椀で出された褐色の湯を口にした善衛門は、思わず「ほう」と口にした。なんとも不思議な芳ばしさと甘さのある茶である。

「これは……牛蒡でございますか？」

「一口で見抜いたか。それは牛蒡を乾燥させて煮出した茶だ。この北国では京の都で出る茶など無理だからな。田舎者の知恵という奴よ」

だが善衛門は商人の視点から、この茶を決して無価値とは思わなかった。形式ばった茶会などより、こうして対面して話しながら飲む茶としては、こちらのほうが合うのではないか。なにより、牛蒡は薬として使われているほど薬効がある。京料理を取り入れている越前あたりなら、それなり以上に売れるだろう。これは仕入れねばと思った。

「長月（旧暦九月）あたりには収穫ができる。乾燥させた牛蒡なら日持ちもするし、気軽に飲める茶として良い交易品になるのではないか？」

「左様でございますな。ですが陸奥の冬は早うございます。神無月（旧暦一〇月）には雪も降りますれば、来年以降のお話ということになりますなぁ」

善衛門は仕方なさそうに首を振った。吉松は黙ってうなずく。それを改善する方法はある。交易に二ヶ月も掛かるのは、船が悪いからだ。正確には帆が悪い。

「それで、頼んでいたものは手に入ったか？」

「概ね、というよりはそれ以上でございます。いやはや、田名部の特産品は凄まじい人気でしたぞ。越前、越後もまた、冬は寒く雪深き土地ですからな。炭団は一瞬で売り切れてしまいました。石鹸や煉瓦も十分な利が出ましたぞ」

「うむ。それで仕入れたものだが、その者たちがそうなのか？」

庭に敷いた茣蓙《ござ》の上に、二〇名ほどが座り、雑穀米の握り飯と山菜の漬物を食べている。

「越前和紙、苧麻、京人参などを仕入れてきましたが、目玉は人でございます。和紙職人、麻職人、鍛師や番匠などの職人を連れてきました。また読み書きができる者も数名おります」

「ほう。それは大したものだ。だがそれほどの者たちがどうして売られていたのだ？」

「それは……」

原因は、加賀一向一揆にあった。天文一五年（西暦一五四六年）に尾山御坊（後の金沢城）が建てられると、加賀一向一揆は一気に激化した。越前朝倉氏はこれに対抗、凄まじい戦いを繰り広げる。その結果、一揆に参加した百姓や職人の多くが奴隷となったのだ。

「それに加え、今年の弥生に越前守護様がご逝去されました。ご嫡男の孫次郎延景《のぶかげ》様はまだお若く、お家では混乱もあったようです。それなりの数の人が離れたと聞きました。敦賀の湊で声を掛けたところ、朝倉から遠い地で心機一転するのも良し、という者が複数いたのです」

「なるほど。巡り合わせが良かったというわけか。ご苦労であった」

吉松は立ち上がり、庭先に出た。身なりは良いが幼児にしか見えないため、職人たちは戸惑っている。梅千代は、頭が高いと声を張ったが、吉松が手を挙げてそれを止めた。

「俺が田名部を治める新田家次期当主、新田吉松だ。遠路はるばる、よく来てくれた。其方らには決して後悔はさせん。俺はここで、三無《さんない》を約束する。すなわち、飢え無い、震え無い、怯え無いだ。其方らは一生涯、食い物に飢えることも、寒さに震えることも、野盗に怯えることも無い。この田名部で安心して生きられることを約束する」

職人たちの怪訝な表情が緩む。戦乱激しい戦国時代において、飢えず、震えず、怯えずを実現した土地などほとんどない。それは夢の中にしかない桃源郷であった。だが吉松は、その桃源郷を本気で実現しようとしていた。

「梅千代、この者らを職人街に新築した長屋に連れていけ。食べ物と着る物も与えよ。手筈は吉右衛門が整えてくれる。それと読み書きができる者は、俺直属の文官とする。皆はまずこの一年、田名部での暮らしに慣れてくれ」

梅千代の後に職人たちが続く。吉松は再び、善衛門と向き合って座った。

「よくやってくれたぞ、銭衛門。これで田名部はさらに発展するだろう」

「へへヘッ、そう言っていただけるとアッシの苦労も報われたというもの。嬉しゅうございますな。しかし僭越ですが、アッシの見たところ若様のご領地ではまだまだ人が足りないご様子。そこでどうでしょう。蝦夷の徳山大館から、人を集めてみませぬか？」

「ほう？」

吉松の眼が光った。


蠣崎氏の歴史は古い。鎌倉時代に津軽地方を治めていた津軽安東氏の支配下で、下北半島を治めていたのが蠣崎氏だ。その後、南北朝時代を経て室町時代に蠣崎蔵人の乱があり、蠣崎氏は下北半島を追われ、道南の徳山大館に逃げた。

蠣崎氏はアイヌ民族と争いながらも交易を続け、やがて独占するようになる。江戸時代に松前藩として残ったのは、この交易の利益と北海道という地理的優位性があったためである。

蠣崎氏は戦国時代において四方を敵に回したと言ってよい。アイヌ民族や仇敵である南部家はもちろん、自分たちを庇護していた安東家すら裏切り、戦国大名として独立する。それを成したのが、天文一四年（西暦一五四五年）に当主となった蠣崎若狭守季広であった。

「若狭守様は、蝦夷《えみし》の民との和睦をご検討されています。そのための手土産を欲しておられます。寒さ厳しき地なれば、炭団などは非常に喜ばれるでしょう。その一方で徳山大館をはじめとする十二館では米が採れず、飢える民も多うございます。若様が先ほど仰られた三無を聞けば、蝦夷地を離れたいと思う民もそれなりにいるかと……」

「だが若狭守殿がそれを許すか？　南部家はいまのところ、蝦夷地への出兵などは考えておらぬであろうが、十三湊《とさみなと》を押さえる安東氏はたびたび、徳山大館から出兵を強いている。民がいなくなればそれに応えることもできぬと思うが？」

「まさにそこでございます。アッシの見立てでは、若狭守様は檜山にご不満をお持ちなのではないかと。なにしろ義広様（蠣崎季広の父）の代から兵役を課せられておりますからな。ただでさえ食べ物が不足する地において、まるで奴婢のようにたびたびの兵役とあれば、不満を持つなというほうが無理というものでございましょう」

「確かにな」

蠣崎氏の歴史を見ると、蠣崎蔵人の乱以降は蝦夷地においての自主独立というよりは、生存圏を確保するための戦いをしていたとしか思えない。とにかく生きるために必死なのだ。蠣崎義広はアイヌと戦い続け、本拠地である大館近くまで攻め込まれたこともある。

その時は偽の和睦をして、西蝦夷の支配者であったタナサカシを油断させた上で暗殺している。さらには、その娘夫婦まで殺した。当時の眼から見ても卑怯卑劣である。だがそれもすべて、鎌倉から続く蠣崎の家を残すためだったのだろう。

「蠣崎にとっては、自分たちが生き延びることが最優先なのだろう。自分たちを守ってくれるのであれば、それが安東であろうが南部であろうが構わない。そう考えているのかもしれんな」

つまり、それが新田であっても構わないということだ。米で餌付けして経済的に新田に依存させる。そうすれば蠣崎が持つアイヌ民族とのパイプがそっくり手に入る。十三湊を支配すれば津軽海峡の制海権を手にすることもできる。そうなれば、新田はすぐに南部を超えるだろう。

自然と吉松の口端が上がった。童らしさが消え、野望の炎を瞳に宿す怪物の貌となる。とても三歳の幼児には見えない。貌だけならば三〇にも見えるかもしれない。

「ククク ッ……金崎屋ぁ、お主《ヌシ》も悪《ワル》よのぉ」

「いえいえ、若様ほどでは……へへへへッ」

金崎屋善衛門もまた、醜悪にさえ見えるほどに、悪どい笑みを浮かべた。吉松を童と思うことは止めている。見た目は幼いが、自分よりも年上とさえ思っていた。童の身体に老練な精神を宿す目の前の怪物が、北端の宇曽利で満足するはずがない。田名部はさらに豊かになり、それに比例して

新田家は大きくなるだろう。ひょっとしたら南部家どころか浪岡や安東を飲み込み、陸奥国に君臨する大大名にすらなれるだろう。そうなれば自分は御用商人として、巨大な利を得ることもできるだろう。

いま投資をしておけば、いずれ新田と共に自分も大きくなる。金崎屋善衛門が持つ商人の嗅覚は、将来の巨大な利益を嗅ぎつけていた。

金崎屋善右衛門は、吉松と共に湊の一画を訪れていた。そこでは、見たこともない巨大な船が建造されていた。ポカンと口を開けている極悪商人を見て、吉松はククッと笑った。

「間もなく完成する。この船ならば、交易量はさらに増えるだろう。船足もこれまでとはまるで違うぞ。次に田名部に来るときは、船員を余分に連れてこい。この船をお前に貸す」

「ま、誠でございまするか！　これは凄い！」

頭の中で算盤を弾く。輸送量が三倍、船足が二倍になったとしたら、これまでの六倍の交易量となる。つまり利益も六倍になるのだ。蝦夷や田名部の特産品は、仕入れた分だけ売れていく。それだけ、田名部や徳山大舘に仕事が生まれることになる。そうなれば、さらに人が集まり、そして物産が盛んになる。この船一隻で、新田はさらに豊かになるだろう。

「領主の仕事とは、民の仕事を作ることだ。田名部ではまだまだ人手が足りぬ。まずは開墾し、米や麦の収穫量を増やす。食い物があれば人は集まる。集まった彼らに仕事を与え、豊かに暮らせるようにする。そのためには物流を強化せねばならぬ。銭衛門の役目は重大だぞ？」
呆然としながら、極悪商人はコクコクと頷いた。

第二章　独立勢力への途

奥州の歴史を見ると、江戸時代以前の奥州は「鎌倉体制」そのままといえる。政治的には、鎌倉幕府を倒した後醍醐天皇によって「陸奥将軍府」が置かれ、室町幕府時代には陸奥将軍府に対抗する形で奥州管領が置かれるなど、中央政府との繋がりはあるものの、鎌倉幕府から続く名門が戦国時代末期まで残っていた。そうした意味では、奥州では小競り合いはあるものの、戦国時代は訪れなかったともいえる。南部晴政でさえも、他家を滅亡させてまで領土を拡大するという「狭義の戦国大名」かと問われれば、疑問符をつけざるを得ない。

その一方で商工業の視点では、奥州は江戸時代に入るまで孤立していた。特に南部領では日本短角種の原種となる「南部牛」や、本州最北端の野生馬「南部馬」などを育てていたが、いずれも域内で知られている程度であった。奥州や蝦夷といえば「昆布」「鮭」「毛皮」などが中央では知られていたが、逆をいえば「美濃和紙」「飛騨木工」などの工芸的特産品が無かったのである。

戦国時代の終焉をもって、日本には新たな経済圏「江戸」が誕生し、奥州各藩も交易に力を入れるようになる。南部家においてもそれは同じで、江戸時代初期に特産品化した「南部鉄器」は現在でも伝統工芸として続いている。

「吉松よ。馬や牛ならまだ解るが、時告鳥（鶏のこと）などを飼ってどうするのじゃ？」

「無論、育てて食べるのだ」

傅役である新田盛政の質問に、吉松は何事でもないかのように答えた。だがこの時代、鶏を食べるという習慣は無かった。それどころか牛、馬、犬、猿、鶏の五種は、食用とすることを禁じられていたのである。

「天武四年（西暦六七五年）の詔など無視する。日ノ本の民は馬鹿正直すぎる。なぜ禁令となったのか、その背景を知れば、肉食への忌避などなくなるだろう」

天武天皇が出した「殺生禁断の詔」は、律令国家への転換期という時代背景がある。農耕作業に向いた家畜を殺すことを禁じることで、米の生産性を高めようとしたのだ。だが米自体が貨幣的な役割を担うようになり、幾度か同様の詔や禁令が出されるうちに、日本人の中に肉食への忌避が生まれたのだ。

「道の整備と共に輸送手段の改善を行う。基本は馬による輸送とし、牛は農耕作業に使う。鶏は食用だ。鶏卵は栄養価が高く、明国では普通に食べられているそうだ」

だが家畜を育てる場所が問題であった。山に近ければ熊や狼に襲われかねない。田名部川上流の丘を切り拓き、木と竹による囲いを作って育てることにする。

（比内鶏の原種など食ったこともないからな。やっぱり唐揚げにするべきだろうか）

吉松が新たな食材について暢気に考えていた頃、田名部から遥か南の地である三戸城では三月に一度の評定において、新田家が最近、人を集めているという話が出ていた。別に不思議な話ではない。新田は割れたのだ。現当主の新田行政が嫡男を八戸に据えて、八戸久松とした。田名部からも人を連れていっている。その穴埋めをしようと人を集めていても不思議ではない。

「だがなぜ、口減らしの者などを集めているのだ？」

九戸城主、九戸右京信仲はギョロッとした目で、新田行政に視線を向けた。口減らしされる者など老人か子供しかいない。集めたところで農業にも戦にも使えないような者なのだ。

「倅が言うには、使い途があると。倅の吉松は、最近は田名部の内政に力を入れているようで……」

「お待ちを。倅殿ということは、八戸久松殿の弟御ではありませんか？　失礼ですが今年で齢、幾つになられるのでしょうか？」

まだ二〇代半ばと思われる若い男が発言する。だが誰もその男を侮ったりはしない。知恵者と評判の剣吉城主、北左衛門佐《さえもんのすけ》信愛《のぶちか》であった。父親の盛政と比べて胆力が劣る行政は、額に汗を浮かべながらも正直に話す。

「今年で、齢三歳になります」

「馬鹿な……盛政殿は何をしておられるのか。三歳の童が政事などできるわけがない。確かに田名部は陸奥乃海の向こう側だが、三〇〇〇石の領なのだぞ。北部王家が置かれた由緒ある土地でもあるのだ。童の遊びで動かしてよいものではない！」

　大浦為則の名代として出席していた久慈備前守治義が眉を顰める。石亀紀伊守信房も同感だと頷く。新田領は確かに南部から切り離されているとはいえ、陸奥湾を繋いでの交易なども行われている。なにより、田名部館は三戸南部が飛躍した「蠣崎蔵人の乱」の象徴でもあるのだ。その土地が荒れるのを見過ごすわけにはいかなかった。

「いや、待たれよ。確かに田名部は人を集めているが、決して乱れてはおらぬ。むしろ栄え始めているとさえ聞いている。某が調べた限りではでござるが……」

　皆を遮るように発言したのが、南部の重鎮、石川城主石川左衛門尉《さえもんのじょう》高信であった。現当主である南部晴政の弟にあたり、知勇兼備の名将として津軽の政治と軍事を一手に握っている。その発言力は南部家内でも並ぶ者はいない。名実ともに南部家第二位の位置にいる。

　石川左衛門尉高信の発言で、重臣たちも口を閉ざした。左衛門尉は実兄であり南部家当主でもある南部右馬助晴政に身体を向け、自分が調べたことを報告した。

「兄上。某が調べたところでは田名部は確かに、僅かな期間で活気に満ち溢れ、新たな物産も行われているとのことです。聞くところによると、吉右衛門なる者が方々で指示を出しているとのこと。齢三歳の童に政事などできようはずもありませぬ。おそらくは、その者の知恵ではありませぬか？」

「ほう。左衛門佐殿のような知恵者が他にもいたとは……」

「新田殿も中々やる」

陸奥には伊賀や甲賀といった諜報専門の集団はいない。だが南部晴政や石川高信は独自の情報網を持っていた。これは先代の南部安信が作り上げたものであり、バラバラの南部諸氏をある意味で監視するためのものである。当然、その情報網の中には田名部館も入っている。だが僅か三歳の幼児がすべてを考えて指揮しているなど、とても想像できない。情報から浮かび上がった現場監督者である吉右衛門の知恵だろうと意見を述べる。

だが、その意見に疑問を抱いた者がいた。他ならぬ南部家二四代当主、南部晴政である。三四歳の働き盛りである当主は、男性的な引き締まった顔に笑みを浮かべて頷いた。

「うむ。左衛門尉の言はもっともだ。だが儂の見立ては少し違う。そもそも、それほどの知恵者であるならば、なぜ田名部に置く？　普通であれば根城に置いて、より重き役目を与えてしかるべきであろう。指示を出しているのは確かであろうが、判断は別の者がしているのではないか？」

家臣たちが互いに顔を見合わせる。言われてみればと呟く者もいれば、でもまさかという者もいる。石川高信は兄に対して敬意の眼差しを向けたままだ。それくらいのことは自分も考えていた。だがあえて、常識的な意見を述べて兄に花を持たせたのである。自分の役目は南部の重鎮として兄を支えるとともに、南部を一つに纏め上げることだと思い定めていた。

晴政は目を細め、半分冗談だという口調で自分の意見を口にする。

「ひょっとしたら、本当にその童が、やっておるのではあるまいか？　鎮守府公方（北畠顕家）も齢四歳で殿上人になるという早熟のお方であった。齢三歳で田名部を治める童がおったとしても、不思議ではあるまい？」

「兄上。この件、追いますか？」

「それはそれで凄い」などと他の家臣たちが笑う中、高信が主君の意志を確認した。晴政としてはどちらでも良かった。肝心なことは最後を自分が決めるということである。新田や八戸は、いまだ完全に三戸南部に従っていない。だから引き締めは必要だが、引き締め過ぎるのも拙い。

一瞬でも全員が、新田行政を責めようとした空気があったが、いまは完全に払しょくされた。当の行政も誰が主人なのか、改めて理解しただろう。

全員の視線が集まったのを確認して、晴政はフンッと鼻で笑った。

「左衛門尉に任せる。些か勝手とも思わぬでもないが、田名部が落ち着き栄えるのであれば、檜山安東や蠣崎への良い牽制にもなろう。行政、よい倅を持ったな。いずれ一度、会ってみたいものよ」

「ははっ、ありがたき幸せ」

新田行政が恐縮して頭を下げる。別に叱られたわけでも脅されたわけでもない。だが行政にとっては肝が冷える思いであった。糠部の虎とまで呼ばれる南部晴政と話すということは、それほどに胆力を求められることであった。

三戸城での緊張などまるで知らないまま、吉松は次の一手に取り掛かっていた。一年かけて乾燥させた木と木酢液から得た木タールを使って、五〇〇石の弁財船が完成したのである。

「越後から買った麻を帆布にすることで、より船足が速くなる。これを銭衛門に貸し与えて交易量を一気に増やす」

「せっかくの船を貸すのか？」

「御爺。この船を動かせる者が、いまの新田におるのか？　銭衛門には船と人を貸す。交易と船の操作を覚えさせる。一〇年もすれば、新田水軍が完成するであろうよ」

蠣崎蔵人の乱では、野辺地湊から船が出て、田名部を強襲することで南部は勝利を収めた。もし野辺地を新田が押さえたら、津軽と陸奥とに南部を分断することができる。それほどに野辺地は要衝なのだが、不思議なことに城が建てられていない。津軽に石川、三戸に南部という確固とした体制ができたからだ。野辺地が要塞化されるのは、津軽為信の反乱発生以降である。

(今はまだ早い。最低でも、新田家を五万石まで成長させたい。それでようやく一〇〇〇人の兵を養える。だがそれでも、南部には遠く届かない。やはり蠣崎、そして蝦夷が必要か……)

「御爺。すぐに二隻目に取り掛かるぞ。越前との交易と蝦夷との交易、それぞれ一隻ずつは充てたい。今はとにかく、人と物を動かすのだ」

確か蠣崎とアイヌとの和睦は来年であったなと考えながら、吉松は己が野望の途を見つめていた。

戦国大名の食事と聞くと、台所奉行がいて日々の食事を世話していると考えがちだが、それは一〇万石を超え、かつ温暖で豊かな土地を持つ大名であり、数千石の国人程度では、とても台所奉行を置く余裕などない。まして宇曽利は日ノ本の北限に位置し、土地は貧しく人も少ない。当然ながら、新田家の台所は母親である春乃方をはじめとする女衆が切り盛りすることになる。

「んんっ！　美味しい！」

吉松の姉である輝夜は、まったく新しい料理の味を堪能していた。鶏の肉を昆布を浸した酒と塩で揉み、石臼で挽いた麦を纏わせて椿油で揚げた「唐揚げ」である。塩気が利いた肉と脂は、育ち盛りの子供にとって御馳走である。春乃方も一口食べて、その味に驚いていた。

（本当に、この子はどうしてこんな料理を知っているのでしょう？）

自分が知る限り、このような料理は陸奥には無い。つまり誰かから教わったわけではない。尋ねても「夢の中で教えられた」と答えるだけだろうが、そんなことが本当にあるのだろうか。

「母上、姉上。いずれは甘味も用意したいと思います。些か手間は掛かりますが、目途は既に立っています。引き続き、ご協力ください」

「この私でも、多少なりとも吉松の役に立てるのですね？」

「多少などとはとんでもない。母上、この揚げ鶏《とり》は恐らく、日ノ本で最初に生まれた料理です。京の都を押さえる三好家でも、藤原家筆頭の近衛家でも、畏れ多くも主上におかれても、この料理を食べたことはないはずです。新田家は今後、数多くの料理を生み出していきます。母上は、日ノ本の新たな料理の開拓者なのです。間違いなく、史に名が残りましょう」

「まぁ、そんな大袈裟な……」

春乃方はコロコロと笑った。吉松はそれ以上は言わなかったが、今日の日付と料理については詳細に日記に記録し残すつもりでいた。食は人間の欲求の根源でもある。自分が生きている間に、知る限りの料理を再現するつもりでいた。

「吉松。甘味っていつできるの？」

唐揚げを頬張りながら、姉が聞いてくる。はしたないから止めなさいと母親が注意するが、吉松もまた、唐揚げを頬張ったまま返した。

「そうですね。まぁ来年の如月頃でしょうか？」

「遅いわ！　もっと早く作りなさい！」

輝夜はそう言うが、これればかりは冬場でなければ作れない。甘味は無くとも死にはしないのだ。それまでにやることが多すぎる。輝夜を無視して大根干しと雑穀米を口に入れた。

天文一八年（西暦一五四九年）も文月（旧暦七月）を迎えた。九州地方ではすでに稲の刈入れが始まっている時期だが、陸奥においてはようやく稲穂が出た頃である。刈入れまであと一月といったところだろう。だが稲穂の数を見れば、どの程度の収穫ができるかは予想可能だ。

「す、凄い。こんな数の稲穂、見たことねぇ！」

田名部の民たちが目を丸くしている。当然であろう。三〇〇ヘクタールの広大な田畑に、一面の稲穂が揺れているのだ。正条植えによって、まるで波のように一斉に稲穂が揺らめく。

「皆が俺の言うとおりに作業をしてくれたおかげだ。一月後には収穫できる。その時は皆で大いに祝おうぞ！」

「おぉっ！」

馬上から吉松が叫ぶと、民たちは一斉に拳を突き上げた。とはいっても、刈入れてすぐに脱穀できるというわけではない。稲を束ねた上で、稲架掛《はさか》けという自然乾燥の過程を経て、ようやく脱穀に入ることができる。この過程を経ることで、稲を乾燥させて長持ちさせるとともに、米粒に栄養を行きわたらせて味を良くする。その後は籾摺《もみす》り、そして精米へと進むが、これは田名部川に建てた「水車」を利用する。脱穀さえ終われば、あとは半自動で精米が可能であった。

「稗や野菜類の成長も順調だな。来年からはいよいよ、大豆、小麦、米の輪作を始めるぞ。そのために人を集めたのだ。これにより、田名部は劇的に経済成長する」

「田畑を広げておるのはそのためか。それにしてもこれだけの実りであれば、優に五〇〇〇石は超えそうじゃの。田名部の民も、飢えることはあるまい」

「おそらく七〇〇〇石を超えているだろう。大豊作だ。そして来年は一万石を超える。大畑や川内にも同様の集落を作り、遠からず五万石を超えるのだ。稗や粟、蕎麦などの雑穀のほか、様々な農畜産物を生産する。交易によって富を蓄え、いずれは二〇〇〇人の常備兵を持つ南部屈指の国人になる。この宇曽利を日ノ本の別天地へと変えるのだ」

「ほっ、豪気じゃの。じゃがそれで良い。父親の言葉など気にするな。それくらいの覇気がなければ、新田はこの先、逼塞しようて」

盛政の言葉に偽りはない。父親である新田行政から「あまりやりすぎるな」という手紙が来たのだ。三戸城で開かれた評定において、田名部が人を集める理由は何かと問い詰められたという。

それを聞いたとき、吉松は内心でヒヤリとした。生産性の向上と特産品開発によって、田名部は飛躍的に成長しつつある。だがそれでも、山の多い下北半島ではせいぜい一〇万石が限界だ。小麦や大豆などの他の農作物により、最大で三〇〇〇程度の兵は養えるかもしれない。だが南部家が本気を出せば、数千の兵を動員できる。田名部は為すすべなく、蹂躙されてしまうだろう。

(立ち止まるわけにはいかない。立ち止まれば、この戦国時代では即、死を意味する。新田が生き残るには、出過ぎた杭になるしかない)

「御爺、来年は常備兵を集めたい。まずは一〇〇ほどだ」

「常備兵というと、百姓仕事はさせぬわけか？　普通に人を増やせば、三〇〇人くらいの兵は持てると思うが？」

「雑魚三〇〇よりも精鋭一〇〇のほうが良い。常備兵は確かに負担だが、戦闘に特化した即応能力はそれを上回る。なにより、百姓は百姓仕事に、職人は職人仕事に集中できる」

「なるほど。其方の初陣はまだまだ先じゃ。その頃には数百の精鋭になっておるやもしれんな」

だが、南部家の動きの速さは、吉松の想定を超えていた。館に戻ると先ぶれが来ていた。南部家の重鎮、石川高信が自ら訪れるというのである。


石川左衛門尉高信は、南部氏を一気に戦国大名に成長させた南部氏二三代当主南部安信の次男であり、知勇兼備の名将である。南部氏の重鎮として津軽地方の政治と軍事を束ね、その影響力は当主である南部晴政に次ぐものだ。

（後世では、安信の弟というのが定説だったが、やっぱり晴政の弟か。そりゃそうだよな。そうでないと、五〇歳で子供を作り、八〇歳近くで津軽為信と戦うことになるんだから）

石川高信は永正一七年（西暦一五二〇年）生まれなので、今年で齢三〇歳になる。兄同様、正に脂ののった時期だ。歴史シミュレーションゲームでは、顎鬚を生やした厳つい中年男として描かれることが多いが、実際には鼻下の口髭を薄っすらと伸ばしただけの、誠実そうな男に見えた。

だがその眼差しには力がある。知勇のみならず教養までも漂わせていた。

「これは左衛門尉様、遠いところよくぞお越しくださいました。なにぶん、田舎故に大した御持て成しもできませぬが……」

石川左衛門尉が上座に座り、前当主の新田盛政と嫡男吉松が下座に座る。新田家は形だけとはいえ、三戸南部家の直臣である八戸の家臣、つまり陪臣であった。南部家の筆頭家老である石川高信とは格が違う。

　だが高信は気にも留めず爽やかに笑い、年長者である盛政に丁寧な言葉を使った。

「いや、こちらが突然訪ねたのです。お気になさらず。噂では聞いていましたが、確かに勢いがありますな。道は幅広く取られ、人々の顔にも活気がある。子供たちも飢えてはいないご様子。それに米もよう実っている。田名部を栄えさせたご手腕、お見事でございます」

「すべては右馬助様（南部晴政）のご庇護があってこそです。御家のためならば、我らは命を捨ててお役立ちする所存」

　盛政が深々と一礼する。吉松もそれに倣った。頭を下げずに、己を貫いて生きることが格好良いと思っている奴はバカである。目的のためならば頭も下げるし土下座もする。裸踊りだってする。下らない見得などなんの役にも立たない。最後に勝てばそれでいいのだ。吉松はそう割り切っていた。

「ほう……美味い」

　牛蒡茶を口にした高信は、その味に驚いた。盛政は「田舎者の知恵」と自嘲するが、高信はかなり気に入った様子である。牛蒡は山林に自生しており、来月には収穫もできる。手土産に渡してやろうと吉松は思った。

　それからしばらく、田名部の様子について高信が幾つか質問する。新しい田植え法や狩りを充実させていることなどを伝える。だが盛政でさえも知らないことが幾つもある。塩水選、椎茸栽培、木酢液などなど、重要なことは何一つ伝えていない。

やがて、石川左衛門尉から核心の質問が出た。この問いをするためだけに、わざわざ津軽から来たと言ってもいい。

「それは、誰が考え出したのでしょう？　民たちからは、吉右衛門という者が指示していると聞いていますが、勝手に指示をしたわけではありますまい。誰が考え、判断したのですか？」

「それは……」

盛政は諦めたように、横にいる吉松の肩を叩いた。

「嘘偽りなく申し上げます。それらを考え出したのは、この吉松でございます。本人は、夢の中で誰かから教えられたと申しておりますが、試したところ本当に効果があったものですので、ならば任せてみようと……」

「なるほど、やはり」

そう呟いて、高信は視線を幼児に向けた。吉松はその視線を真っ直ぐに受け止める。見た目幼児でも、精神年齢は八〇歳に近く、海千山千の経営者たちと丁々発止やってきたのだ。たとえ戦国時代であろうと、三〇歳の若造に怯むような軟《やわ》ではなかった。

（慌てて言い訳したり、頭を下げたりしないかを見ているんだろう？　こういう時は、相手が喋るまで沈黙したほうが良いんだ。口を開けば開くほど、言い訳じみて聞こえてしまうからな）

数瞬して、高信は笑った。

「ハハハッ……なるほど、神童ですな。子供だというのに、まるで年上を相手にしているような気分になり申した。某《それがし》にも亀九郎という息子がいるが、見習わせたいものです。さて、吉松殿に聞きたいことがあるが、宜しいか？」

「なんでございましょう？　某に答えられることであれば……」

「吉松殿は、何を目指しておられる？」

　口調は変わらない。だが盛政は、部屋の気温が若干下がったように感じた。そこには、陪臣にも丁寧な言葉を使う好男子ではなく、南部家を支える筆頭家老がいた。

「田名部の繁栄でございます。某は齢三歳、とても戦には出られません。ならばせめて、田名部だけでも栄えさせ、兄であり主君である八戸久松様を支えたいと思っております」

　真っ直ぐに見つめて淀みなく答える。無論、内心は違う。吉松が目指すのは、国人である新田家をどこまでも大きくすることだ。南部や八戸が邪魔になれば、躊躇いなく排除するつもりでいた。だがそれを顔に出すほど愚かではない。表面的には真摯に、兄を支えたいという姿勢を見せる。

「であれば、某と同じですな。某も、兄をどこまでも支えたいと思っています」

　高信はニッコリと笑った。


　その夜、田名部館にて持て成しを受けた石川高信は、客間にて寝床に横たわると、手入れの行き届いた天井を見つめた。田名部は想像以上に繁栄していた。雑穀米とはいえきちんと炊かれた飯、ほどよく脂ののった一夜干しの魚、上品に盛り付けられた山菜類などなど、ありふれた食材を見事な美味に仕上げていた。そして驚いたのは酒である。ただの濁酒だったが、三戸でも口にできないような美味さであった。歳暮として南部家家中にも贈りたいと言っていたので、自分の名で許した。あの酒が贈られてくるなら、家中で異論を出す者などいないだろう。

だが問題もあった。それを僅か三歳の幼児が口にしたのである。信じ難いことであった。

（あの眼差しに嘘があるとは思えないが、何かが引っかかる。そう、模範的すぎるのだ。俺の立場まで計算して、あのような返答をしたのではないか？）

目を閉じると、なぜか父親の顔が浮かんだ。父である安信は、三戸城一つから一代で奥州最大の大名にまで南部を育て上げた。その血を色濃く受け継いだ兄でさえ未だに超えられないと思えるほど、高信にとって父親は「巨人」であった。その巨人と、今日出会ったばかりの幼児とが、重なって見えたのだ。

（信じられん。まるで父上と話をしているかのようであった。あれが三歳だと？）

ゴロリと寝返る。拭い難い違和感の正体。それは新田吉松という童の「完成度」にあった。見た目とは裏腹に、その言動に童らしさなど微塵もない。人の世の酸いも甘いも知り尽くした、遥か年上の年長者が、童の肉体まで若返ったと言われても不思議とは思わない。無論、そんなことがあろうはずもない。得体の知れない「怪物」としか表現のしようがなかった。

そして問題は、その怪物が今何を思い、この先何をするかであった。

（あれほどの知恵を持つ者が、果たして田名部の地だけで満足するだろうか。力ある者は、それを使う場を求めるもの。あの屈託のない笑顔の下には、野望の炎が潜んでいるのではないか。そして虎視眈々と、怪物の牙を磨き続けているのではあるまいか？）

殺してしまうべきかもしれない。高信はそう思った。だが同時に、その力を兄晴政のために役立てられないかとも思った。方法は無くはない。遠縁とはいえ、新田にも南部の血は流れているのだ。そして南部晴政には娘しかいなかった。

「亀九郎をと思っていたが……兄上に話してみるか？」

吉松の意志とは関係のないところで、歴史は大きく変わろうとしていた。

田名部においてもようやく収穫の季節がやってきた。米、稗、麦といった穀物や、茄子、大根、牛蒡などの野菜類、そして山々には茸や山菜がある。三〇〇〇人が総出でそれらを収穫していく。

「それぞれの収穫量を記録するのだ。特に山の幸は、どのあたりで収穫できたのか、大体で構わないので位置も明記せよ」

熊、鹿、猪が運ばれてくる。これらは狩人部隊《マタギ》が獲ったものだ。機巧弩によって狩りの成果が飛躍的に増している。特に鹿は繁殖力が強く、定期的に山を手入れしているため一気に増えた。獲った獲物は血抜きをして川で肉の温度を下げ、丁寧に革を剝いでいく。毛皮は冬の敷物として使うほか、上着や履物としても必要不可欠である。だから山を手入れし、常に一定以上の獣がいるように山を維持する。この地がまだ蝦夷《えみし》の土地だった頃から続く、民の知恵であった。

「魚の干物、昆布も問題ないな。ホタテの貝柱も昨年以上だ。漬物も良し、稗酒も良し……」

神無月（旧暦一〇月）になれば、田名部では雪が降り始める。その前に越冬の準備を終えなければならない。それは正に「厳冬との闘い」そのものであった。現場で指揮する吉右衛門は一つずつ丁寧に確認しながら進めていく。このために幾つもの蔵や陸奥漆喰《コンクリート》の地下貯蔵庫を用意していた。そこに整然と運び込まれていく。

「こりゃぁ、今年は楽に年を越せそうだな！」

皆が笑顔を浮かべる。吉松の改革によって、田名部は空前の好景気であった。南部領において、田名部はもっとも豊かな土地になったといえるだろう。だが吉松本人はまったく浮かれていなかった。それどころか眉間をやや険しくしている。盛政がその表情に気づいて声を掛けた。

「吉松よ。どうしたのじゃ？　何か不満があるのか？」

「いや……ただ、些かでき過ぎだと思った。今年は良いが、来年はここまで収穫できるか解らぬ。だから更なる改革によって生産性の向上を図らねばならん。越冬の準備が終わったら、今年の反省を行うぞ。来年に向けて、課題を考えたい」

吉松としては、この程度で満足してもらっては困るのだ。やるべきこと、やりたいことは山ほどある。だが一気に行うには人手も資力も足りなさすぎる。一つ一つ片付けていくしかない。

「若様、金崎屋殿がお越しになりました」

収穫の時期を見越して、金崎屋善衛門が今年最後の交易にやってきた。

「いやはや、お借りした五〇〇石船は素晴らしいですな。筵帆《むしろ》とは船足が段違いです」

吉松は小姓の松千代に命じて、稗酒を出してやった。今年最後の交易である。これくらいの持て成しはしてやってもいいだろう。

「米三〇〇石に石鹼と炭団、そしてこの稗酒を出そう。徳山からは何人くらい連れてきた？」

「ハイ、五〇人です。若狭守様（蠣崎季広《すえひろ》のこと）は蝦夷と和睦をされました。今後は交易にお力を入れられるご様子。ですがそれにより、マタギたちが動ける範囲が狭まったそうで、別の土地に行きたいという者も多かったのです」

マタギの仕事は狩りだけではない。マタギは「山の民」として、森そのものを信仰し、守っている。田名部でも恐山山系をはじめ、山々にはマタギが存在し、狩りと間伐、そして山の恵みを採っている。吉松はマタギの仕事に椎茸栽培を加えるつもりであった。

「マタギや職人、読み書きができる者か。だがそれ以上に、蝦夷の言葉を操る者がいてくれたのがうれしいな。宇曽利の山に生きるマタギも、蝦夷の言葉を使う。通訳として役立ちそうだ」

「蝦夷と和人との間に生まれた子のようで、苦労もしたようです」

アベナンカという名の女性がやってきた。年齢は二〇歳程度であろうか。アイヌ民族独特の彫りの深い顔とパッチリとした目の中々の美人であった。だが戦国時代の和人の美的感覚からすれば、どちらかといえば醜女《しこめ》になるのかもしれない。

「ではそろそろ……若様、少し早いですが今年はお世話になりました。良いお年を……」

五〇〇石船に米や炭団を満載させ、善衛門は再び蝦夷徳山大館へと船を出した。今度は徳山で鮭や昆布などを仕入れ、それを越後などに売りに行く。いわゆる三角交易であった。

吉松は五〇名の移民のうち、アベナンカのみを残した。他の者は吉右衛門が差配するが、アベナンカは自分の世話をする侍女として、傍に置きたいと思ったのだ。

「蝦夷の言葉や文化を教えて欲しい。そのかわり、俺は大和文字を教えよう」

「私……あまり喋るの、得意じゃない」

「構わん。この地ではアベナンカを差別する者はいない。当主である俺が許さん。さて、今夜は蝦夷の料理を作ってくれないか。確か、カムオハウだったか？」

大きな瞳をパチクリとさせて、アベナンカは頷いた。


アイヌ料理「オハウ」とは鍋料理のことだ。カムオハウとは肉が入ったオハウという意味で、肉と野菜、塩だけで味付けした鍋だ。野生の行者ニンニクや山ワサビによって肉の臭みが抑えられ、笹ダケやフキノトウ、ウドなどの山菜類、大根や牛蒡などの根野菜を入れる。そして灰汁は取らない。アイヌでは灰汁は薬効があると信じられているので、そのまま食べるのだ。

「肉の味がしっかり出ている。悪くないの。それにこの稗酒とも合う」

盛政は出来たての稗酒を呷った。田名部館では酒を飲むのは盛政だけであったが、アベナンカが来たお陰で、酒の消費量が増えそうであった。アベナンカ、松千代や梅千代は別室で食事をしている。同じものを食べているが、部屋は違う。主従のけじめであった。

「それにしても、蝦夷の民を侍女に迎えるとはのう」

「正確には半分、蝦夷の血が入っているだけだ。この地に来た以上、俺にとっては皆、田名部の民だ。吉右衛門らにも決して差別をせぬように伝えてある」

戦国時代の奥州においては、アイヌ民族はそこまで差別対象ではなかった。そもそも山の民であるマタギも、アイヌ民族が発祥だと言われている。極寒の地においては生きることに精いっぱいで、差別などしている暇はないのだ。

「アベナンカね。私は輝夜。宜しくね」

田名部館では、女性の数は多くはない。そのためか輝夜は嬉しそうであった。

「姉上。アベナンカには蝦夷の言葉や文化を教えてもらうつもりです。姉上もどうですか？」

「う……そ、それは吉松が勉強しなさい。私はアベナンカと遊ぶわ」

やれやれという気持ちで吉松は首を振った。精神年齢八〇に近い吉松は、この程度のお転婆で腹を立てることはない。むしろ可愛げすら感じていた。

「母上、商人が丹波の豆を運んできました。これで来年は豆づくり、そして味噌づくりができます。母上には料理で、田名部を栄えさせていただきたいと思います」

「それは構いませんけど……結局は吉松が食べたいものを作るのですよね？　美味しいものが増えるのは嬉しいですけど、皆のことも考えねばいけませんよ？」

「うむ。薬物も食べたほうが良いと聞くぞ？」

たとえ精神的には成熟していても、やはり母には勝てない。甘えるつもりなどは毛頭ないが、こうした団欒は悪くないと思った。

「田名部では今、様々なことを試しています。これからは、新しい食べ物も多くなるでしょう」

「牛、馬、鶏も育てておるな。民たちも慣れてきた様子。来年はもう少し任せてみればよい」

「御爺の言う通りだ。新しい農法はともかく、覚えの早い者に米作りなどは任せるつもりだ」

「なんで吉松は、御爺様と母様とで口調が違うのよ？」

自分を小突く姉を無視して、吉松は鍋を食べながらこれからを考えた。

（戦国時代の国人衆とは、二一世紀でいえば株式会社と暴力団組織を足したようなものだからな。株式会社新田組といったところか。読み書きと計算が必要な行政官はともかく、既存生産ラインの現場監督者くらいは任せてみるか）


田名部が更なる飛躍に向けて順調に動いていた頃、根城においては城代となった新田行政が八戸氏を取り仕切っていた。根城は馬淵川《まべち》沿いの丘の上にある風光明媚な平城で、八つの曲輪と空堀に囲まれた名城である。馬淵川は上流に三戸城、下流に湊を持つ豊かな河川で、川沿いでは稲作が盛んに行われている。

豊かな土地と馬淵川の利水によって根城八戸家は二万石近い石高を持つが、それだけ南部家の中での役目も大きい。高水寺と雫石の斯波御所とはたびたびの戦となっており、そのたびに兵を出している。そのため根城での暮らしは決して豊かではない。

そんな時に本来の本拠地である田名部から、空前の豊作という知らせが届いたのだ。吉松が主体となって改革を行い、三〇〇〇石程度だった田名部は七〇〇〇石を超える収穫を得たという。根城と田名部の距離はおよそ四〇里（一二〇キロ）。野山を越えることを考えれば、片道でも最低五日はかかる。

だが吉松は大畑という集落を新たに拓き、そこから船を出せば二日で八戸の湊まで行けるという。二年以内にはそうしたいと嬉しそうに手紙で知らせてきた。

「勝手なことをしおって……」

行政は苦々しい気持ちでその手紙を読んだ。父親である盛政と比べると、自分が凡庸であることは自覚している。根城で城主面ができるのは、息子に八戸氏を継がせたからだ。あと一〇年もすれば長男の久松も元服し、城主として根城を治めることになる。そして自分は、筆頭家老として根城を取り仕切る。実質的には新田家が、根城八戸を飲み込むのだ。南部晴政とて新田家を無視できなくなる。自分が新田の家格を上げる。そうすれば父親を越えられると思っていた。

だが嫡男の吉松は、とても幼児とは思えない動きを始めた。瞬く間に田名部を掌握し、先代の盛政すら抑え込み、自ら内政を差配し始めたのである。米作りに力を入れるのは良い。だが勝手に船を建造し、商人を呼び込み、さらには蝦夷との交易まで始めた。その一方で、根城八戸の家老衆や津軽石川家にまで手紙を送っている。父を頼むと書いているそうだが、余計なお世話というものであった。童に気遣われていると周囲から思われる、自分の立場にもなってみろと思った。

「御城代様。東様、葛巻様がお越しです」

「待たせておけ。いま行く」

吉松からの書状を文箱に収めた行政は、ため息とともに立ち上がった。

宇曽利の冬は長く厳しい。深い雪に閉ざされ、糠部との交流も途絶える。農閑期となった百姓たちは、飢えと寒さに苦しみながら、早く冬が過ぎ去ることを祈るのが、これまでの宇曽利であった。だが、吉松が田名部を差配し始めてから状況は一変した。隙間風が吹き込んでいた家屋は建て替えられ、炭団によって寒さに震えることはなくなった。これまでとは比べものにならない方策によって、食べ物は豊かになり冬場も飢えることはない。そうとなれば、人々は暇に飽くようになる。草鞋や背中蓑を編むのは、主に女衆の仕事である。では男は何をするか。

「フンッ！　ハッ！　フンッ！　ハッ！」

田名部の男たちが声を揃えて雪かきをする。五人が一組となり、同じ動作を行う。冬場の雪かきを兼ねた「練兵」である。こうして呼吸を揃えて動くことに慣れさせれば、いざという時に集団で動くことができるようになる。

「半刻（約一時間）ごとに休息を取るのだ。家屋に入り、暖を取りながら汗を拭え」

日が出ている間は雪かきをし、日が暮れれば文字や算術を学ぶ。皆で肉の入った鍋を囲い、一杯ずつだが酒まで飲める。田名部の男たちは挙《こぞ》って、この行事に参加していた。

「若様！」

皆が顔を向ける。吉松と盛政が馬に乗って近づいてくると、全員が手を止め地面に膝をついた。

「よせっ！　作業を続けよ。動き続けねば風邪をひくぞ！」

盛政の両腕に挟まれて馬に跨っている童が大声を出す。見た目と声は童だが、田名部の者たちは誰も童などとは思っていない。吉松を見る眼差しは、もはや信仰にすら近かった。

「今宵は俺も飯に参加するぞ。安心しろ。童一人の食う量など、高が知れている」

「へぇ、それは大歓迎ですが、酒は……」

「たわけっ！　三歳の餓鬼に酒が飲めるか！」

皆がどっと笑う。それを見ながら、盛政は複雑な気持ちであった。おそらく田名部の民の誰もが、吉松を「殿」とするだろう。現当主の行政のことなど、誰も覚えていないかもしれない。この二年間で、田名部の民の心を完全に掌握してしまった。いや、民どころか田名部館の者たちまで、吉松こそが新田の当主と思っているに違いない。

（吉松を止めるよう、行政から書状が届いているが、無理じゃな。もはやこの田名部に、倅の居場所などない。八戸で久松を支え、他の家老たちと懇意になるよう伝えねば……）

新田盛政は、八戸どころか三戸南部家、さらには浪岡をはじめとする津軽にまで名の知られた武将である。新田は田名部に根を下ろしている。この田名部が豊かになるということは、新田が強くなるということだ。吉松は新田家の力を数倍にした。やり方の理解はできなくとも、結果は出ているのだ。だからやり過ぎとも思える吉松の改革を止めることはしなかった。

（行政は儂を意識し過ぎる。新田の当主として田名部は吉松に任せ、根城でドンと腰を据えておれば良いのだ。それで上手くいくのじゃが、行政に受け入れられるかの……）

下手をしたら父子相克になるかもしれない。その場合、自分はどうするか。盛政は孫に気づかれないようにため息をついた。

（注）戦国時代の陸奥地方は、二時間を一刻とする十二時辰は導入されていなかったが、混乱を防ぐことと作中表記統一のために、あえて一刻＝二時間で表記する。

天文一九年（西暦一五五〇年）五月、田名部では微妙な緊張が続いていた。田名部新田家と根城八戸家、もっというなれば新田吉松と新田行政の「父子相克」が発生したのである。

ことの顛末は、三月に新田行政がいきなり田名部に戻ってきたことにある。田名部は吉松の指揮のもと、急速に改革が進んでおり、田畑を拡張させて米、麦、大豆の輪作を開始するなど、新たな増産計画に動いていた。だが行政は、戻ってきていきなりそれを止めたのである。

「儂は新田の当主であるぞ。その儂が知らぬ間に、何を勝手にしておる。すべてを元に戻せ！」

　この口上に吉松は呆れた。勝手などはしていない。定期的に書状で田名部の改革を知らせている。止めるのであれば、一年前でも止めることはできたのだ。仮にも「当主」という最高経営責任者を自認するなら、なぜもっと早く動かなかった？

「待て、行政。吉松は田名部の民のために努力し、ここまで豊かにしてきたのじゃ。褒められこそすれ、責められるようなことはしておらぬ」

「父上はお黙りくだされ。これは当主としての某の決定にござる」

　祖父と父が口論する。その様子を吉松は冷え切った眼差しで見つめた。元に戻すことは不可能ではない。だがそうすれば、田名部はまた飢え、震える寒村になってしまう。目の前の男は、民たちの表情に感じるところはなかったのか？　石高《売上》が急激に伸び、家臣《社員》も増えた。あと少しで、八戸にも匹敵する力が北の地に生まれる。蝦夷という後方を気にする必要がある南部にとって、それがどれだけありがたいことなのか理解していないのか？

（自分の影響力が及ばなくなることへの原始的な不安。創業者の会長《父親》が、いつまでも経営に口を挟んでくると悩んでいた二代目社長がいたが、こういう心境か……）

「父上は、田名部が再び貧しくなっても構わんと仰られますか？」

「フン、何を言っている。童でもできたことが、儂にできないわけがあるまい？」

　なるほど、と吉松は思った。つまり目の前の男は、今年で四歳になった幼児を嫉《そね》んでいるのだ。

新田家では祖父である盛政が発言力を持っていた。根城八戸家を乗っ取り、当主と長男は田名部から根城に遷った。ようやく父親から解放され、行政は新田と八戸で当主としての影響力を発揮しようとしたのだろう。だが現実は違った。そうしているうちに、田名部が急成長した。

（田舎の子会社が都心の本社を吸収して、子会社の社長が本社副社長に入った。だが本社役員や管理職がいるし、実態は社長不在の状態だ。副社長がまるで社長のようになんでも意思決定して指示を出していたら、元からいた役員や管理職は不満を持つだろうな）

「であれば、まずは根城を豊かにされるべきではありませんか？」

「なに？　儂に逆らうか、吉松！」

行政が怒鳴る。普通の子供であれば、それだけで肩を竦めて震えるだろう。だが精神年齢八〇歳の吉松は眉一つ動かさず、むしろ冷笑すら浮かべた。

「父上。父上は根城の城代ではありませんか。まずは根城をしっかり束ねるべきではありませんか？　御覧の通り、この田名部は私の下で混乱なくまとまっています。どうかご懸念なきよう」

（南部家は恐らく、根城内部での「居場所づくり」までは手伝ってくれなかったのだろう。というか大人なんだからそれくらいは自分でやれよ。偉そうに当主面していたら、反感買うのは当然だろ）

「ならぬ！　新田の当主は儂ぞ！　吉松、お前は根城に連れていく。田名部は父上に一任する」

「お断りいたす。吉右衛門ッ！」

「ハッ！」

吉松の鋭い声に、評定の間の外から大声が返ってきた。ガラリと襖が開き、吉右衛門以下男たちが手を突いている。いずれもギラついた眼差しをしていた。命を懸けて吉松《主君》を守るという覚悟がありありと浮かんでいる。吉松は行政を睨んだまま、吉右衛門に指示を出した。

「父上の供回りを拘束せよ。根城とは決裂した。新田は今日この時より、八戸から完全に独立する！　田名部の民たちにも伝えよ。根城との合戦だとな！」

「御意ッ！」

「ま、待つのじゃ！　吉松！」

「御爺、この田名部を離れるつもりであれば、速やかに去られよ。ただその際には、母上と姉上も連れていって欲しい。たとえどのような決断をされようとも、俺は決して恨まぬ」

吉松はそう宣言すると、立ち上がって一方的に出ていってしまった。あまりの決断の速さに、行政も盛政も、呆然としたままであった。

「殿、いかがなされました」

「うむ。新田家当主、新田吉松と名乗る者からの書状だ。読んでみよ」

三戸南部家当主、南部晴政はそう言うと、楷書で書かれた紙を差し出した。毛馬内靱負佐秀範《ゆきえのすけひでのり》は、恭しく書状を受け取ると一読し、ため息をついた。

「これは……行政殿の言い分も聞かねばなりますまい」

書状には、田名部新田家における「親子喧嘩」について書かれていた。八戸城代として根城で活躍していた父親が、ふらっと戻ってきたら田名部がいろいろ変わっていたので激怒して元に戻せと言う。だが田名部はいま、農業や漁業で頑張っており、百姓たちの暮らしも豊かになりつつある。それを戻すなどできないと抵抗し、ついには決裂してしまった。だがこれは八戸と敵対するということではなく、あくまでの新田家内での意見相違にすぎないので、手出しは無用。念のため、根城や石川城などにも顚末をまとめて伝えている。三戸城には迷惑料として米三〇〇石、根城家老の東、葛巻、そして石川城には一〇〇石ずつ贈る。

まとめるとこのような内容が書かれている。だが驚いたのは日付だ。四日前に起きた出来事らしいが、まだ根城からは報告がない。

「新田吉松といったな。左衛門尉（石川高信のこと）がえらく気に掛けていたが、確かに早いな。根城からはまだ何の報せも来ておらぬ。この簡潔で解りやすい書状。そして根回しと気遣い。無骨な盛政では出ぬ知恵だ。左衛門尉が気に入ったという神童の手並みか」

「恐らくは。昨年、田名部は七〇〇〇石を超える大豊作だったと聞いています。稗から造ったという新しい酒を歳暮で送ってきましたが、中々の味でした」

「……欲しいな」

「は？　田名部を、でございましょうか？」

「違う。新田吉松よ。儂の援助なくば主家乗っ取りすらできなんだ行政に比べて、この者は鮮やかに田名部を獲りおった。どちらが使えるかは明らかではないか」

「根城八戸は殿に臣従しております。新田は八戸の臣下。陪臣とはいえ殿の臣ではありませんか？」

「だが新田は父親と縁を切った。八戸とは敵対しないと言っておるが、実際には独立であろう。つまり今は、誰の臣でもなく独立した状態と捉えることもできる。儂の直臣として田名部およびその一帯を与えれば、新田は八戸と同格以上となろう」

「では今回の件、田名部にお味方されますか？」

南部晴政は顎鬚を撫でて少し考え、首を振った。

「いや、どちらにも味方せぬ。その書状にある通り、あくまでも新田家内部のゴタゴタとしておく。それに念のため、行政の話も聞かねばなるまい？」

そして不敵に笑った。

「親を喰らうか、子を飲み込むか。まさに喰うか喰われるかだのぉ」


「吉松、殿との和解はできないのですか？」

田名部館の評定の間において、本来ならば当主が座るべき場所に胡坐した吉松に、母親の春乃方は不安げな表情を向けた。お転婆な姉の輝夜でさえ、この急変には戸惑っているようであった。祖父の盛政は家臣の場所に座り、瞑目したまま黙っていた。

「母上。新田の当主はこの俺です。父上とは既に断絶しました。いま新田は、三戸南部家とも対等の、独立した国人なのです。今後は、表での苦言はお控えください」

「吉松！　母様に対して……」

だが輝夜の言葉は続かなかった。まるで獣のようなギロリとした眼差しで睨まれたからである。そこにいるのは愛くるしい幼児ではない。野望の牙を剥き出しにした怪物の姿があった。

誰がなんと言おうと、自分にとっては可愛らしい弟だと思っていた輝夜は、その変貌ぶりが信じられなかった。

「クックックッ……」

齢四歳の怪物が低い声で笑った。母も姉も、ゴクリと唾を飲んだ。

「思いの外、早く独立できたわ。まずは糠部からの侵攻を食い止める。これは昨年からの根回しが利くであろう。おそらく南部晴政は、新田家中の親子喧嘩で終わらせるはずだ。宇曽利よりも鹿角《かづの》のほうに関心が向いているからな。数年は安泰であろう。その間に宇曽利をさらに栄えさせ、南部家すら手が出せぬほどの力を得るのだ。そして……」

口端が上がり、歯が見える。その瞳には燃え盛る炎が宿っていた。およそ童の貌ではない。今にも獲物に飛び掛からんとする獰猛な獣のようであった。

「吉松。心中の化物《けもの》を抑えろとは言わぬ。じゃが少なくとも、春や輝夜の前では控えよ」

一瞬だけ、獣の眼差しを祖父に向ける。だが吉松はすぐにピシャリと自分の頬を叩き、そして揉んだ。表情が変わり、ニコリと笑う童へと戻った。

「それで、御爺たちはどうするのだ？」

「儂は此処におる。今更、根城に行ったところで窮屈なだけであろう。それに此処のほうが、飯が美味かろうからのぉ」

「うん。母上と姉上は？」

そう問われ、二人は顔を見合わせた。


半ば叩き出されるように田名部館から根城に戻った新田行政は、すでに吉松が先手を打っていたことを知り、歯ぎしりした。南部家の主だった者たちどころか、根城の家老たちにさえ事の顚末の書状が届いている。吉松は父親を拘束すると同時に、田名部の湊から野辺地まで船を出し、そこから一気に早馬を飛ばしていた。

「急ぎ兵を集めよ！　田名部攻めだ！」

合戦の支度に入ろうとした行政であったが、根城八戸家の家老である東重康、葛巻友勝が反対の声をあげた。これはあくまでも新田家の御家騒動に過ぎず、根城八戸が動くのはおかしい。ここは親子の話し合いで解決してはどうか。それが二人の主張である。

「根城は八戸家の城でござる。吉松殿は、行政殿とは断絶したが兄が当主となる八戸家とは敵対せぬとのこと。ならば根城領民を動かす必要などありますまい」

「御城代、重康の言には一理も二理もありまする。それに田名部は栄え、大殿や石川左衛門尉殿も気に掛けているとの噂もあります。ここはあくまでも新田家内で解決していただきたい」

この時代の戦国大名というのは、基本的には「国人衆の代表」という位置づけである。甲斐武田家や越後長尾家などは、家臣それぞれが土地を持つ国人であり、それが有力者の下に集まっているという「国人集合体」であった。当然、南部家でもそれは同じで、一戸や二戸などは、南部晴政に臣従しているがあくまでも独立した国人である。それは八戸や新田も同じであった。

《なぜ、八戸家が他家の親子喧嘩で兵を出す必要があるのか？》

吉松は父親との断絶という「家中の事情」に収束させることで、他からの介入を防いだのである。そして新田家内と限定すれば、力を持っているのは吉松であった。なにしろ行政には拠点そのものがないからである。

「吉松ッ……」

新田行政は顔を赤黒くして歯噛みした。

「新田家の独立」という報せは、数日のうちに南部領内の主だった国人衆に広まった。これは吉松が「問題点の明確化」と「既成事実化」を図ったためである。名目としては、新田家の御家騒動であるが、事実上の八戸家からの独立であり、つまり三戸南部家の陪臣ではなくなったことを意味する。吉松が欲しかったのは、まさにこの立場であった。

「じゃが、危険でもあるぞ。野辺地を治める七戸彦三郎直国は、九戸氏とも昵懇じゃ。小川原には六戸がおる。根回しをしたとはいえ、いつまでも独立を許してくれるとは思えぬ」

吉松の祖父である新田盛政をはじめ、母親の春乃方と姉の輝夜は、田名部館に残ることにした。その理由は様々である。住み慣れた田名部を離れたくないという心情は共通であったが、盛政や春乃方は、ついに表に出始めた怪物を宥めることができるのは、肉親である自分たちだけだと思っていた。もっとも輝夜は、甘い物を食べさせる約束を守れと言って、残ったのだが……

この時代の家族観は現代とは違う。何よりも優先されるのは「家」である。吉松は、やり方はどうあれ新田家の家格を上げた。八戸家の臣下であり南部家の陪臣という立場から、完全に独立した一国人になったのである。これでもし新田が三戸南部の直臣となれば、八戸と肩を並べることになる。盛政からすれば、祖父としてはともかく、前当主としては吉松を褒めたいくらいであった。

（倅も倅じゃ。今は八戸に力を入れ、少しでも右馬助様の歓心を買うべきであろうに……）

自分が倅の立場であれば、旧八戸家の家臣を立てつつ、城代として根城八戸の安定に力を入れる。新田家当主としては南部家の陪臣のままだが、長男が八戸家を継ぎ、南部の直臣となったのだ。今まで以上に八戸家中、そして三戸南部家に気を配らなければならない。

だが行政はそうしたことに力を入れず、八戸の城代として自分の好きなように動こうとした。それが根城内に軋轢を生み、結果として吉松がそこに付け入ったのである。

「御爺の言うことはもっともだ。だが逆を言えば、倉内（現在の六ヶ所村）までは未統治地帯ということだ。誰のものでもなく、強いて言うなら山の民のものだろう。田名部では、山の民との縁も深い。横平（現在の青森県横浜町）まで一気に獲るぞ」

史実では、一五五五年に横平館《よこひらだて》が再建され、その城主となった七戸系の庶流である七戸慶則が横浜氏を名乗るようになる。横平は陸路で田名部に行くための要衝であり、この地を先に押さえることで田名部の安全保障を確立するというのが、吉松の構想であった。

新田家の御家騒動とは関係なく、田名部は順調に「吉松治世」の三年目を迎えていた。米、大豆、小麦の輪作が開始され、五〇〇石船を使った交易も順調である。毎月のように移民が来るため、それぞれの経験に応じて人を配置する。その中でも、吉松が特に力を入れているのは、建設専門部隊「黒備衆《くろぞなえしゅう》」の整備であった。

「三日に一日は必ず休むのだ。一刻（二時間）ごとに四半刻の休憩を入れよ。それと昼は半刻の休憩とし、握り飯、漬物、肉が入った汁を出せ」

田名部にある圓通寺では、隣接する形で日時計と鐘が置かれた。一刻ごとに「今、何時か」を鐘の回数で伝えるのである。戦国時代では「時間的概念」が未発達であった。だがこれでは作業効率が低下する。「次の鐘が鳴るまでにここまで片付ける」という意識が、技能習得を加速させるのだ。

「建設作業は昼までに二刻、午後二刻とする。休憩を入れれば、一日四刻の労働だ。だが飯は食えるし、月単位で扶持米も出す。もっとも、いずれ扶持米は銅銭に変えるつもりだ。すでに良銭を何枚か手に入れたからな。灰吹きによって得た精錬銅を使って良銭を大量に作るぞ」

戦国時代、畿内では貨幣経済が浸透していたが、奥州ではまだまだ物々交換であった。貨幣経済は、最初に買う物があり、次に値付けが行われ、そして貨幣を使う者が出始めて広がっていく。供給力がなければ銭など何の役にも立たないのだ。

「物産だ。田名部では消費しきれないほどの生産力を手に入れ、次に価格を統制し、最後に貨幣を大量に発行する。銭の裏側に新田の旗印を刻み込み、田名部銭とする。信用力のある通貨を発行すれば、いずれは宋銭すら駆逐できるだろう」

吉松の中にあるのは「圧倒的な経済大国の実現」であった。すでに大畑と川内では集落作りが始まっている。大畑では火薬製造、川内では焼き物を行う予定だ。新たな集落を有機的に繋ぐには、しっかりとした道が必要である。そのための黒備衆であった。

「殿、山の民の代表と名乗る者が来ました」

「イキツカ殿が来たか、会おう。アベナンカを呼んでくれ」

イキツカとは宇曽利一帯の山の民をまとめている男であり、元々は蝦夷の民である。そのため名前も和名ではなく蝦夷の名前となっている。大館の蠣崎家などでは「強制改名」などが行われたりしているが、吉松はその必要性を認めず、山の民の暮らしを尊重していた。

アベナンカを通訳として、山の民の代表と話をする。床几二つが向かい合うように置かれ、毛皮を羽織った毛むくじゃらの男が座った。

「新田吉松です。よく来てくださいました」

「イキツカだ。最近、我らに接触してくるという者に挨拶をと思っていた。差し入れてくれた酒は美味かった。礼を言う」

アイヌの言葉であるためアベナンカを通じてでなければ理解できないが、田名部に対する山の民の印象は悪くない。マタギの中には大和言葉を話せる者もいるため、吉松が山の民を尊重していることは広まっているようだ。

「いま、山の民には野山を守るための間伐、鹿や猪などの狩り、椎茸栽培をお願いしている。これに、あと二つを加えて欲しいのだ。無論、米や麦、酒などで返礼する」

「それは？」

「硝石づくり、そして野山の監視だ」

二つとも蝦夷の言葉にはないため、アベナンカが戸惑っている。吉松は硝石とはどのようなものなのかをかみ砕いて説明した。

「硝石とは、簡単に言えば糞尿から作られる薬だ。監視というのは、不審者を見つけたときに知らせてくれという意味だ。ひょっとしたら、南から攻められるかもしれない。だから野山で生きる山の民に、もし剣や槍を持った集団が北に向かっていたら、それを知らせて欲しいというお願いだ」

陸奥《みちのく》には伊賀、甲賀、風魔のような諜報専門集団は存在していない。伊達政宗が作った「黒脛巾《くろはばき》組」でさえ、鳥屋（福島県）が拠点である。吉松は本州最北端の地に、諜報専門組織を作ろうと考えていた。無論、それは容易ではない。山の民は言葉も文化も違うのである。だが、山の民はどこにでもいる。日本の四分の三は山なのだ。極端な話、平地で暮らす大和民、山で暮らす蝦夷民と分けられるくらいだ。彼らの持つ情報網は、使いようによっては立派な諜報活動になる。

「とりあえず、小川原湖までの山の民と、連絡を取ってくれないか？　常に監視しろとは言わない。気づいたら知らせてくれという緩い認識でいてくれればいい」

「それくらいなら問題ないだろう。糠檀《こうだ》の岳（八甲田山のこと）にも我らの知り合いがいる。この地を行き来する者を見つけることなど容易い。その薬とやらも了解した。作り方さえ教えてくれれば、我らの手でやろう」

田名部では、形式上は山の民からの税収はない。彼らはあくまでも独立した民であり、自発的な贈り物として、肉や皮が届く。吉松は山の民に「業務委託」し、対価を支払うという形式を成立させた。この対価はやがて貨幣になり、山の民は平地に降りて買い物をするようになる。そして貨幣を得るために、吉松に仕えるようになる。武力ではなく経済力によって気づいたら支配されていたという状況を作り上げる。それが吉松の狙いであった。

（戦って支配するなど脳筋がやることだ。経済力によって取り込むことで、蝦夷の民の生産力をそのまま吸収する。いずれは学校をつくり、子供たちの教育を行う。一〇〇年もすれば、立派な大和民になっているだろう）

吉松の一日は忙しい。田名部館に戻ると、蠣崎氏への書状を認める。特に変わった内容ではない。季節の挨拶と今後も取引を拡大していきたい旨を伝え、米二〇石と共に送ってやる。新田家の騒動については簡単に触れておく。蠣崎氏の背後には檜山安東氏がいる。安東に詳細が伝われば、三戸南部家に誤解を持たれかねない。

「誤解ではないがな。俺は、どこにも臣従せぬ」

あと数ヶ月で再び冬が来る。田名部にとって豪雪は厳しいが、安全保障を考えると恵みにもなっている。年の半分は兵を動かせなくなるというこの奥州では、本来農閑期などない。農民兵が一般的な南部家や八戸家にとって、田名部を攻めるのは相当な覚悟が必要になるからだ。

「今年で、田名部は八戸の石高を超えるだろう。まずは一〇〇人の常備軍を組織しようか」

天文一九年（一五五〇年）六月、経済力がついた田名部は、いよいよ軍拡へと乗り出した。新田吉松が齢四歳のときであった。

「この度は、当家のことで殿をはじめ皆々様方にご迷惑をおかけし、面目次第もありませぬ」

三戸城において、新田行政が頭を下げる。相手は当然、南部晴政および重臣たちだ。晴政は特に気にする様子はないが、重臣たちの中には、その口上に眉を顰める者もいた。本来、新田行政の「殿」は八戸久松であり、三戸南部は主君の主君、つまり「大殿」である。八戸久松自身が「殿」と呼ぶのならわかるが、たとえ父親であろうとも本来は「大殿」と呼ぶべきなのだ。

家老である毛馬内靫負佐《ゆきえのすけ》は、咳払いして当主に視線を向けた。新田に対して南部家がどう出るか、未だ決まっていないためである。晴政は一瞬だけ視線を合わせ、行政の詫びに鷹揚に頷いた。

「別に気に病むことはない。此度のこと、新田家内部の親子喧嘩と儂は理解しておる。むしろ倅殿からは米まで送られてきた。見事な気遣いのできる倅殿を持ったこと、羨ましく思うわ」

行政の期待は、三戸南部家による八戸、新田家の仲裁であった。だが出鼻でそれを挫かれる形となった。新田家内部のことだから三戸南部家は関与しないと言いつつ、吉松を褒めることで言外に「隠居せよ」という意味まで込めた。だが行政にはそこまで読み取る余裕がなかった。なんとなく言い出しにくい雰囲気だと感じたのがせいぜいである。顔を上げて縋るような表情を浮かべる。

「つきましては、根城と田名部の仲裁を……」

「んんっ、新田殿、控えられよ」

靫負佐が再び咳払いし、行政を止める。晴政はフゥと息を吐いて、あくまでも気軽な雰囲気を出しつつ苦笑した。だが内心は違う。

「まぁ強いて（迷惑を）言うならば、田名部との縁をどう持つかだな。左衛門尉（石川高信）が倅殿のことをえらく気に入ったらしく、桜（南部晴政の長女）の婿にとまで言っておったのだが、ひとまず棚上げにせざるを得まい。左衛門尉が神童とまで褒めた倅殿を迎えられず、残念なことよ」

ここまで言わねば解らぬのかという思いを込める。さすがに行政もこれには気づいた。三戸南部家と血縁を持てば、新田家の格は大きく上がる。自分はその機会を潰してしまったのだ。

顔を青くして再び詫びる。だが隠居するとは言わない。倅ともう一度話し合うと告げて下がった。

「殿、御嫡女の婿に新田家をというのは、本当でしょうか？」

行政が下がった後、その場にいた浅水城主、南長義《ながよし》が晴政に尋ねた。長義は南部家の三男で晴政の弟にあたるが、公式の場で晴政を「兄」と呼べるのは石川高信だけである。当然、晴政は臣下に対する態度で長義に応じた。

「まぁ、年は合うがな。だが未だ齢四歳、まだまだ先のことよ」

（それに、聞く限りかなり我の強い童のようだ。身中に如何なる大志を抱いておるのか……いずれにせよ、儂に従うなら良し。逆らうのならば殺すしかあるまい）

三戸南部家は現在、津軽と陸奥に広がる一族たちを束ね、中央集権化を図っている。南部晴政の意志が絶対なのだ。己の意志を持って立ち上がる者というのは、下手をしたら邪魔になる。それが神童と呼ばれるほどの者であれば、なおさらであった。

「田名部はもうしばらく様子を見る。それよりも今は西を押さえたい。安東、斯波と相対すには、鹿角を押さえる必要がある。来年には攻めるゆえ、心得ておけ」

天文、弘治、永禄と続く戦国中期において、南部家は安東、斯波、大崎との小競り合いを続けている。だが史実では、その所領は大きく変わらず、十和田湖南部の鹿角四二館は、その所有者を入れ替え続ける。南部晴政は、最盛期ではその版図を現在の岩手県南部にまで広げるが、それ以上の拡大はできなかった。その要因の一つとして、南部一族はそれぞれが国人であり、南部晴政はその代表に過ぎなかったためである。

天文一九年（一五五〇年）八月、新田吉松が領する田名部においては、一〇〇名の常備兵が整えられ、調練が行われていた。指揮を執るのは祖父である新田盛政である。転生者である吉松は、戦国時代の合戦の仕方など何も知らない。そのため祖父の指揮ぶりを見て学ぶことにしていた。

（とはいっても、こんなデカい声で指揮するなんて無理だな。メガホンでも作るか？）

新田盛政は齢五〇を過ぎているが、食事が改善されているためか体は頑強である。神童と呼ばれる吉松に教えることができると盛政は喜んでいた。それが調練にも出ているようで、傍目から見てもかなり厳しい。

「御爺、調練を始めて、もう二刻になる。そろそろ休憩を入れたらどうだ？」

「ならばあと半刻やるぞ。疲れたからと言って、それで敵が待ってくれるわけではないからのう」

（出た。体育会系理論！「疲れたところから頑張れ」って精神論は嫌いなんだけどなぁ）

陣形などの戦術は確かに重要である。だがそれ以上に重要なのは、戦術では覆しようのない「環境」を整えることだ。敵よりも多くの兵を動員し、兵糧が切れないように後方からの補給体制を整え、敵の情報を正確に掴み、敵よりも質の高い武装をした兵士を、末端まで伝わる明確な指示で指揮する。これを実現すれば、大抵の戦には勝てるだろうと吉松は考えていた。

（武田や上杉などの代表的戦国大名と同じ土俵に上がる必要はない。戦う必要性すら無くしてしま

う。戦うまでもなく降伏させる。それが俺の目指す天下統一への道だ）
「吉松よ。今はまだ良いが、新田が大きくなるには、将が必要となってくるぞ？」
「それは考えている。だがそのためには、あと一段の改革が必要だ。この田名部に、貨幣経済を導入する。一所懸命からの脱却を図るのだ」
盛政は首を傾げたが、何も言わずに調練に戻った。そうした政事においては、孫にはとても敵わないと思ったのだろう。

江戸時代以降、下北半島は南部藩領であったが、徳川幕府の政策により鉱山開発は許認可制であった。そのため下北半島の鉱山はほとんど手つかずのまま、明治維新を迎える。

大正時代、日本有数の大鉱山が下北半島で本格開発された。川内川上流の渓谷では、銅の他、金、銀、鉛、鉄が露天掘りできるほどに眠っていた。採掘できる場所が微妙に異なるため、それぞれに鉱山名が付けられたが、その中でも特に有名なのが「安部城鉱山」である。

「苧麻の栽培によって、麻布を作れるようになった。これで口覆《くちおお》いを作って防塵すれば、灰吹法による鉛中毒を防ぐことができる。恐山の硫黄、安部城の銅と鉛を使って、金、銀、銅を大量に作るぞ」

安部城鉱山の開発は慎重に行わなければならない。金山、銀山が見つかったとなれば、南部晴政が本腰を上げて侵略してくるかもしれないからだ。そのため吉松は、川内川下流で焼物を作る窯場を建てることにした。川内川では焼物に合う土が採れる。煉瓦で登り窯を造り、木灰の釉薬をかけて赤松で焼く。出来上がった陶器は、唐物の磁器と比べれば素朴な色合いのものだが、蹴轆轤《けろくろ》を導入することで腰を痛めずに済むし生産性も上がった。

（蹴轆轤が日本に導入されるのは豊臣秀吉の時代だ。当然、他の地域では手轆轤のはず。登り窯と蹴轆轤による大量生産、費用逓減。これだけで競争優位性が生まれる）

「この焼物は〝宇賀物〟としよう。そして窯元には宇賀の姓を与える。其方は今日から、宇賀長次郎を名乗るがよい」

吉松は、現在のむつ市にある本州最北端の焼物に敬意を表し、この新しい焼物を「宇賀物」とした。登り窯建造や土探索などで人をまとめていた初老の男を登用し、窯元に据える。だがこれはカモフラージュにすぎない。吉松の本命は川内川の上流にある「大鉱山」だ。

「とりあえずは灰吹法だけでもやってみるか。粗銅や鉛は他からでも手に入る。本当なら鹿角郡の尾去沢から得たいところだが、あそこは係争地だからな」

尾去沢鉱山は奈良時代に発見された金山、銀山、銅山である。だが場所が問題であった。安東、南部、斯波、戸沢に挟まれた係争地帯である。そのため戦国時代ではあまり鉱山開発が進まず、江戸時代に南部藩領となってからようやく、採掘が本格化した。

「やはり畿内からの輸入に頼るか。明や南蛮に粗銅が流出するくらいなら、新田家で灰吹きしたほうがいいだろう」

南部、安東、蠣崎などに先駆けて、新田家が大々的に貨幣経済を導入する。これによって南部一族が、そして奥州の歴史が大きく変わっていくのである。

田名部館に残った春乃方と輝夜は、表面上はこれまでと変わらぬ暮らしをしていた。だが田名部の空気が変わったことに二人は気づいていた。その原因は、新田家の事実上の当主となった吉松にある。牙を隠さなくなった怪物は、これまで以上に活発に動き始めた。そのため母親と姉は田名部館に放置されることが多くなり、輝夜は暇を持て余していた。

（なによ。吉松ばかり面白そうなことして……）

田名部以外を見たことがない輝夜は、宇曽利を駆け回る弟が羨ましかった。夕餉の食器が木椀から陶器に変わったが、川内というところでそれが作られているらしい。どうやって作るのか、自分も見てみたかった。

「姫様、殿が戻った……戻りました」

アベナンカから知らされた輝夜は、評定の間へと駆け出した。

「八戸との和睦じゃが、本当にこれで良いのか？　二度と、父とは呼べなくなるぞ」

「構わぬ。俺には御爺がいる。母上に姉上もいる。吉右衛門をはじめとする信の置ける家臣たちもいる。父親などいらぬわ。何より、俺を誰だと思っている。俺は、宇曽利の怪物ぞ？」

吉松の貌には、歴戦の盛政でさえ、背中に汗を流すほどの凄みがあった。近頃は神童という評判が変わり、怪物という畏怖を込めた呼称が使われている。神童とは、いわば早熟という意味だ。齢に似合わぬ言動であっても、その行為は他者でも理解可能である。

だが怪物という評価は違う。言っていること、やっていることがまるで理解できない。それなのに、結果だけを見ると大成功なのだ。宇曽利は日に日に豊かになり、民も増え続けている。人々から神仏、あるいは妖魔の類と思われても仕方のないことであった。

（齢四歳にしてこの圧……我が孫ながら信じられぬわ。この田名部において、吉松を軽んじる者など一人もおらぬ。この小さな身体で、国人当主としての重みを出しておるのだ。あと一〇年したらどれほどに成長しておるか……）

吉松の代で、新田は最盛期を迎える。南部家を凌ぎ、陸奥国そのものを飲み込んでしまうかもしれない。それを期待する自分がいる。新田盛政は、自分がもう少し若かったらと思った。

「吉松ぅ～」

ドタドタと足音が聞こえてきた。盛政は小さくため息をついた。一人だけいた。この田名部で、吉松を「ただの弟」と扱う者が……

「つまらないわ！　遊びに行きましょう！」

「姉上……此処は評定の間ですよ？」

そう言いながらも、先ほどまでの表情が消え、童らしい笑顔になる。緊張が緩み、盛政も吉右衛門もホッと息を吐いた。

「吉松。八戸との話し合いは儂に任せよ。輝夜の相手をしてやるがよい」

「うん。御爺、頼んだぞ」

姉に背を押されながら、四歳の童は評定の間から出ていった。


新田家家中のゴタゴタである新田行政と吉松の相克に、ようやく決着がついたのは、天文一九年（一五五〇年）一〇月のことであった。吉松自身が話し合ったわけではなく、行政と盛政、そして行政の妻である春乃方の三者での話し合いである。行政は当初こそ強気の姿勢を見せていたが、吉松自身は一歩たりとも譲歩するつもりはなかった。田名部は完全に吉松が掌握しており、今さら父親が出てくる余地などないのである。

結局、新田家当主を新田吉松、八戸家当主を八戸久松とし、新田行政は八戸行政と姓を改め、根城で当主の補佐と養育を行う。新田盛政は引き続き、田名部で吉松の補佐と養育を行う。なお、母親である春乃方は、本人が望む場合は八戸にいる長男との面会を認める、ということで決着した。要するに現状の追認である。

そして肝心な点は、新田家は一個の国人として、八戸家から独立することを八戸当主の名で認めるという念書を交わしたことである。つまり、新田家はもう根城八戸家に臣従しているわけではなく、三戸南部家にも従属していない。小なりとも、南部晴政と対等の国人となったのである。

「御爺、よくやってくれた。面倒が一つ、なくなった」

「よい。当主たるもの、家の面倒でいちいち腰を上げるべきではない。そのために家宰という者がおるのだ。じゃが、これで田名部は南部家から目を付けられることとなった。敵か味方かも解らぬ国人が、宇曽利郷《うそりのかう》（現在の下北半島のこと）に出現したことを右馬助殿（南部晴政のこと）は快くは思うまい。周囲全てが敵と思うたほうがよい」

盛政は、右馬助殿とあえて呼んだ。もう様付けをする必要がないのだ。なぜなら、新田家は南部家と対等なのだから。

「吉松殿、本当に、八戸とは争わぬのですね？」

春乃方が不安げな表情を向ける。吉松は笑って首を振った。

「母上、八戸の兄上と争う気持ちなど、この吉松にはありませぬ。むしろ八戸にはこれまで以上に気を遣い、中元や歳暮を贈るつもりです。此度の騒動では、八戸の各家老には世話になりました」

春乃方はホッと息を吐いた。だが朗らかに笑う吉松の顔に不吉な影が差す。

「本当に、八戸には感謝をしていますよ」

新田の実兄がいる八戸と懇意にする。果たして三戸や七戸など、南部に服する国人たちは、八戸をどう見るか。この先、鹿角を攻めるにしても、背中に八戸を抱えることになる。八戸を信用できない以上、簡単には動けなくなる。つまり時を稼げる。

春乃方の顔色が若干青くなった。目の前の息子は、およそ童の貌とは思えぬ眼差しと笑みを浮かべている。この地に残る決断は本当に正しかったのか。不安が無いと言えば嘘になる。

顔色を変えた母親を気遣ってか、盛政は咳払いをして話題を変えた。

「民たちは、新田の独立を喜んでおるようじゃの。じゃが、問題はこれからじゃ。田名部を守るためには、これまで以上に力を付けねばならぬぞ？」

（たった数年でここまで変わるか。すべては吉松の改革によるものじゃ。田名部はついに一万石を超えた。しかも米だけでじゃ。稗、小麦、大豆などをすべて合わせれば、数万石にも達するやもしれん。八戸の庇護を離れ、今は危険な状態じゃが、あと一、二年もすれば……）

新田家の現状を危ぶみつつも、口元が緩む盛政であった。この時代、国人は「家の格」を気にする。どこかの家に臣従するということは、それだけ家の格が下がることを意味する。新田家はいま、どこにも臣従していない。つまり目の前の幼児である新田吉松は、陸奥と津軽の大半を領する南部右馬助晴政と対等なのである。両者が対面する際は対等の座を用意しなければならないし、晴政もそれに文句は言えない。それほどに、家の格というのは重いのだ。

「それについては考えがある。新田はこれより、蠣崎と密かに手を組む」

「それでは三戸を敵に回すぞ？」

盛政は思わず腰を上げかけた。大館に本拠を置く蠣崎氏は、檜山安東氏に臣従する国人衆であり、たびたび津軽に攻め入っている。蠣崎と手を組むということは、三戸南部、津軽石川を敵に回すことになる。

「密かにと言ったであろう？　蠣崎は蝦夷の民と和睦した。蠣崎と蝦夷は一〇〇年近く争い続けてきた。本来であれば安東家当主の舜季《きよすえ》が仲裁にあたってしかるべきだろう。だが蠣崎若狭守は独力で和睦に成功した。これは何を意味する？」

「……安東による蠣崎支配が緩んでおるということか？」

「そう。もしくは若狭守による独立行動よ。だが大館は米も採れず貧しい。蠣崎単独では、とても檜山には対抗できまい。そこで新田が援助し、我が家に蠣崎を臣従させる」

盛政は目を丸くした。そんなことが可能なのだろうか。だが吉松はニヤリと笑って頷いた。

「可能だ」


史実では、蠣崎家五代当主蠣崎若狭守季広《すえひろ》は、天文一八年（一五四九年）に檜山安東氏の仲裁により、アイヌ民族と和睦し、道南の支配を確立する。だがそれは、安東家への従属を強めることにもなり、その後はたびたび、安東家の要請により出兵を強いられることになる。

だがその歴史が微妙に変わった。図らずも、新田家が開発した炭団が、アイヌ民族にいたく気に入られ、今後も炭団を渡すことを条件に、アイヌ民族との和睦に成功したのである。

「殿。蝦夷との和睦、おめでとうございまする」

蠣崎家の重臣、長門《ながと》藤六広益《とうろくひろます》の言葉に、季広は頷いて笑みを見せた。

「去年は叔父（蠣崎基広）の謀反という悲劇があったからのう。檜山の援助を受けねばなるまいかと思うていたが、まさか新田に助けられるとは……」

下北半島を領していた蠣崎家が蝦夷地まで逃れる羽目になった一因に、蠣崎蔵人の乱の際の新田家の活躍がある。季広としては自分が生まれる前の話であるため、新田家に対する遺恨はないが、数奇な運命を感じざるを得なかった。

「その新田ですが、嫡男の吉松が父親と仲違いし、新田家を乗っ取ったというのは、本当でしょうか？　齢四歳と聞きますが、とても信じられませぬ」

「儂も疑っておったが、どうやら本当のようだ。わざわざ知らせてきよった。読んでみよ」

それは金崎屋を通じて徳山大館にもたらされた、新田吉松直筆の書状であった。米三〇〇石と炭団、麻布を贈るゆえ、過去の遺恨は水に流し、手を取り合おうという誘いである。

「商人の話では、田名部は凄まじい勢いで開拓が進んでおるそうだ。石高は既に二万石に達したというが、話半分としても一万石だ。飢えず、震えず、怯えずを旗印にし、民を集めているという」

季広はそう呟くと、口元を歪めた。

「口惜しい。この地は大和の外。米も採れぬ不毛の地だ。新田はほんの少し南にあるだけで、それほどに栄えている。ところが我らは、寒風吹きすさぶこの貧しき地で、あろうことか家中で争っている。儂は一体、何をしておるのだ……」

「殿……」

長門広益はずずっと迫った。蠣崎基広の反乱を鎮めた、家中随一の武勇を持つ男が涙ぐむ。

「殿が民たちのために心を砕いていること、家中の皆が十分に理解しておりまする。それにこれは好機にございます。新田家は宗家である八戸家、そして南部家から離れました。噂では、新田吉松は神童と呼ばれ、田名部の民からは信仰に近いほどに慕われておるとのこと。ここは、新田の誘いを受けてはどうでしょうか？　このままでは檜山に絞られるだけでございます」

「そうだの。それが良いのかもしれぬ」

現代においてこそ、北海道として日本の一部になっている蝦夷地だが、戦国時代における日ノ本とは、天照大神の威光が届く範囲、つまり神社が置かれた範囲までのことであった。蠣崎蔵人の乱以降、中央との繋がりを作ろうとしたり、複数の側室に一〇名を超える子女を儲け、奥州の国人たちに養子や婚姻に出したりしたのも、ここに日ノ本の民がいる、自分たちはここで生きているという叫びであった。

一〇〇年にわたって安東家に従属し、飢えや寒さに苦しんできた蠣崎家にとって、新田吉松が差し出した手が救いに感じたのも当然であった。


一方、その檜山においても新田家の話が持ち上がっていた。安東家は南北朝時代に、秋田郡を領した「上国家《かみのくにけ》」と、十三湊をはじめとする津軽地方を領した「下国家《しものくにけ》」に分かれた。南北朝時代から室町幕府初期の頃は「安藤」と表記されていたが、室町幕府中期以降は「安東」と書かれるようになるが、この理由は定かではない。

蠣崎蔵人の乱以降、紆余曲折を経て明応四年（一四九五年）、安東政季《まさすえ》が檜山城を建てる。これ以降、上国家の安東氏は「湊安東氏」、下国家の安東氏は「檜山安東氏」と呼ばれるようになった。

檜山城は標高一四〇メートルほどの山に、地形を利用して築かれた。天守閣などはないが、本丸、二の丸、三の丸が設けられ、山全体が一個の要塞となっていた。

その檜山城の本郭において、檜山安東氏第七代当主安東舜季は家臣たちを集めての評定を行っていた。一時期は湊安東氏との争いなどもあったが、湊安東氏当主である安東尭季《たかすえ》の娘を正室に迎えたことで、現在の安東一族は落ち着いている。

「十狐《とっこ》城（独鈷城とも書く）が揺れておるそうだ。琵琶法師（浅利則頼のこと）が病に倒れたらしい。比内を手にすれば津軽は目と鼻の先、目出度きことよ」

家臣たちが次々に追従する。だが舜季にとって悪い報せもあった。他ならぬ「蠣崎」の件である。

「若狭守（蠣崎季広のこと）が蝦夷《えみし》どもと和睦しおった。意外なことよ。食い物もなく、蓄えも乏しかったはず。どうやって蝦夷の歓心を買ったのだ？」

「御屋形様。それにつきまして、湊の知り合いから噂を聞きましてございます。聞くところによると、八戸から独立した田名部新田家が絡んでいるようでございます」

「ほう？」

「田名部はいま、吉松という元服すらしていない童が差配しているそうです。ですがこれが神童と呼ばれるほど才気に溢れる童だそうで、田名部の石高をまたたく間に数倍にしたとか。さすがに眉唾とは思いますが、深浦で人を集めているのは確かでございます」

「その話、某も耳にしております。炭団という一日中火が燈る炭を作り出したとか。若狭守はそれを蝦夷への手土産としたそうで、和睦が成ったそうです。新田は三戸南部から独立いたしました。蠣崎と誼《よしみ》を持つことで、北の安全を確保するつもりでしょう」

「ふん、面白くないのぉ。儂が出張って蝦夷との間を取り持ち、蠣崎を使い倒すつもりでおったのだが、童に邪魔されるとはな」

舜季は、パチン、パチンと扇子の音を鳴らした。黙りこくる当主に、家臣たちも静まる。やがて家老が代表して主君の意志を問う。

「御屋形様。蠣崎をお討ちになられますか？」

舜季は数瞬、沈黙して首を振った。

「いや、そもそも蠣崎は、津軽石川への牽制に使うつもりであった。だが新田の独立により、津軽も簡単には動けまい。蠣崎は津軽のさらに北。米が採れぬあの地を手に入れたところで、安東にとって何の旨味もない。それよりまずは浅利よ。則頼がくたばり次第、動くぞ」

「はっ」

安東も南部も、陸奥では大きな存在である。新田も蠣崎も、残された僅かな隙間の中で生き延びているというのが現実であった。戦国時代の史実では多くの場合、どこかに臣従して何とか生き延びようとし、そして滅ぶ場合が多い。

新田と蠣崎は、陸奥、津軽、そして出羽という微妙なパワー・バランスの中で、辛うじて存続していたのである。だが戦の気配は確実に、田名部に迫っていた。

（注）中世においては、津軽地方は津借、津刈、津加利などの様々な漢字表記が見られるが、読者の読みやすさ、理解のしやすさを優先し、江戸時代以降の正式な地方名である「津軽」を採用する。

第三章　初陣

天文一九年（一五五〇年）、田名部では吉松治世三年目の収穫を迎えていた。吉松の改革により、三年前の三〇〇〇石から飛躍的な経済成長を遂げている。

人口　　：田名部、大畑、川内　計：五〇〇〇名弱
田畑規模：六〇〇〇反（水田三〇〇〇反、麦一〇〇〇反、大豆一〇〇〇反、野菜類等一〇〇〇反）
米　　　：一万二〇〇〇石（一八〇〇トン）
麦　　　：二五〇〇石（三〇〇トン）
大豆　　：二〇〇〇貫（一二〇トン）
野菜類　：ニンニク、生姜、茄子、牛蒡、大根、葱、糠塚胡瓜、山芋、その他に山菜類等
畜産　　：鶏、南部牛、南部馬、その他マタギ（山の民）による狩猟
海産　　：昆布、ホタテ、真鯛、真鱈、鰯等（陸奥湾産）
特産品　：石鹸、煉瓦、炭薪、炭団、陸奥酒《稗酒》、椎茸、和紙、苧麻、宇賀物

鉱物　　：硫黄、石灰、砂鉄、銅、金、銀、鉛（ただし、銅以降は未着手）
工業技術：機巧弩《クロスボウ》、手押しポンプ、搾油機、陸奥漆喰《コンクリート》、帆布、硝石丘法、砕石舗装、五〇〇石船、登り窯、灰吹法
農業技術：塩水選、育苗法、正条植え、耕地農道整備、深耕機鍬、回転式水田中耕除草機、木酢液、人力稲刈り機、足踏み脱穀機、唐箕、水車精米
軍事力　：常備兵一〇〇名、民兵二〇〇〇名、マタギによる哨戒網

「ようやくだ……」

吉松は感慨深げに呟いた。目の前には大豆が山積みされている。

「ようやく、味噌と醬油を作れる！」

万歳の恰好で叫ぶ。吉松にとって、食生活の最大の不満は味噌、醬油が無いことであった。陸奥湾から良質な塩が得られるといっても、どうしても味が単調になってしまう。同じ塩味でも、味噌と醬油があれば料理の幅は一気に広がる。それはすなわち「食の悦び」を田名部の民に与えられることを意味する。

「吉右衛門。田名部味噌、田名部醬油を作るぞ！」

「殿、あまり燥がれますな。先代様が呆れておられますぞ？」

その声にハッとなった吉松は、咳払いして両手を下ろした。振り返ると祖父である新田盛政が苦

笑いしている。盛政としては、童らしい孫の姿に内心では喜んでいるのだが、一万石を超える国人の当主としては、いささか感情を出し過ぎであった。盛政は、これ以上は追及せずに話を戻した。

「それで、いつから作り始めるのじゃ？」

「この冬だ。種麹は木灰法によって既に培養できている。味噌の職人もいる。一年後には田名部の食卓は劇的に変わるぞ」

「じゃが、大豆は馬餌にも使う。そちらに使ったほうが良いのではないかのぉ？」

「御爺よ。美食というのはな。舌を、脳を、魂を焼くものだ。一度でも旨味を知ってしまえば、もはや人は後戻りできぬ。味噌と醤油を作り、蝦夷から奥州一体にばら撒く。人々の舌を肥えさせる。そして餌付けした後に、新田の敵に対して荷留めするのだ。するとどうなると思う？　人々は地に膝をつき、伏し拝みながら、どうか醤油を分けてくれと懇願するようになるわ。戦わずして新田に従属するであろう。クックックッ……ハーハッハッハッ！」

高笑いする幼児の貌は、悪戯をする小僧を通り過ぎ、どこから見ても悪党そのものであった。

「……吉松よ。今のお前の顔は、童の顔ではないぞ？」

「殿、さすがにそのお顔は……」

顔色を悪くした二人を見て、吉松は頬を手で揉んで表情を改めた。

津軽石川城においても、年の瀬に向けて慌ただしく準備が進められていた。津軽地方はその過半は南部氏の支配下ではあるが、奥州きっての名家である浪岡北畠氏も大きな勢力を持っている。さらに大浦氏や大光寺氏などの国人衆は、三戸南部家に従属しているとはいえ一個の独立した国人であり、時には勝手に争うこともある。

津軽石川城では、南部晴政の実弟である石川左衛門尉高信が、津軽地方から出羽北部まで睨みを利かせていた。現在、南部氏は石川城の北東にある浪岡氏との間で緊張状態となっている。岩木川流域には幾つもの砦が設けられ、小競り合いが続いていた。

「殿。大浦城より武田守信《たけだもりのぶ》様がお越しです」

「会おう。恐らくは新田、そして蠣崎のことであろう」

石川城の評定の間において、大浦家の家老、武田甚三郎守信は静かに待っていた。史実では、津軽為信の実父として有名だが、生真面目ながらも知勇兼備の名将として、津軽地方では一定の影響力を持っている。大浦家当主であり実兄でもある大浦為則は、生まれながら病弱であるため、武田家に養子に入った守信が、家老として大浦城の政務を取り仕切っていた。

大浦家は、先代である大浦政信とともに三味線河原の戦いで討ち死にした猛将森岡為治の遺児である森岡信治がいるが、まだ齢四歳と童に過ぎない。だが兼平や明野（後の小笠原家）といった忠臣が揃っており、津軽では石川城、浪岡御所に次ぐ第三の力を持っているといえる。

そして大浦家は南部一族ではあっても、三戸南部ではなく久慈南部の庶流であった。そのため三戸南部には従属しているものの、滅私奉公の忠誠心を求めることはできない。あくまでも「御恩と奉公」という、現代風に言えば「ギブアンドテイク」の関係であった。

「武田殿。お越しいただき、忝《かたじけな》い」

石川高信は、立場上は上であるため、評定の間においては上段に座る。だが大浦氏に対する一定の配慮は必要であった。それが自然と言葉遣いにも出る。

「石川殿、お聞きになられたか？　蠣崎のこと」

「噂では」

蠣崎が蝦夷と和睦した。これにより蠣崎は南に集中することができる。衰えたとはいえ、十三湊はいまだ安東氏の勢力下にあり、浪岡とも一進一退の状況である。下手をしたら、津軽そのものを失いかねない。高信のみならず、三戸南部方の国人たちの危機感は増していた。

「蠣崎の件、噂では田名部新田が絡んでいるとのこと、某も耳にしています。しかし、幾ら新田吉松が神童とはいえ、新田は小国人、蠣崎と蝦夷の和睦を仲介できるとは思えませぬな。また表立ってそのようなことをすれば、兄上の不興を買うのは必至。そのような愚かなことはしますまい」

石川高信は吉松と直接対面し、言葉を交わしている。童とは思えぬ判断力、胆力に驚嘆した高信は、南部家の誰よりも高く、吉松のことを評価していた。

「だが間接的、あるいは結果的に、蠣崎を援けたのではあるまいか。聞くところによるとこの一年、新田に幾度も船が入っている。それも見たこともないほどに大きな船だそうだ。あるいは檜山と繋がっているのではないかと懸念する声もあるが？」

「それは深浦の商人でしょう。誤解が無いようにと、某と兄上のところには書状が届いています。新田はただ商いをしているだけ。南部に敵対するつもりは微塵もないと」

「しかし……」

「証拠は何もありません。しかし、武田殿の懸念も解ります。某から新田殿に書状を送りましょう。蠣崎の件、新田は関与しているのかと。疚《やま》しいところがなければ、包み隠さず伝えてくるでしょう」

南部家家中の大半は、田名部の繁栄を噂程度でしか知らない。しかし高信は、直にその繁栄ぶりを目にしている。新田を敵に回すと厄介なことになる。戦となれば勝てるであろうが、南部家もそれなりに傷を負う。懐柔し、南部のために働かせるべきだというのが、高信の考えであった。

だが、石川高信の考えとは別のところで、田名部新田に対する大きな動きが起きようとしていた。


三戸城から北へおよそ一二里、高瀬川沿いにある「七戸城」において、家臣たちが集まる中、城主七戸彦三郎直国は厳しい表情を浮かべていた。

「殿。野辺地のみならず、六戸や五戸、さらには津軽油川《ゆかわ》（現在の青森市北西部）においても、人が離れているとのことです。皆、田名部を目指していると」

田名部の繁栄が人づてに広まると、飢えと寒さを逃れるために村を捨てる者が出始めていた。まだそれほど数は多くないが、本来は稼ぎ頭であるはずの二〇代の男までも、田畑を捨てて逃げるように田名部に向かっているという。

「このままでは我らが飢えてしまいまする。新田は八戸家を離れたとのこと。根城を気にする必要はありませぬ。ここは新田を討ち、田名部を我らのものに！」

七戸家家中では、新田討つべしとの声が強まっていた。この時代は民も逞しい。食える場所、安心できる場所があれば、家を捨ててでも逃げるということは、日本各地で頻発していた。そしてそれが、国人同士の争いを生み出し、農村が疲弊し、また民が逃げるという連鎖を繰り返していた。

「待て。田名部を攻めるのは良いとしても、まずは問い質すべきであろう。人を返させるなり、詫びとして米を出させるなりすべきではないか？」

それは良いと皆が口々に言う。傍目から見れば脅して金品を奪うだけのならず者だが、これが戦国時代では当たり前の光景であった。

「では、まずは田名部を詰問する。従うなら良し。拒否するのならば雪解けと共に攻める。良いな？」

七戸直国の言葉に、家臣たちが一斉に頭を下げた。こうして、天文二〇年（一五五一年）に起きた、吹越峠の戦いが整ったのである。

《我が社の売上が落ちているのは、貴社の新製品があまりにも良すぎて、顧客が離れてしまったからだ！　そんな新製品を、充実したアフターサービスまでつけて、しかも我が社より安い価格で提

害賠償せよ！》

供なんてされたら、我が社の商売は成り立たない！　直ちに商品販売を停止し、我が社に対して損害賠償せよ！》

もしこんな要求を突き付けてくる会社があったとしたら、どう思うだろうか？　タチの悪いクレーマーだと叩き出すのではあるまいか？　だがそれは、資本主義と自由競争の世界で生きる人間の感覚である。中世の日本においては、そうした現代的感覚は通用しない。

「なるほど。貴家の主張は理解しました。ですが我が新田家は領民を大事にし、領民が暮らしやすいように日夜心を砕き、努力しております。もし貴家が本気で〝一所懸命〟をお考えならば、新田家を上回るほどに領地を栄えさせれば良いでしょう。誠に申し訳ありませんが、貴家の主張は一方的であり、当家としては一切、受け入れることはできません」

四歳の幼児がニコニコ笑いながら、全面拒絶する。手土産に宇賀物の茶碗一個と牛蒡茶を一房持たせて叩き返す。すでに暦は神無月（旧暦一〇月）に近く、雪もチラつき始める。戦になるとしても来年であることを見越しての拒絶であった。

決裂後、吉松は田名部の主だった者たちを集めた。鍛師、番匠、農民などである。

「七戸から使いが来た。我らが繁栄しているため、自分たちの領から人が逃げる。だから俺たちに貧しくなれと脅された。屈しなければ、田名部を略奪し、焼き尽くし、女は凌辱し、男は奴隷として死ぬまで使いつぶすという。それが嫌なら飢えに苦しめ。寒さに震えろということだ」

七戸からの要求をやや大袈裟に伝える。だが伝えられた側は顔色を変えた。鍛師の善助などは、顔を怒りで赤黒くしている。他の者たちも皆、同様であった。数年かけて田名部を豊かにしてきたのだ。今では皆、腹いっぱいに米が食べられる。暖かく眠ることができる。冬に怯えることなく、明日を夢見て笑うことができる。その生活を奪われようとしているのだ。

「受け入れられるか？　いや、受け入れられるわけがない！　俺は戦う。身体も小さな童だが刀を手にし、それが折れれば石を手にし、石が尽きれば齧りついてでも戦う！　皆はどうだ？　ただ奪われるままで、それで良いのか！」

「冗談じゃねぇっ！　殿様、俺も戦うぜっ！」

「新田のため、田名部のために戦うなどとは考えるな！　自分の愛する者のことを考えろ。この地に来て嫁を貰い、子ができた者もおろう。飢えに苦しんでいた我が子が、腹いっぱいに飯を食って笑顔を向けてくれたこともあろう。それを思い出せ！　ここで戦わねばそれらがすべて、露と消えるのだ。戦うのだ。戦って守り抜くのだ！　七戸が、八戸が、南部が手を出せぬと思うほどの力を見せつけぬ限り、守ることはできぬ。皆、己がために戦えっ！」

「「「おぉぉぉっ！」」」

吉松の激烈な鼓舞に呼応して、田名部に移民してきたばかりの若者たちが、さらに老人や女子供まで一斉に拳を振り上げた。自分たちも戦う。この田名部を守るために、そして自分の愛する者たちの幸福のために、命を懸けると叫ぶ。

その光景を見て、新田盛政は鳥肌が立った。

（これは……噂に聞く一向一揆とは、まさにこのような光景ではあるまいか？　吉松は、なんと恐ろしい民を育て上げたのだ）

農民兵は、賦役として駆り出される。皆、飯にありつくために仕方なく戦場《いくさば》に出る。だから命懸けで戦おうという決意など期待できない。多くの兵を集めて有利な体制であることを喧伝し、戦いに際しては略奪まで認めなければ、農民兵はついてこない。それが常識であった。

だが田名部の民は違った。誰も飢え、凍え、怯える生活などに戻りたくない。田名部の暮らしを守るために、最後の一兵まで死兵と化して戦うであろう。

勝てる。この民がいれば、たとえ南部晴政が相手であろうと勝てる。盛政は戦慄と共に、そう確信した。


七戸家およびその周辺の国人たちが連合し、田名部新田を討つ。この話を聞いた瞬間、石川左衛門尉高信は馬を飛ばした。すでに雪が舞い散り始める季節である。だが高信は込み上げる焦りと共に、雪の中を田名部へと向かった。

「遅かったか……」

田名部に着いた高信は、民たちの表情を見て気づいた。皆が殺気立っている。身体から湯気を昇らせながら、百姓が槍を突いている。初心者に毛が生えた程度であろうとも、その気合は本物だ。仮に死ぬとしても、一人でも多くを道連れに死んでやる。その気迫に、高信は震えた。

「これは石川殿、先触れもなく突然の御越しとは……」

吉松はそう言いながら、ドスンと上座に座った。それはつまり、自分は「独立国人」新田家の当主であり、南部家の臣下ご丶と丶き丶に上座を譲る必要などない。自分は、南部晴政と対等なのだということを態度によって示したのである。

だが高信には、それを気にしている余裕はなかった。挨拶もそこそこに、七戸家との対立について、津軽石川家が仲裁すると申し出た。

「新田殿、某が仲を取り持ちます故、七戸と和解なされてはいかがですか？　七戸は南部に属し、重きを成す家にございます。一方、御当家は独立され、後ろ盾もない状態。このままでは、我が南部家を敵に回しまするぞ」

南部家の歴史の中では、国人の小競り合いというのは幾度もある。それぞれが独立した家であるため、ある程度のところで南部家が仲裁し、互いに矛を収めてきた。独立はしていても、お互いが南部家に従属しているため、相手を滅ぼすことはない。それが暗黙の決まりであった。

だが新田家は南部家に従属していない。つまり南部家は、七戸に全力で味方することになる。陸奥、津軽併せて二〇万石を領する南部家と、発展したとはいえせいぜい二万石の新田家では、勝負は見えていた。

だが吉松は不敵に笑った。ここで矛を収めれば、舐められるだけである。それは、戦国を生きる独立国人としては死を意味していた。

「石川殿。田名部をご覧になられたでしょう？　この田名部を侵す者は、それが誰であろうとも断じて許さぬ。田名部の民は死兵と化して戦いまする。確かに、三戸南部家に攻められれば滅びるやもしれません。ですが兵の半分は道連れにしますぞ。田名部に勝ったところで南部家も瀕死の状態となりましょう。果たしてそれで、安東や斯波を相手にできますかな？」

高信は首を振った。確かに理屈は、吉松の言う通りだろう。田名部の士気の高さはこの目で見た。戦えば南部家とはいえただでは済まない。だが目の前の童は知らないのだ。南部晴政という益荒男の凄まじさを。

「新田殿こそ、我が兄を理解しておられぬ様子。南部家は、我が兄は決して退かぬ。たとえ瀕死となり、安東や斯波に攻め滅ぼされようとも、媚びて生きるくらいなら戦って死ぬ。それが我が兄、南部晴政という男なのです」

（巨大な野望を持つ男二人が生きるには、この陸奥はあまりにも狭すぎるということか……）

高信としては、兄のためにも新田吉松に臣従してもらいたかった。戦場ではともかく、内政の力は比類ない。新田吉松が加われば、南部家の力は数倍になるだろう。そうなれば奥州の覇者どころかそれ以上を狙えるかもしれない。

南部晴政は決して話の解らない男ではない。度量が大きく、気前の良さもある。戦に強いばかりではなく、智謀と統率力を兼ね備えている。だからこそ癖の強い国人たちを一手に束ねられるのだ。兄弟だからという贔屓目なしに、この北限の地を束ねられるのは南部晴政しかいない。吉松を見て、言葉を交わして、それでもなお高信はそう確信していた。

「ならば話は終わりですな。石川殿と言葉を交わすことができて良かった。貴方がいれば、南部家は安泰でしょう。できれば我が家にも、貴方のような忠臣が欲しいと思います」

三戸南部家筆頭家老、石川高信はため息をつくしかなかった。


年が明けて天文二〇年（一五五一年）弥生（旧暦三月）、野辺地に軍勢が集結していた。七戸家からは当主である七戸彦三郎直国、津軽油川からは城主の奥瀬判九郎、その他六戸や五戸からも兵が集まり、合計二〇〇〇もの軍勢となる。未だ雪が残る道を東へ進み、そして北上する。目指すは日ノ本最北の館、田名部館である。

「田名部には食い物、着る物、酒などが山ほどある。奪い放題だぞ！」

言葉だけを捉えれば完全に盗賊であるが、戦国時代の合戦とは相手から奪うことが目的である。農民兵たちをはじめ、皆が欲望にギラついた眼差しをしていた。

田名部においても、戦の準備は着々と進んでいた。野辺地に集結した七戸軍の動きは、マタギの諜報網によって吉松のもとに随時届く。この時代、奥州には伊賀や甲賀などの諜報専門集団は存在しない。吉松には七戸の動きが手に取るようであった。

「吉右衛門、船の用意は問題ないか？」

「既に五〇〇石船四隻の他、冬場に急造した漁船も確保しておりまする」

「よし。この戦の相手は七戸ではない。南部晴政よ。南部晴政に、田名部侮り難しと思わせねばならぬ。だがやり過ぎても問題になる。ほどよいところで手打ちにするのだ」

宇曽利郷の地図を見ながら、吉松は口端を上げて白い歯を見せた。前世においても、喧嘩なら若い頃に幾度も経験しているが、二〇〇〇名を相手の殺し合いなど、当然ながら初めてである。怖くないと言えば嘘になる。この戦で敵味方に死人が出る。自分が決断したことだ。決めた以上は、腹を括らねばならない。どうせ死人が出るなら、勝って弔いたい。

（俺は怯えているのか。それとも興奮しているのか。震えが止まらぬ）

家臣たちに見せるわけにはいかない。歯ぎしりして震えを押さえる。口端は歪み、童とは思えぬ猛々しい笑みになる。その表情を見て吉右衛門以下、田名部の家臣たちは眼を瞠った。

（笑っておられる。僅か四歳の童なのに、この戦が初陣だというのに、敵は二〇〇〇の大軍だというのに笑っておられる！　我が殿の、なんという頼もしさか！）

上がブレなければ、下も迷いなく動くことができる。危機を目の前にして、田名部は不思議なほどに落ち着いていた。

「御義父様。田名部は、吉松は大丈夫でしょうか？」

春乃方は不安げな表情を浮かべて、義父である新田盛政に問いかけた。戦の準備においては、盛政はほとんど指示を出していない。すべて当主の吉松が差配していた。田名部の当主は新田吉松だということを敵味方に知らしめるためである。

「安心せよ。吉松は見事に田名部を纏めておる。領民たちの士気は天を突くほどじゃ。戦は半日で終わる。七戸など鎧袖一触であろうて」

「ですが、聞くところによると二〇〇〇もの軍が迫っているとか……ここは、八戸の力を借りるべきではありませぬか？」

牛蒡茶を飲んでいた盛政はジロリと義娘に視線を向けた。

（やれやれ、何も解っておらぬな。呑気にしている輝夜のほうが頼もしいほどじゃて……）

「よいか。田名部新田は独立したのじゃ。頼るところなど何処《どこ》にもない。誰を頼らずとも己が足で立ち、己を守ることができる。それを示すのがこの戦じゃ。余計なことをするでないぞ」

盛政の中では、勝ちは確定していた。だが問題はどこまで勝つかである。あまりに勝ち過ぎると、三戸南部家が出てくる。どのように着地をつけるのか。孫の手腕を見るのが楽しみであった。


「それでは、母上、姉上、行ってまいります」

数え五歳となる幼児は、ようやく小さめの馬に跨ることができるようになった。だが具足はつけていない。まだ小さな体では、具足の重さに耐えられないからである。

「吉松！　ボッコボコにしちゃいなさい！」

「吉松殿、御武運を……」

拳を振る姉を押さえながら、母親は憂いの表情を浮かべている。五歳で初陣などあまりにも早すぎる。しかも大将としての初陣である。家臣の前では強気の表情を見せながらも、その裏では震えを押さえていたことを母親は敏感に察していた。

「吉右衛門。船のほうは頼むぞ」

「準備万端でございます。殿、御武運を！　二日後にお会いしましょう」

吉松は頷いて、顔を前に向けた。

「出陣だぁっ！」

天文二〇年（一五五一年）弥生（旧暦三月）、新田吉松を大将とする新田軍が田名部を出陣した。


下北半島は「鉞《まさかり》」に例えられることが多い。鉞の刃の部分は恐山山地が中央に位置し、平地はかなり少ない。鉞の柄は、南北五〇キロ、東西一〇～一五キロと細長く、下北丘陵と呼ばれる緩やかな山地が連なっている。その中でも特に有名なのが、東北百名山の一つ「吹越《ふっこし》烏帽子」であろう。五〇〇メートルを超える程度の山だが登山道が整備され、多くの登山客がこの山を訪れる。山頂からの見晴らしがよく、山の西方では春になれば一面の菜の花畑となる。

しかし戦国時代、宇曽利《うそり》と呼ばれていた頃は、吹越は陸路で田名部に向かう上での要衝であった。菜の花畑などあろうはずもなく、吹越烏帽子を東に見ながら草原と雑木林のなだらかな丘を越えて

いく。江戸時代には「田名部街道」と呼ばれた道を七戸軍二〇〇〇が進む。

「殿、あの丘で休息を取りましょう。吹越を抜ければ、田名部まですぐです」

弥生（旧暦三月）になれば、この北限の地でもそれほど雪に悩まされずに済む。七戸軍はそれほど疲弊することなく、峠の麓に差し掛かった。その時であった。音もなくいきなり、黒い礫が一斉に降り注いできた。

「な、何事だ！」

「これは……投石です。丘から石が投げつけられています！」

「馬鹿な！　三町は離れているぞ！」

田名部の民二〇〇〇人による、一斉投石であった。それも投石機《スリング》を使ったもので、矢すら届かない遠方から降り注いできた石の威力は、かなり強い。

「物見は……物見を出していなかったのか！」

通常であれば、軍を進めるにあたって先遣隊を出してしかるべきである。だが二〇〇〇という大軍であり、負けるはずがないと考えていた七戸軍は、先遣隊を出すことなく進んでいた。つまり完全に油断していたのである。

次々と降り注いでくる礫に頭を打たれ、倒れる兵が続出した。鉄を使う兜などを着けているのはごく一部であり、大半は古びた腹当てを着けている程度である。頭上からの攻撃には完全に無防備な状態だ。

「ひぃぃぃっ」

農民兵たちはみな、頭を抱えてその場でうずくまった。そこに容赦なく第二波、第三波の石が降り注いでくる。七戸軍は、出だしで完全に躓いた。

戦国時代において、投石は一般的な攻撃方法だった。小山田信茂の投石部隊などがとくに有名だが、その攻撃は素手による投石であり、スリングを使った遠距離攻撃戦術ではなかった。吉松は稲藁で編んだスリングを大量に作らせ、石灰岩採掘の際に出た石を使って三〇〇メートル以上の彼方から投石を行ったのである。

「凄まじいの。まさか投石がこれほど効果的とは……」

「南部は農民兵が多い。目の前に迫る突撃なら対処もできるが、離れた場所から頭上に降り注ぐ攻撃には不慣れであろう。これで敵は完全に止まった。御爺、頼むぞ」

「任せておけ。久々に滾ってきたわ」

新田盛政は凄みのある笑みを浮かべ、常備軍一〇〇名の騎馬隊に命を下した。

「敵は怯んでおる。これより突撃し、敵を真二つに割る！　皆の者、儂に続けぇ！」

一〇〇名の騎馬隊による一斉突撃が始まった。

「投石隊、最後の一斉投石を行え。しかる後に騎馬隊に続いて突撃！　中央突破され混乱した敵軍を前後で挟み撃ちにする！」

「殿はお下がりくだされ。殿に万一あれば、ここで勝っても意味がありません！」

吉松も騎乗し、突撃を開始しようとしたが、周囲から止められた。吉松は仕方なく、二〇名を供回りにつけ、木皮で作ったメガホンを使って、後方から指揮することにした。

投石を受けて屈み込んでいたところに、騎馬隊の突撃が加わる。当然、槍を構えることなどできず、七戸軍はただ蹴散らされるだけであった。

「止まるな！　ひたすら進むのじゃっ！」

盛政の檄で一〇〇騎が一個の生き物のように動く。中央を断ち割り、突き抜ける。指揮系統など回復するはずもなく、混乱の極みに達したところに、田名部軍が一斉に襲い掛かる。

「ぐっ……怯むな！　我らのほうが数は多い！」

七戸直国以下、将たちが立て直そうと動くが、そこに後方から再び騎馬隊の突撃を受ける。ついには油川城主奥瀬判九郎が撤退を始めた。そして一部でも兵が退けば、それは波及する。我も我もと農民兵たちは逃げ出し、七戸軍は蜘蛛の子を散らすように霧消したのであった。

その後ろ姿を眺めていた吉松は、拳を振り上げて叫んだ。

「勝どきを上げろぉっ！」

田名部軍の勝どきが、吹越峠に響いた。


「……決して、誰も付いてくるでないぞ。よいな」

吹越峠にて勝利を収めた吉松であったが、馬を降りると雑木林に入った。周囲の者は小用かと思い、護衛のために付き従おうとしたが、吉松はそれを止めた。林の中を少し入ったところで、吉松は木に両手を置いて盛大に吐いた。

「……こ、殺した。殺してしまった！」

投石によって頭蓋が割れ、脳漿を散らしながら倒れた者。眼玉を飛び出させながら、発狂したように転げまわる者。背を向けて逃げようとしていたのに、背後から槍で串刺しになり、血を吹きながら母親を呼ぶ者などを思い出し、もう一度吐く。自分の胃は、こんなに大きかったのかと思った。

「やれるのか？　これから何千、何万という人を同じように殺すのだ。俺に、それがやれるのか？」

殴り合いの喧嘩程度ならば、前世でも散々にやってきた。だが人を殺したことなどない。たとえ自分の手で殺したわけではないにしろ、殺せと命じた以上、責任は自分にある。

「やらねばならぬ。戦国時代なのだ。生き残るために、この国の未来のために、やらねばならぬ」

唾を吐いて頭を振る。こんな姿は兵たちには見せられない。戦はまだ、終わってはいないのだ。むしろ、ここからが勝負である。七戸が野辺地に戻る前に、こちらも動かなければならない。震える膝を叩き、屈伸する。大きく息を吐くと、ようやく震えが止まった。両手で自分の頬をパンと叩き、歩み始めた。

「御爺……」

林を出ると、祖父である新田盛政が待っていた。盛政は黙って、竹筒を差し出した。それを受け取り口を濯《ゆす》ぐ。無言のまま、二人は兵たちの元に戻った。

一方、惨敗した七戸軍は、立て直しのため野辺地へと向かっていた。集結してみると、それほど兵は失っていない。だが士気は極限まで低下している。追撃を受けなかったのは不幸中の幸いであった。疲れ切った兵をまとめ、ノロノロと野辺地へと撤退する。七戸直国は馬上で歯嚙みしながら、復讐を誓うのであった。

「おのれ……かくなる上は、三戸の助力を得るしかあるまい。断絶した以上、八戸も味方しよう。覚えておれ、新田吉松っ！」

通常の倍の時間を掛けて、ほうほうの態で来た道を戻る。やがて野辺地の集落が見えてきた。だが様子がおかしい。野辺地の周囲を軍勢が取り囲んでいたのである。そしてそこには、黒字に金糸で大きな旗が上っていた。

《三無》

新田家の家紋と共にその旗が上っているのを見て、野辺地がすでに新田家に占領されていることを悟った。だがどうしてという疑問を持つ。田名部はわずか二万石、一時的に農民をかき集めても二〇〇〇人を動かすのが限界のはずである。だが目の前には、同じく二〇〇〇人の兵がいる。これはどういうことか。

その答えは、陸奥湾にあった。吉松は吹越峠の戦いで勝利した後、西へと進み、吉右衛門が予め用意していた五〇〇石船やかき集めた漁船に乗り、一気に陸奥湾を渡って野辺地へと進んだのだ。すべての兵を出していた野辺地は簡単に落ちた。

「さて、吉松よ。これからどうする？　追うか？」

「御爺、すでに決着はついている。ここで追い討ちすれば、七戸直国の首を獲ることもできるやもしれぬ。だがそれをすれば、間違いなく南部が出てくる。この戦はここまでだ」

使い番を出して、追い討ちはしない故、七戸城に帰れと勧告する。油川城の奥瀬内蔵之介判九郎に対しては、今後は新田に敵対しない誓紙を出させた上で素通りすることを認めた。

こうして吉松は、下北半島全土および陸奥湾の要衝「野辺地」を手に入れたのであった。

大勝利の後は祝杯である。野辺地では二〇〇〇名による歓呼が響いていた。農民兵たちにも米や酒を振る舞い、皆で戦勝を祝う。だが吉松の中には、今後についての不安があった。

（確かに勝った。だが南部晴政あたりは「勝ち過ぎ」と考えるだろう。恐らくは野辺地を明け渡すように要求してくる。今回は一時的に二〇〇〇の兵となったが、南部家が本気になれば六〇〇〇を動かせる。今はまだ、南部には勝てない）

水を飲みながら、吉松は決着のつけ方を考えていた。

「新田家勝利」の報せは、数日で糠部、津軽全土にもたらされた。この報告に怒りを示したのは南部晴政である。七戸からの援軍要請を受けて、晴政は陣触れを発表した。

「先陣は、我が八戸家に！」

吉松の父親、八戸行政はここぞとばかりに先陣を願い出た。田名部を乗っ取られたことへの恨みだけでなく、ここで先陣を切らねば、今回の件で八戸が裏で糸を引いていると疑われかねないからだ。無論、晴政はこれを認め、八戸家およびその分家が先陣と決まった。

「それにしても、聞けば聞くほど呆れるわ。物見すら出しておらなんだとは……いや、田名部が相手となれば油断も仕方ないかもしれんな。そこを突いた相手が上だったというだけだ」

陣触れの発表後、三戸城の奥にて晴政は酒を飲んでいた。相手は弟の高信である。晴政は口では七戸家の戦ぶりを悪く言っているが、その一方で吉松の戦いについては評価している様子であった。

「兄上、今回の件ですが、誠にお怒りですか？」

「南部家頭領としての責務よ。ああ言わねば、他家は納得するまい。それに七戸家は儂に従属している。一方、新田は独立した国人。援軍の要請を受ければ、動くのは当然であろう」

「ですが、戦えばこちらも傷を負います。戦の前に、某に交渉の機会をいただけないでしょうか？」

「言っておくが、野辺地は譲れぬぞ。たとえ新田が臣従するとしてもだ。あそこは糠部と津軽を結ぶ要衝。今回を機に、しっかりした城を築くつもりよ。七戸をその賦役に就かせることで、今回の惨敗の失地回復とさせよう」

「某が思うに、新田吉松は今回の着地どころを考えているはずです。七戸を追わなかったことがその証左でしょう。兄上が野辺地を譲れぬということは、新田も見越しているのです。もともとはこの戦、七戸から仕掛けたもの。野辺地さえ回復させれば、七戸も文句は言えますまい」

「ふむ」

晴政は考える表情となった。南部が総力を挙げれば、野辺地は回復できるだろう。だがその戦で、一〇〇〇でも失えば、本来の狙いである鹿角への侵攻ができなくなる。交渉で済ませられるのならば、そのほうが良い。

「良かろう。左衛門尉に任せる。だが急げよ。あと一〇日もすれば戦だ」

「はっ、では……」

これが最後の機会と捉え、石川高信は野辺地へと急いだ。

新田家と南部家との戦は、結局は回避された。石川左衛門尉高信が自ら交渉役となり、野辺地で新田吉松との話し合いの末、妥協点を見出したのである。

一．吹越峠での新田家、七戸家の合戦では、新田家が勝利したことを認める。
二．野辺地は七戸家に返還する。代わりに夏泊一帯の領有を認める。七戸との境は「有戸」とする。
三．田名部に移った民については、その責は問わない。ただし今後は、南部領内での表立った人集めはしないことを約する。

四．三戸南部家は新田家の独立を正式に認め、五年の不戦を誓約する。

五．蠣崎家および蝦夷との交易、交流についてはこれを認める。

六．新田家は毎年二〇〇〇石を「自主的に」三戸南部家に納めるものとする。


最後の一文は吉松から言い出したことである。南部家にも花を持たせなければならない。そのため、七戸家には勝ったが、南部家が出張ったため矛を納めた。従属こそしないものの、南部家に気を遣っているという姿勢を見せたのである。そうすることで田名部新田は安全に、独立の地位を確保できるし、三戸は「さすがは南部家頭領」と一族からさらに重んじられる。

（まぁ、たかが二〇〇〇石で安全を買えるのなら、安いものだ）

五年あればさらに数隻の船を建造できる。人集めに関しては、土崎湊、直江津、越前敦賀あたりから集めればいい。それに独立国人ということは、戦の自由がある。津軽には未だ、南部に従属していない勢力が二つもあるのだ。

「名を捨てて実を取ったのだ。十分だ」

祖父、新田盛政に対して、吉松は不敵に笑った。

一方、三戸城においても交渉の成功が喜ばれていた。八戸行政はともかく、九戸や五戸あたりからすれば、この戦には価値がなかった。元々は七戸と新田の争いなのである。南部晴政の命だからこそ聞いていたが、戦に参加したところで得るものは少ない。それよりも新たな領地が見込める鹿角のほうが、はるかに意義がある。大半の国人がそう思っていたところに、新田との和睦成立である。しかも南部家が得たものは大きい。野辺地を奪還したばかりか、毎年二〇〇〇石が「上納」されるのである。鹿角攻めに大きな弾みがつくだろう。

「さすがは左衛門尉、我が右腕よ。まさかここまで分捕ってくるとはな。一体、どのような妖《あやかし》を用いたのだ？」

評定において、晴政はそう激賞した。夏泊は平地が少なく、もともと放っておいた領地である。呉れてやっても何の痛みもない。有戸にしても同じである。もともと、有戸から先は緩やかな山地となっているため耕作が難しい。新田と七戸の境が明確になっただけで、失ったわけではない。そして不毛の地だった宇曽利郷から、毎年二〇〇〇石が入ってくる。形式的には自主的であるが、実態は上納だ。つまり、どのような形であれ新田を三戸南部の下につけたのである。一族の統制に悩む晴政としては、十分以上の成果であった。

「ですが独立を認めた以上は、蠣崎、蝦夷への接触は咎められません。新田は巨船を建造しておりますれば、蝦夷との交易に力を入れていくでしょう」

「蠣崎などいらぬわ。むしろ新田が面倒を見てくれるというのなら、有りがたい話ではないか。これで我らは北を気にすることなく、南に集中できる。鹿角を得た次は、いよいよ檜山よ。皆も大いに気張るがよい！」

「「はっ」」

主だった国人衆が一斉に頭を下げる。今回の件で、三戸南部家の力は高まり、石川左衛門尉高信の名も上がった。交渉をまとめた石川高信でさえ、新田は譲りすぎではないかと疑問を持ちつつも、この和睦を喜んでいた。だが南部晴政は破顔しつつも、将来を見越していた。僅か三年で田名部の力を数倍にした新田吉松に、五年もの時を与えるということが何を意味するのかを。


「へへへッ……殿様。御戦勝、おめでとうございます」

田名部に戻った吉松を待っていたのは深浦の商人、金崎屋善衛門であった。商人としての嗅覚から、今回の戦でさらに商いの幅が広がることを敏感に察していたのである。

「クックックッ……さすがに早いな、銭衛門。早速、儲け話をしようか」

これまで南部の眼を気にして手を付けていなかった鉱山開発。蠣崎家の本格的な懐柔と蝦夷との関係強化。夏泊の椿山の本格的な活用など、やりたいことは山ほどある。味噌と醤油の醸造は既に開始しているが、完成には一年を要する。その間に、それぞれの特産品の生産力を増強する。組織化、マニュアル化を図り、計画的な人員育成を行う。

無論、新たな特産品の開発も行う。椎茸栽培がいよいよ本格稼働し始めた。この時代、干し椎茸は同量の黄金と交換されるほどに価値がある。それがトン単位で収穫できるようになる。硝石についてはあと二年を要するが、完成すればそれも新たな特産品になるだろう。

「銭衛門には引き続き、人集めをお願いしたい。特に欲しいのは鍛師および鉱山を掘る若い男だ。だがそれ以外に、ぜひ調達してきて欲しいものがある。鉄砲を調達してきて欲しい」

「鉄砲？　それはどのようなものでございましょう？」

吉松が説明すると、それは「種子島」と呼ばれている武器ですなと善衛門は頷いた。一五五一年は、種子島に鉄砲が伝来してから僅か八年しか経っていない。だがすでに鉄砲鍛冶師は近畿地方にも存在し、作られ始めている。京の都に近い敦賀あたりならば、あるいは手に入るのではないかと吉松は考えた。

「アッシは商人でございますゆえ、お客の望む商品はできるだけ調達いたしやす。ただ……種子島は珍しきもの故、少々お値段のほうも張りますが？」

モキュモキュと手揉みをする悪徳商人に対して、吉松も口端を上げた。

「解っている。言い値で構わん。銭衛門を信用しよう。それとな。そろそろ新田では銭を作ろうかと思っている。畿内で出回っている鐚銭ではないぞ。最高の品質を持つ良銭だ。金崎屋はいつも良銭で払ってくれる。越前や畿内からその信頼を得られたなら、商いもしやすくなるのではないか？」

「へへへッ……さすがは殿様、商いをよくご理解されておられる。して、アッシは何を？」

齢五歳の幼児と下卑た笑みを浮かべる商人が、悪人顔で膝を突き合わせ、ヒソヒソと悪巧みを始める。その光景に盛政は思った。

（……あの顔。誰がどう見ても野蛮な山賊そのものじゃの）

春乃方は届いた書状を読んでため息をついた。夫である八戸行政からの手紙である。七戸との合戦において、八戸は新田になんの援助もしていない。それどころか南部晴政に願い出て、新田攻めの先鋒を務めようとしたほどである。八戸は完全に、新田の敵となっていた。

「輝夜を連れて根城に来いと言われても……」

以前、それとなく娘の輝夜に、八戸に行かないかと聞いたことがある。だが輝夜は明確に拒絶した。田名部が面白いからという理由であった。無論、弟が可哀想だという理由もあったが。

「御方様、殿がお越しになられました」

書状を懐に納めた春乃方は、貌だけは笑顔となって息子を迎えた。だが、前世において社会人経験が豊富な吉松は、人心や場の空気に敏感である。部屋に入った瞬間、母親の表情で悩みがあることを察した。

「母上。父上がなんぞ、言ってまいりましたか？」

ストンと腰を落とした吉松は、真顔になって尋ねた。そこには童らしい感情など微塵も浮かんでいない。父親や兄が恋しい。家が分かれて辛いといった情はなく、敵の動きについて間者に尋ねる武将のようであった。

「いえ、別にそれは……」

「言わずとも解ります。大方、姉上共々根城に来いとでも言ってきたのでしょう。フフフッ」

　その笑いには嘲りの色があった。実際、吉松は父親である八戸行政のことを阿呆と断じていた。

（女子供が書状を送ったのとは訳が違う。曲がりなりにも八戸の城代が新田に書状を送るという意味をまるで解っておらぬ。相手は七戸と合戦をした南部家にとっての仮想敵だぞ。いらぬ疑念を持たれぬよう、俺であれば石川左衛門尉を通すわ）

「吉松殿、その……八戸とはこれから、どう向き合うおつもりなのです？」

「母上。そのような遠慮をなさらず姉上のように、吉松と呼び捨てていただいて構いません。八戸を含め、南部家とは仲良くしていくつもりです。歳暮や中元などは各国人に贈っていますし、誰それに何を贈ったかは、すべて石川殿と右馬助殿（南部晴政のこと）に伝えています」

「では、父上との戦になることはないと？」

　春乃方は安堵の表情を浮かべたが、すぐに顔を強張らせることになった。吉松の貌が変わっていたからである。漆黒の瞳の中に、燃え盛る炎が見えた気がした。

「ハハハッ、この五年間はですよ。南部晴政とは、いずれ戦になるでしょう。当然、八戸とも戦になると思います。そして、加減をするつもりは一切ありません。戦においては修羅と化す。鬼に会えば鬼を斬り、仏に会えば仏を斬り、親に会えば親を斬る。それが戦国というものでしょう」

　数瞬の沈黙が流れる。だが吉松はプッと吹き出して笑った。先ほどまでの怪物の貌ではなく、童らしい屈託のない笑みを浮かべる。

「申し訳ありません。冗談ですよ。そうならないように、うまく運ぶつもりです。要するに南部家が手を出せぬほどに、新田が強くなれば良いのです。そのための手は、既に打ってあります」

そう言って笑うが、春乃方は表情を緩めることはできなかった。先ほどの言葉は真実だろう。たとえ父親であっても、必要ならば斬り捨てるに違いない。

それから吉松は、蝦夷や津軽の話を始めたが、春乃方はほとんど耳に入らなかった。


吉松が馬に乗れるようになったことを喜んだのは、何も男たちばかりではない。姉の輝夜は、昨年から男装をして馬に乗っている。戦国時代において馬とは、現代でいうところの自動二輪に近い。馬によって、移動範囲が大きく広がるのである。お転婆娘の輝夜が馬に惹かれるのは、むしろ当然のことであった。

「輝夜もまた、困ったものじゃのぉ。あれでは嫁の貰い手があるかどうか……」

馬を走らせる輝夜の背中を見て、盛政は首を振った。輝夜を娶るということは、新田の縁戚になるということである。吉松個人としては、好いた者同士で結ばれればよいと思っているが、宇曽利二万石の大名としては、そこらの百姓で構わない、とは言えない。

「姉上が望むのなら、新田の武将として働いてもらっても構わんがな。女は家を守るもの、などという常識は俺にはない。将来は、家老の一部を女にしたいと思っているほどだ」

「相変わらず、非常識じゃのぉ」

吉松は地図に落としていた視線を上げた。田名部より五里（約二〇キロ）北にある大畑という場所である。宇曽利には貴重な平地が広がり、北の海に流れる河川もある。道を整備して開発を進めれば、田名部に負けない集落も作れるだろう。

「よし。ここにも湊を置くぞ。整備すれば蝦夷との交易に役立つだろう」


下北半島には港となる海岸が幾つかある。江戸時代、木材の需要が全国的に高まり、下北半島には多くの廻船が陸奥の木材を求めてやってきた。そこで盛岡藩は、積荷税を徴収する指定の港（湊）を定めた。それが「田名部七湊《しちそう》」である。

「安渡（田名部大湊）、川内、脇野沢、佐井、大畑に集落を設け、五湊とする。それと東だが、目名（現在の東通村）までの道を拡張する。最終的には猿ヶ森の大砂丘まで広げたいが、そこまでは人手が足りぬ」

日本国内における砂丘といえば鳥取砂丘が有名だが、実は下北半島にも、鳥取砂丘に匹敵する大きな砂丘がある。それが「猿ヶ森砂丘」だ。東西最大二キロ、南北一七キロに及ぶ広大な砂丘だが、防衛省の下北試験場の敷地内にあり、立ち入りが禁じられているため、観光することはほとんど不可能である。

だが戦国時代ではそんなことは関係ない。猿ヶ森にはヒバの大森林が広がり、大量に砂鉄が採れる。鉄砲に手を出す以上、鉄は大量に必要であった。

「人が足りないのは仕方がない。一つずつ整備していくのだ。今年は川内と大畑の集落に力を入れよ。脇野沢と目名は来年だ。それと横平に館を、吹越峠には砦を建設する」

宇曽利の視察を終えて田名部館に戻った吉松は、矢継ぎ早に指示を出した。吉松の下で働く文官は育ってきているが、やはり将が足りない。吉松の指示を受けて自ら動ける人間が必要であった。

「殿、蠣崎若狭守様の使者として、長門広益殿がお越しになられました」

「来たか！」

それは、前々から打診していた「新田蠣崎連合」についての返答であった。吉松は逸る気持ちを抑えて、ゆったりとした足取りで評定の間に向かった。


「長門殿、よく来てくだされた」

齢五歳、見た目だけなら童の当主が笑顔で評定の間に入ってくる。蠣崎家の重臣長門広益は、吉松の見た目に惑わされることなく板間に両手をついて一礼した。

「この度は御戦勝、誠におめでとうございます。また当家への多大なるご支援、感謝のしようもありませぬ。主君からくれぐれも宜しく伝えて欲しいとの言葉を受けております」

「その言葉、有りがたく頂戴しよう。勇猛忠烈と噂される長門殿と会えたこと、俺も嬉しく思う」

（この見た目でこの言葉遣い。そしてこの圧《あつ》……やはり神童か）

広益は背中に汗が流れるのを感じた。外見に惑わされる者は多いだろう。だが実績を見れば侮れるものではない。三〇〇〇石の田名部を僅かな期間で数倍の石高にした手腕。民を纏め上げ、七戸を叩き返した武勇。そして三戸南部家との交渉。いずれも並の国人にできることではない。広益は吉松を童だと思うことを捨てた。

「蠣崎家は過去の遺恨をすべて水に流し、今後は新田家と共に歩む所存です。しかしながら、当家は一〇〇年にわたり安東に仕えてきた家柄ゆえ、家中には戸惑う者も多うございます。この先、我が蠣崎家はどのように新田家と手を取り合うか、吉松様のご存念をお伺いしとうございます」

「当然だな。ちょうど良い機会だ。御爺や吉右衛門にも聞かせておこう。長門殿、俺がなぜ蠣崎家との縁を欲したか、わかるか？」

「それは、やはり当家が安東家に臣従しているからではないでしょうか。あるいは蝦夷との商いのためでは……」

「それもある。だがそれは枝葉のことよ。俺が欲した理由はな。蠣崎なら理解できると思ったのだ。鎌倉から続く一所懸命の思想、武士が領地を持つという考え方の致命的な欠陥についてな」

「致命的な欠陥？　そ、それは……」

広益をはじめ、盛政も吉右衛門もポカンとしている。考えたこともないのだ。土地を持つ。土地を広げる。土地を治める。これが武士の本分であり、守護職の役割であり、幕府の存在意義である。半ば本能とまで化しているその常識を吉松は真っ向から否定した。

「一所懸命の考え方はな、その土地から米が得られることが大前提なのだ。米が採れぬ土地は誰も欲しがらぬ。故にそうした山林には領主がなく、山の民がいる。そしてそれは徳山でも同じではないか？　あの地では米が採れぬ。そもそも、一所懸命の仕組みそのものが通用しない土地なのだ」

広益は思案する顔を浮かべた。確かに自分も領地を持っている。稗や粟などの雑穀を育て、食いつないでいる。たまに魚や鹿肉などが入ると、僅かな酒を飲んで慰めとしてきた。そんな領地に、どれほどの価値があるというのか。

「南部も安東も、蠣崎領を欲せぬ。なぜなら米が採れないからだ。攻めたところで貧しい土地が得られるだけ。蠣崎蔵人の乱において、南部や八戸、あるいは安東が追わなかった理由がそれだ。土地、そして米を中心とする考え方。これこそ、鎌倉から続く罠なのだ。人は米だけあれば生きていけるのか？　他に何も喰わず、何も飲まず、何も着ずに生きていけるのか？　米など農産物の一つに過ぎぬ。俺はな。米ではなく銭を中心とした統治を行う。家臣に対しては土地ではなく銭を与える。無論、銭は使ってこそ価値がある。だから銭を使いたくなるような様々な物品を整える。いま、田名部では正にそれをやろうとしているのだ」

「つまり、蠣崎領を没収すると？　蠣崎家に潰れろと？」

「たわけ。蠣崎家も長門家も立派に続くわ。長門広益という一個の益荒男の力を銭で買うということよ。其方の力、本来なら一〇万石の値打ちがある。故に、一〇万石が買えるほどの銭を毎年与える。其方はその銭を使って、家人たちを雇えば良い」

広益は必死に考えた。領地が無くなるということと、家が無くなるということは、必ずしも同じではない。実際、土地を持たない商家なども立派に繁栄しているのだ。だがどうしても腑に落ちないでいた。土地から離れることを考えると、得も言えない不安が湧き上がる。

「腑に落ちぬであろうな。当然だ。誰も見たことがない新しい統治の仕組みだ。故に実感などあろうはずがない。安心せよ。当面は蠣崎家への支援と交易を続ける。この話はもう少し先になってからよ。だがその前に相談がある。長門広益、お前の力を借りたい」

「は？」

てっきり、蠣崎家に対して臣従を求めるとか戦役を要求するとかを考えていた広益にとって、吉松の話はあまりに気宇壮大で半ば妄想のような話であった。そのため話の内容についていけず、思わず声を上げてしまった。

「俺は蠣崎家に戦役など求めぬ。ただでさえ生きるために戦っているのだ。そこに出兵を求めるなど人の道に外れている。だがこれから、蠣崎家では合戦は無くなるぞ？　故に、武将としての其方の力を借りたいのだ。契約料として年間三〇〇〇石で其方を借りたい。蠣崎殿に伝えてくれぬか？」

自分に仕えろというのではない。蠣崎家の家臣のまま、新田家で働けという。いわゆる傭兵に近い考え方だが、他家の家臣に対して「外注」を求めるなど聞いたことがなかった。

「銭が中心の世の中となれば、それが当たり前になる。考えてみてくれ。断ってくれても構わん。

だが俺のもとに来れば、面白い一生を過ごせるぞ？」

「ははっ」

広益は平伏した。何を言っているのか、半分も理解できなかった。だがこの童が途方もないことを考えていて、それを本気で実現しようとしていることは理解できた。蠣崎なら俺を理解できる、そう言っているのだ。ならば言葉を尽くして、主君に伝えるしかないだろう。


「銭を中心とした世の中か……」

蠣崎若狭守季広は、広益の言葉を受けて沈思した。新田吉松は、蠣崎なら理解できるはずだと言った。だが長門広益は幾ら考えても理解できなかった。

「なるほど。武士の考えではない。武士では思いつかぬ。内政に明るい主君ならばと思った」

「殿には、新田殿の言葉が理解できるのですか？」

「おおよそはな」

米が得られない蠣崎家は、蝦夷と安東との交易を取り持つことで収入を得ていた。武家というよりは商家に近いことをやっていた。そのため他の武士に比べて、経済感覚は発達している。米は相場によって変わる。豊作であれば米は安くなり、凶作となれば米は高くなる。だが銭ならば、米の収穫量に関係なく安定した価値を持つ。安東が凶作になれば、豊作だった他の土地から米を買えばよい。銭による禄ならば、季節に一喜一憂することなく、領地の運営にも悩まされることはない。

「フッ……フフフッ」

怪訝な表情を浮かべる広益をおいて、季広は肩を震わせて笑った。領地と家を分けるという考え方は、目から鱗であった。確かに、銭を禄として貰えるのならば、この極寒の蝦夷地などに固執する必要はない。土地とは違い、銭は持ち運べるのだ。そして様々な物を買うことができる。本当にそれが実現できるのであれば、蠣崎家は残ることができるだろう。今よりも遥かに栄えるかもしれない。それが叶うのならば、新田に仕えても構わないと思った。

「殿。新田殿が言われた件ですが……」

「構わぬ。お前の力を貸してやれ。吉松殿の言葉を信じるならば、この先、この地が戦に巻き込まれることはない。だがそのためには、より強い力が新田に必要だ。田名部は繁栄しているのだろうが、人が足りぬのが弱みよ。新田の下で、蠣崎家重臣、長門広益の力を見せつけてやるがよい」

「はっ」

長門藤六広益が僅かな供回りと共に田名部へと移ったのは、これから一月後のことであった。

戦国時代、人口と石高はほぼ等しかった。つまり一万石の土地では一万人が暮らしていた。一石が、人一人が一年間消費する米の量とするならば、一万石の土地に二万人が住むことは不可能だったのである。

また兵については、一万石で一〇〇名～四〇〇名が動員可能であった。この幅については、農業以外の他産業の状況や、徴税の実態などで変わった。関ヶ原の戦いでは、平均して二五〇名／万石である。

「常備軍は三〇〇名とする。藤六（長門広益のこと）にはその半分を束ねてもらいたい」

蝦夷蠣崎家からの借用という形で田名部に来た長門広益は、いきなり兵を与えられたことに目を白黒させた。それに蠣崎家内の所領はそのまま、新田から禄を受ける形となった。米五〇〇石である。それでいて、自分は兵を雇う必要はない。兵はすべて、新田が用意するというのだ。つまり、五〇〇石はそのまま長門家の収入となる。

「今はまだ五〇〇石という米での雇用だが、いずれは銭で渡すことになるだろう。我が新田家では田名部以外の集落の開発を急いでいる。俺はそちらに集中したい。よって軍事については御爺に一任している。広益は御爺の補佐という形で、新田軍の増強を頼む」

そう告げると、吉松は川内へと向かってしまった。残された広益は、とりあえずは田名部館近くに用意された屋敷に入った。肉、魚、野菜、酒が届いており、家人たちも驚いている。

「これが、田名部新田の力か……」

蝦夷地からほんの少し南にあるだけだというのに、信じられないほどの豊かさであった。しかも倍増の勢いで年々成長しているという。新田に従属した主君の判断は正しかった。自分の家族も、蝦夷に生きる同僚たちも、そして蠣崎家も栄えるだろう。長門藤六広益は呆れたように首を振り、そして笑った。

「殿はいずれ、若狭守様すら臣下に加えられるおつもりですか？」

川内に向かう途中、馬上で吉右衛門が問いかける。吉松は当然だと頷いた。

「あの貧しき地において、まがりなりにも一族を束ね、畿内に使者を送り、蝦夷の民と戦い続けた。並の統率力ではできぬ。耐え難きを耐えながら、家臣領民たちを守ってきたのだ。そうした人間にこそ、内政を任せたい。蠣崎に蝦夷の開発を任せるつもりだ」

画期的な技術ならば自分が教えればいい。だが民政とは本来、泥に塗れながら粘り強く進めるものだ。例えば教育の仕組みなどは整えられても、人が成長する速度までは変えられない。一〇〇年間、荒んだ社会の中で生きてきた人間の意識を変えるには、長い年月を必要とするだろう。蠣崎季広ならばそれに耐えられると吉松は見ていた。

「殿、間もなく川内です」

登り窯の煙が見え始めた。


「この川内では、焼物の他に鉱物資源の加工を行う。無論、農畜産業も行ってもらうが、もっとも重要なのは粗銅の精製、そして銭の鋳造だ」

日本の粗銅には銀が含有されている。この銀を取り除く方法は、戦国時代末期にならないと登場しない。粗銅に鉛を加えて溶かし、溶解度と比重の違いを利用して、銀を含んだ鉛を分離させる。

そして次に、灰吹法を使って鉛から銀を取り出す。これにより、純度の高い銅と銀を得ることができる。既に石見銀山では灰吹法が用いられている。技術的な飛躍というわけではない。

「安全を第一にしろ。口覆いと手袋を着けて、慎重に行うのだ。鉛は体にとって毒だ。直接触れないばかりか、鉛を含んだ空気を吸わないよう、換気にも気を使うのだ」

豊臣秀吉による天下統一まで、戦国時代でもっとも価値が高い銭は「宋銭」であり、次が「永楽銭」である。吉松は既に何枚かの宋銭を手に入れていたので、これを参考に純度の高い銅で銭を作ろうというのだ。

「銭衛門には、畿内から粗銅や鐚銭を集めろと言ってあるからな。無論、鐚銭などは粗銅扱いだ。通貨としての価値など認めん。それらを鋳つぶして、含まれている銀を回収する。商いをするほどに銀や金が増えていく。クックックッ」

銀がどの程度含有されているかは個々の粗銅で違うが、高いものでは一三%に達したという。吉松は集めた銀と金で、新田領内で通用する貨幣を作るつもりでいた。

すでに安部城鉱山の場所も判明しており、いつでも鉱山開発が可能な状態である。各施設が整い次第、順次開始する。金、銀、鉄、銅の四つが安定して手に入るようになれば、新田家の経済力は決定的なものになるだろう。その時こそ、南部を飲み込む時になる。

「人は集められぬが、交易をしてはならぬという取り決めではないからな。野辺地、七戸、三戸あたりにも米や酒を流すか。あとは津軽もだな」

黒備衆が道の整備を続けている。停戦期間の五年があれば、下北半島はほぼ整備されるだろう。馬車を使った物流網を完成させ、ヒトとモノを動かす。五年後には米だけでも一〇万石。麦や稗、大豆などの他の穀物や野菜、家畜などすべてを合わせれば、二〇万石を超えるはずだ。つまり南部家をも超える。

「だが足掛かりを作っておきたいな。来年あたりか？」

吉松の脳裏には、次の戦の構想が出来上がっていた。

「殿、お聞きしても宜しいでしょうか？」

田名部館では、長門広益を歓迎するささやかな酒宴が開かれていた。吉松は酒が飲めないため、牛蒡茶を盃に入れて飲んでいるが、盛政や広益は鶏の塩焼きを稗酒で堪能していた。ただの塩ではない。昆布から濃い目の出汁を採り、それに塩を入れて煮詰めてできる「旨味塩」を使っている。田名部の新たな特産品にならないかと考えたのだが、炭薪代などの費用が掛かるため、今は田名部館の中だけで使っている塩だ。

「御領地は繁栄し、今年は米だけでも二万石を超えましょう。ですが、その石高に比して兵が少なく思います。なぜ、あえて兵を少なくしておられるのでしょうか？」

広益は吉松のことを「殿」と呼んだ。これは広益の中にあるケジメである。自分の忠誠は蠣崎家に向けられている。だがこの田名部にいる以上は、新田吉松が主君なのだ。新田が蠣崎を守る限り、自分は新田吉松を主君として働く。広益はそう決めていた。

「この数年、田名部では稲作が上手くいっていた。これは幸運なことだ。だがどのような知恵を使おうとも、防げぬものがある。この地は数年に一度、寒い夏がやってくる」

吉松が恐れているのは、いわゆる「やませ」である。北日本の太平洋側には、オホーツク海から寒流の親潮が流れている。その上を通ってくる風は当然、冷たい。そのため数年に一度、標高一五〇〇メートル以上の空気より、以下の空気のほうが冷たくなることがある。そうなれば冷たい空気は暖かい空気を越えられず、奥羽山脈などに阻まれて留まってしまう。古来より、下北半島から三陸海岸にかけて、この冷害に悩まされてきた。現代において日本海側に米どころが集中しているのは、このやませが無いためである。

「ひょっとしたら、来年そうなるかもしれない。寒い夏となれば米は全滅だろう。稗や麦すら危うい。田名部で多様な作物を育てている理由は、冷害に備えてのものだ。だから常備兵については、豊作を前提とした兵数ではなく、冷害を前提とした兵数を揃えようと考えている。もっとも……」

吉松は口角を上げて言葉をつづけた。

「津軽、そして出羽まで領地を広げれば、そうした懸念も少なくなろうがな……」

およそ童とは思えぬ怪物の貌が、吉松の貌に一瞬過《よぎ》る。広益の腕に鳥肌が立った。

今年も稲の実りが良い。幸いなことに、天文二〇年も豊作を迎えられそうであった。やませの予測は不可能だ。現代科学においても、メカニズムこそ解明できたが、完全な予測には至っていない。せいぜいが観測と経験則によって、今年は冷夏かもしれないと予想するくらいである。よって、やませが起きることを前提とした仕組みを整えておく必要がある。

（大間や大畑ではソバを栽培させよう。ソバは寒さに強い。それに今年は醬油や味醂が完成する。蕎麦がき以外に、普通にざる蕎麦も食べたいしな）

陸奥《みちのく》ではカツオこそ獲れないが、かわりにサバが手に入る。鯖節でも旨味は取れるし、荒節まで比較的簡単に作れる。麺としてのソバの使い途を教えれば、栽培にも力が入る。

「あとはジャガイモか……こればかりは南蛮商人がいないと手に入らないからな。山芋を栽培しよう。麦、大豆、葱、ニンニクを輪作に組み込めば大丈夫だろう。いずれは大陸から玉葱や白菜も輸入する。一日三食、一汁三菜を当たり前とし、平均寿命を伸ばす。質と量、さらには品数まで増やさねばならぬ。やりたいこと、やるべきことが山積みだ」

新田領内の農業について一通りの報告書を読み、方針を伝えた後は、次の合戦について考える。南部家との停戦は五年間。その間にできるだけ力を付けなければならない。だが下北半島を南下することは不可能だ。南は南部家によってガッチリ固められている。つまり飛び地しかない。

「ククク、五〇〇石船の建造に力を入れていた効果がここにも出る。阿呆どもはこの地の価値を理解しておらぬ。土地を開発することを知らぬ国人など、根絶やしにせねばな」

怪物の笑みを浮かべたまま、吉松は手製の地図に石を置いた。津軽半島北西部である。

本州津軽半島北西部に位置する「十三湖」は、鎌倉時代後期から戦国時代初期にかけて、安東氏の統治下にあった。現在でこそ汽水湖となっているが、戦国時代当時は内海として日本海に開いており、天然の良港「十三湊」として北日本交易の中心地となっていた。

北からは蝦夷地やさらにその北の樺太島からもアイヌ民族が訪れ、南からは出羽の深浦、越前の小浜、さらには九州博多からも物が入ってきた。西からは、朝鮮半島の付け根にある豆満江からも船が訪れたという記録もある。つまり十三湊を中心としたオホーツク・日本海経済圏が出来上がっていた。

だがこの経済圏は、康正三年（一四五七年）に起きた「蠣崎蔵人の乱」によって幕を閉じる。北部王家および津軽安東氏は、八戸から勢力を伸ばしてきた南部氏に追われ、蝦夷地へと逃げる。これにより十三湊は統治者を失い、形式的には津軽安東氏（檜山安東氏）の所領であるが、実態としては無統治地帯となってしまった。その後は野辺地湊が蝦夷地との交易拠点となり、十三湊は交易拠点としての繁栄を急速に失うことになる。

史実として、十三湊が再び復興するには、津軽地方から南部氏を追い出し浪岡北畠氏を滅ぼした「津軽為信」の登場を待たなければならなかった。

天文二〇年（一五五一年）文月（旧暦七月）、寂れた寒村となりつつあった十三湊に、巨大な船

三隻が来襲した。小早船に乗り換えた兵たちが次々と強襲揚陸し、村はまたたく間に占領されてしまったのである。黒字に金糸で「三無」と書かれた旗印に、村人たちは首を傾げた。

「我らは田名部新田家の者たちだ。今日より、十三湊は新田家が領有する。逆らわぬ限り、村人には決して手を出さぬ。施餓鬼隊、村人たちに飯を与えろ」

滅多に食べることができない白米の握り飯や芳ばしく焼かれた肉、漬物や汁物が振る舞われる。最初は訝しんでいた村人たちも、香りに釣られて飯に群がった。

「早船を出して殿に伝えよ。十三湊の占領は無事に成功、港湾整備と建築のため、黒備衆を送られたしとな」

十三湊制圧軍を率いていた長門広益は、感慨深い思いで十三湊を一望した。一〇〇年前まで、この地には遥か明からも船が訪れていた。今は寂れてしまっているが、新田がその栄華を取り戻す。

「聞いていた通り、岩木川は急流だな。堤を造って整備しなければ、洪水に悩まされるぞ。さて、殿はどのように成し遂げられるか……」

津軽地方の地形的特徴として、南部から北部に流れる岩木川がある。岩木川は木曽川などよりも遥かに勾配が強く、またすべての支流が最終的に十三湖に流れ込むため、雨三つぶ降ればイガルと言われるほど、この地は洪水が頻発していた。

だが岩木川の治水に成功すれば、広大な津軽平野が肥沃な土地へと生まれ変わる。史実でも、津軽藩は岩木川の治水に尽力し、江戸時代初期には僅か五万石弱だった石高を、一五〇年後には実収九〇万石にまで発展させた。

「今はともかく、開口部を広げることだな。領したは良いものの、すぐに洪水ではさすがに拙い」

十三湊の湖底を浚って深くし、開口部を崩して広げなければならない。それだけでも一年がかりになるだろう。人手不足の田名部が、それをどう実現するのか。長門は不安と期待が入り混じった心境であった。


あらかじめ聞かされていたとはいえ、新田が十三湊を押さえたという報せを受けて、南部晴政は改めて、その意味について考えてみた。確かに十三湊は、鎌倉の時から繁栄してきた湊街ではある。だが近年では野辺地や田名部がそれに取って代わっている。蝦夷地の大館に行くにあたり、十三湊は必ずしも必要というわけではない。特に新田は、田名部の湊を押さえている。なぜ今さら、十三湊を獲りにいったのか。

「新田は、蠣崎との繋がりを強めている。その関係からか？　いや、そのためだけではあるまい。あるいは浪岡か？　浪岡を獲るつもりか？」

石川城北東部に位置する浪岡北畠家は、鎌倉幕府から続く名家であり、津軽地方で大きな力を持っている。特に当主の浪岡弾正大弼《だんじょうだいひつ》具永《ともなが》は政事の手腕に優れ、実収一〇万石の浪岡領を統治している。鍛治師や織物師を保護し、浪岡御所と呼ばれる大きな城に曲輪を設けて物産に就かせている。そのため名将石川左衛門尉高信でさえも、浪岡を相手に一進一退の戦いを続けていた。

「北と南から浪岡を挟み撃ちにする……いや、新田の力はまだ浪岡には及ぶまい。まして相手は浪岡弾正だ。儂であればむしろ、懐柔するか？」

蠣崎はいずれ新田に臣従するだろう。そしてもし、そこに浪岡まで加われば、新田の力は南部に匹敵するようになる。そうなる前に、手を打つ必要があった。

「桜の件、本気で考えてみるか。新田を臣従させ、吉松を家老に取り立てる。あの異常な内政手腕を発揮させれば、奥州統一すら夢ではあるまい」

ふと言葉を止める。自分の想像に酔った気がした。少しだけ酒を飲もうと思った。

戦国時代の津軽地方は、大きく三つの勢力に分かれていた。一つは石川城を領する三戸南部家、二つ目は大浦家をはじめとする南部家に従属しつつも独立した国人衆である。この二つは広義の南部一族という点では同一勢力とも考えられるが、南部家の史実を考えた場合、別勢力と分けたほうが良いだろう。そして三つ目が、現在の青森市の南西部に拠点を置き、津軽地方の半分に勢力を伸ばした浪岡北畠氏である。

浪岡北畠氏については謎が多い。北畠顕家の系譜とされているが、それは自己申告によるものであり、本当かどうかは不明である。北畠という名から思い出すのが、伊勢南部を領した北畠一門であるが、浪岡北畠氏は伊勢北畠氏とは密接なつながりがあり、両家とも「具」の文字を名前に入れていた。

北畠顕家はもともと「公家」である。そのため浪岡北畠氏は、朝廷とも繋がりがあった。他の守護や国人は足利幕府を通じて朝廷に官位を求めるのだが、浪岡北畠氏は幕府を通すことなく、朝廷と直接交渉することができた。これは日本最北端の陸奥、津軽地方においては途方もないことであり、浪岡北畠氏は間違いなく、奥州でも随一の家格を誇っていた。

浪岡氏は室町幕府以降、津軽地方に強い影響力を持ち続けた。通常であれば、南部家のような強い新興勢力が台頭すれば衰退するのが名家というものだが、浪岡氏は違った。南部の台頭と共に、一人の傑物が誕生したのである。それが第七代浪岡北畠氏当主浪岡弾正大弼具永である。

「父上。十三湊の件、お聞き及びでしょうか」

天文二〇年、浪岡北畠家は浪岡具統《ともむね》が第八代当主となっていた。だが先代である具永は農地開拓、産業振興、交易促進によって浪岡北畠家の勢力を拡大させた。浪岡はいま最盛期を迎えている。一〇万石に迫る石高の他に、漆器や陶器が作られている。鍛冶師は名刀を打ち、それを交易品として日ノ本どころか遥か朝鮮、明にまで輸出している。民を豊かにし、文武を華やかにした具永は、いつしか「浪岡御所（将軍の呼び方）」とまで呼ばれるようになった。

「新田吉松という童、些か面白いな。まさか十三湊に目を付けるとは」

浪岡城の一画にある茶室で、具永は息子に茶を点てていた。使われている茶碗は天目茶碗、花入れは青磁、作法は能阿弥流である。鎌倉から続く北畠家では、明とも交易を行っている。そのためこうした渡来物が相当数ある。これだけでも浪岡北畠家の力が解るというものだ。

「聞くところによると、田名部新田家は宗家である八戸家とは断絶し、三戸とも一触即発の状況だったそうです。今でこそ和睦をしていますが、両家の間には深い溝があると思います。ここは十三湊を利用して、石川（石川城のこと）に圧を掛けるべきでは？」

息子の言葉に対して、具永は何も言わなかった。だが内心では、その見立てを否定していた。

（新田吉松。神童とも怪物とも聞くが、次の動きで虚実が判断できよう。具統の言う通りなら恐れるに足らん。いずれ南部によって滅ぼされよう。儂であればこの浪岡に働きかける。十三湊を押さえたゆえ、交易に力を入れないかとな。それを契機として浪岡を懐柔し、取り込もうとする）

浪岡家の最盛期を築いた初老の男は、まだ見ぬ吉松の姿を想像し、少し目を細めた。

第四章　津軽へ

日本で初めて鋳造された流通貨幣は、和同開珎である。その後二五〇年間で、律令府は一二種類の貨幣を鋳造、発行した。これを「皇朝一二銭」という。いずれも円形で中央に四角が空いている銭であり、一文として使われていた。だが時代が経つにつれて、その銭の価値は大きく下がった。和同開珎では一枚で米二キロを買うことができたが、最後の通貨である乾元大宝は鉛が七五％も含まれ、大きさも小さく、いわゆる鐚銭《びたせん》と呼ばれるものであった。つまり、律令府が発行した公式の通貨が粗悪品で、通貨としての価値が認められなかったのである。乾元大宝以降、長きにわたって日本では通貨発行は行われてこなかった。

「その結果、堺をはじめとする各地域では私鋳銭が作られ始めた。現在、良銭としては宋銭が認められているが、大陸ではとっくの昔に滅んだ王朝の銭を未だにありがたがっている。いかに日ノ本が遅れているかという証明だ。それを俺が変える」

川内で鋳造された私鋳銭「宋元通宝（宇曽利製）」が並べられた。土に埋めて古色を付けているが、銅の含有率が高く、文字もしっかりと読める。大きさは現在の百円硬貨程度だ。金崎屋善衛門はそれを手にしてしげしげと眺めた。

「日ノ本は未だに、大陸から銭を輸入している。円形で真ん中に四角い穴が空いていたら、なんでも銭と認められているのが現状だ。その結果、文字が潰れていたり、穴が欠けていたり、粗悪な材料で作られていたりと、正に鐚銭が横行している。で、どうだ？　その銭は？」

「良銭といっても差し支えありませんな。少なくとも鐚銭ではありません。堺の商人たちも、これならば認めるでしょう」

「新田が大きな力を持った暁には、その銭を新田が発行する通貨に変える。交換比率については流通後に考えるが、鐚銭などは二度と生まれないようにするつもりだ」

一貫、つまり一〇〇〇文の束が用意される。

「銭衛門、これはお前に預ける。本当に使えるか、試してくれ。京文化が取り入れられている越前ならば、銭も流通しているだろう」

「へい。それで、もし上手く使えた場合は？」

「決まっておろう？　大量に銭を発行し、鐚銭を駆逐するのだ。新田が作った銭で人や鉄砲を仕入れる。無論、鐚銭もな。それを加工して良銭を作り、また仕入れる。ククク ッ」

律令府が通貨発行を止めて、輸入に頼るようになった結果、日本国内では深刻な「通貨不足」となった。つまりデフレ経済なのである。生産力をつけようとしても、デフレ経済であるためモノが売れない。結果、生産そのものが行われず、皆が貧しくなる。鎌倉から四〇〇年間、ずっとデフレだったのだ。

「主君の新田吉松は、放置され荒れている十三湊の現状を憂い、日ノ本北部における交易地として再び十三湊を輝かせたいと考えております。しかしそのためには、岩木川の治水が必須。我が新田家は知恵と資力はあれど人手が足りませぬ。そこで、弾正様のお力添えをいただきとうございます」

使者として浪岡城を訪れた吉右衛門は、岩木川治水のための人手を浪岡で集めることの許可を求めた。食事も出すし、給金として幾ばくかの米も日払いで渡す。新田家は表立って南部領内で人集めはできない。そこで浪岡領を間に挟み、石川や油川、さらには檜山からも人を集めようという計画である。紙芝居を使い、具体的な口上まで伝える。

「御当家におかれましても、次男や三男など土地を持たない者や、食べることに困っている者などについてお困りのはず。治水が成れば津軽北部の荒れた土地が豊かになります。御家にとっても利益があるのではないでしょうか」

「うむ。悪くない話よ。こちらは資材など出さず、ただ人集めを承知すれば良いというのだな？」

浪岡北畠家当主浪岡具統《ともむね》は満足そうに頷いた。岩木川中流から下流は浪岡家の影響が及ぶ地域である。そこが肥沃になれば、津軽全土を掌握できるかもしれない。具統の天秤は、承認へと大きく傾いた。だがそれを止めた者がいた。先代の浪岡具永である。

「たしかに、聞く限りは悪い話ではない。だが物事にはかならず表裏がある。浪岡の民が、新田が指揮する賦役に参加する。食べ物や扶持なども得られる。それはつまり、浪岡の民が新田の統治を経験するということだ。現在、浪岡では賦役に飯も扶持も出しておらぬ。治水の賦役に参加した民は、新田に比べて浪岡はどうだと、不満を持つであろうな」

「……………」

吉右衛門は黙ったままである。実際それは、吉松の狙いでもあった。これまでの「当たり前」に疑問を持たせる。豊かさに目覚めさせる。そうなれば民は、浪岡ではなく新田の統治を望むようになる。農民兵が大半を占める以上、新田との戦に参加したところで士気は低いだろう。それどころか戦場で新田に寝返る可能性すらある。

「どうやら、新田殿からそれとなく、聞かされていたようだな。やはり、新田の狙いは津軽を掌握し、浪岡そして南部を飲み込むことか」

「なっ、父上、それは真にございまするか！　おのれ、よくも姦計を巡らせてくれたな」

「滅相もありませぬ。我が主君はただただ、津軽は惜しいと申しておりました。岩木川を安定させれば、津軽だけで一〇〇万石に達するだろうと……どこまでも、民の笑顔のためという思いからの申し出でございます」

「小賢しいわっ！　そのような口先に乗る俺ではない。この場で成敗してくれる！」

具統が怒りの表情で立ち上がる。だが父親の具永が窘めた。

「感情を表に出すな。其方は鎌倉から続く名門、浪岡北畠家の当主であろう。それに、最初に言ったように悪い話ではない。要は、岩木川を安定させた後、我らが津軽をどう治めるかだ。今までのままなら治まらぬぞと新田は言っておるのだ。新田吉松、儂を試すか」

具永は肩を揺らして一頻り笑った。具統は父親の愉快そうな表情に、怒りを出すこともできず、再び座った。吉右衛門は思った。やはり息子の具統は、父親である具永には及ばない。

「のう、使者殿。返答はしばし待ってもらいたい。どうせ賦役を始めるとしても来年の雪解けからであろう？　ならばその前にぜひ一度、新田吉松殿と会ってみたい。その時に返答しよう」

「……承りました。我が主に、そのように伝えまする」

吉右衛門は頭を下げながら思った。二人がどのような話をするのか、とても興味がある。ぜひ自分も同席したいものだと。

一方、三戸城においても、田名部新田をどうするかについて議論が交わされていた。

「某は反対でござる！　桜様は殿の御嫡女。新田を婿に迎えるなど、家の中に飢えた狼を入れるようなもの。もし婿取りと仰られるのであれば、ここは前々から話が出ていた、左衛門尉殿の庶子、亀九郎様を御養子に迎えられるべきかと存ずる」

七戸彦三郎直国が声をあげた。直国は先の戦で吉松に煮え湯を飲まされている。本当ならすぐにでも復讐戦をしたいところだが、三戸南部家と田名部新田家の取り決めには従わなければならない。

だから渋々、耐えているのだ。そこに新田吉松を三戸南部の一門に迎えるという話が出たのである。そうなれば復讐の機会など永遠に失われてしまう。反対するのは当然であった。

「殿。彦三郎殿の無念、察するに余りあります。確かに新田は油断ならぬ相手。ですが某は、だからこそあえて、新田を取り込むべきだと考えます」

南部家の知恵者、北左衛門佐《さえもんのすけ》信愛《のぶちか》が意見する。直国はギロリと睨んだ。北信愛は南部家中では珍しい内政家で、早くから田名部の真似をして田畑の整備や正条植えなどを試している。そのため家中では新田贔屓と思われていた。それが問題にならないのは、他ならぬ南部晴政自身が、大いに真似よと後押ししたためである。新田嫌いの七戸直国としては、北信愛の意見は癪に障った。

「新田は既に、蠣崎を懐柔しております。このまま放置すれば、我らは北に大きな不安を抱えることになります。それに、新田は意外に義理堅いところがあります。たしかに父親は追い出しましたが、それは家中での騒動に過ぎません。他の家に対してはスジを通しております。それに一族は大事にしているようです。祖父の盛政殿は新田家中で重きを成し、まだ幼い吉松を支えています。無骨で一本気な盛政殿が、不義理者を支えましょうか？」

「それは田名部が豊かだからに過ぎぬわ。浅ましいことよ」

直国が吐き捨てる。実際、先の戦では盛政が率いる騎馬隊に、いいように混乱させられたのだ。怒りの矛先が向くのも仕方のないことであった。

賛成と反対、理性と感情の両方が議論の中で出てくる。それを十分に聞いた晴政は、一つの決断を下した。

「婿にする、しないは横に置き、やはり一度、会っておくべきだろうな。宇曽利の神童と呼ばれておるが、儂もまた、糠部の虎と呼ばれておる。おそらく向こうも、同じ思いであろう」

南部晴政の言葉に家臣、国人たちが一斉に頭を下げた。糠部と津軽を領する陸奥国随一の大大名の決定である。新田憎しに固まる七戸直国とて、こうなれば反対はできない。

こうして、南部晴政は新田吉松との会談を決めた。奇しくもそれは、吉右衛門が浪岡城を訪れたのと同じ日であった。

天文二〇年葉月（旧暦八月）、一隻の船が野辺地に到着した。五〇〇石船は当時としては最大規模の船で、野辺地の民衆はその大きさに目を剝いた。上等な麻の着物を着た童、その後ろには五〇代半ばと思われる老人、さらに若い男たちが続く。

「この季節の陸奥の海は良いな。浜の風が涼しく、陸奥の自然を愛でることができる」

新田吉松は心地よさそうに海風に吹かれていた。

「某、三戸城南部家家老、毛馬内靱負佐秀範《ゆきえのすけひでのり》と申しまする。主君より、新田様の御持て成しを任されておりまする。至らぬ点もあるやもしれませぬが、どうぞ宜しくお願いいたしまする」

「確か、右馬助殿の叔父にあたる方でしたな。新田吉松です。こちらこそ、宜しくお願いいたす」

軽く一礼し、用意された馬に向かう。吉松のために、少し背が低い馬が用意されていた。それに乗り、野辺地の街中を進む。民衆たちが吉松の姿を見てヒソヒソと話し合っている。吉松が顔を向けるとビクッと反応した。だが吉松はニッコリと微笑み、顔を前へと向けた。

「早いものですな。先の戦の痕は、もう残っておらぬ様子。民たちの表情にも不安がなさそうで、安心しました」

「主君の命を受け、この地に城を築く予定です。そのため七戸家は力を入れて、街並みを整えようとしております」

築城計画など機密とされる軍事情報のはずである。それを口にするということは、新田を信用しているのか、それとも舐めているのか。両方だろうなと吉松は思った。やがて館が見えてきた。門に二人、そして壁には数歩おきに兵が守っている。だが見えないところではより多くの兵が隠れているのは明らかであった。晴政がその気になれば、吉松は簡単に殺されるだろう。

「こちらで、しばしお待ちくだされ」

畳張りの部屋に通され、吉松は胡坐した。誰も口を開かない。諜者を警戒してのことであった。

南部右馬助晴政は、目の前の童を見て、本当にこの童がと改めて疑問に思った。確かに肝は据わっている。武装した兵がこの館を取り囲んでいる。そして自分は歴戦の武将としての圧を放っている。それを眉毛一つ動かさず、平然と受け止めるなど、ただの童にできることではない。

「新田吉松です。右馬助殿に御目文字が叶い、嬉しく思います」

吉松が一礼する。だがそれは臣下の礼ではない。ただの形式的な挨拶に過ぎなかった。晴政も同じように、挨拶をする。

「南部右馬助晴政である。田名部より来てくだされたこと、感謝いたす」

そして互いに見つめ合う。吉松も晴政も、視線を逸らすことなく、数瞬の沈黙が流れた。先に動いたのは晴政であった。

「ふむ……なるほど。神童か」

「そう呼ばれていると耳にしたことはあります。もっとも、父親を追い出した不義理者、薄情者と陰口を叩かれているとも聞いていますが」

「ハハハッ、力ある者が力なき者を喰らう。それが今の世というものであろう。儂であれば誉にこそすれ、気になどせぬわ。さて、新田殿に聞きたい。この先、我ら南部とどう関わるつもりだ？」

「特に何も。少なくとも、こちらから戦を仕掛けることはしません。ですが戦を仕掛けられた場合は、腹を括り、最後まで戦い抜く覚悟です」

「蠣崎を下し、十三湊を獲り、浪岡にまで手を伸ばしている。先の戦から電光石火の速さよな。家臣たちの中には、その動きに不安を覚える者もおってな」

「十三湊は荒れており、また岩木川は急流ゆえ、治水もしなければなりません。ただあの湊を押さえることで、蝦夷との交易がさらに活発になります。檜山安東家も、本当なら十三湊をしっかりさせたかったのでしょうが、資力の問題で手を付けられなかったのでしょう」

「そうよな。捨てるには惜しいが治めることもできぬ。そういう土地だったのであろう。そこに目を付けるとは見事なものよ。檜山も、わざわざ攻めるようなことはすまい」

十三湊が無視されてきたのは、費用対効果の問題である。野辺地の湊でも、蝦夷との交易には支障がない。檜山安東も、深浦から大館までは船で直接の行き来ができる。十三湊は良い湊だが、水害対策で金と人手が掛かることを考えると、そこまでして欲しい土地ではないと考えられていたのだ。新田は人手こそ足りないが、金は豊富にある。吉松が十三湊に目を付けたのは当然であった。

「私からもお尋ねしましょう。この先、新田はさらに豊かになります。南部の民として生きるより、新田の民として生きるほうが遥かに豊かに、遥かに安全に、遥かに幸福に生きられる。民がそう思い、離れていったとしたら、それでも右馬助殿は腰を上げませんか？」

「上げざるを得まいな。先の戦、問題の根幹は何も解決しておらぬ。七戸の民は、より豊かな暮らしを求めて田名部へと移った。人の口には戸は立てられぬ。五年もあれば、それは南部領全土に広がるであろう」

吉松は内心では意外に思っていた。南部晴政は、状況をしっかりと理解している。南部家は、むしろ追い詰められているのだ。状況を打開するために、乾坤一擲の戦を仕掛けるしかない。だが状況はもう手遅れになりつつある。十三湊を押さえ、浪岡と繋がりを持った新田家に対して、津軽の軍を動かすわけにはいかない。三戸、八戸、五戸、七戸といった陸奥地方の軍勢のみで、新田家と戦うことになる。総兵力はおよそ三〇〇〇強。それでも兵力は上回るが、田名部の民を相手にすれば半分以上を失うことになる。つまり、状況はもう詰んでいる。本気で新田を潰したいのならば、和睦などせずに攻めるべきだったのだ。

「確かに、南部は追い詰められている。だが逆転の手がないわけではない。新田家の弱みはお主よ。当主である新田吉松はまだ童。子などおろうはずがない。ここでお主が死ねば、新田は絶えることになる」

吉松の瞳がスッと細くなる。本気で言っているわけではないことは解っている。本気ならとっくにやっているからだ。何のためにそんなことを言うのか。すると晴政はクックッと笑い出した。

「ククク、実はな。儂にも子がおらぬ。みな娘ばかりで、養子をという声が煩くてな。そこでどうだ。儂の娘を娶り、南部の婿とならぬか？」

「……タダで、というわけではありますまい。何をお望みなのです？」

南部右馬助晴政の嫡女である桜姫は、史実では石川高信の庶子である南部信直の正室となる。だが南部晴政は五〇を過ぎて子を生した。その結果、晴政と信直の仲は崩壊し、晴政の死後は養子である信直と嫡男である晴継との間に家督相続の騒動が発生した。だがそれは三〇年後の史実の話である。いまの晴政に、そんなことを予見することなどできるはずがない。

「南部三郎から続く南部家を残す。南部家をさらに繁栄させる。それが父の願いであり、儂の願いでもある。だがこのまま儂に嫡男が生まれなければ、いずれ跡目を巡る騒動が発生しよう。南部家は割れ、いまの所領すら守り切れぬかもしれん。それを防ぐには、時を繋ぐ者が必要なのだ」

南部晴政は数え三六歳である。現代の感覚ではまだまだこれからという年齢だが、人間五〇年が当たり前の戦国時代では、そろそろ跡継ぎを考えなければならない年齢であった。

「実弟である左衛門尉に次ぐ、三戸南部家の重臣として迎えよう。南部家全土の内政を任せる。逆らう国人がおれば潰しても構わん。田名部を繁栄させた手腕を南部家でも発揮し、三戸南部家をどこまでも栄えさせること。それが条件よ。儂は、あと二〇年もすれば隠居となろう。その時は儂の養子として、南部家の頭領となるのだ」

ドクンッという鼓動が聞こえた。陸奥、津軽、蝦夷を押さえる広大な領地。それを好きに開発して良い。商いの仕組み、関所のあり方、予算配分、家中の決め事などなど。途方もない地位と、やりがいのある仕事を与えるというのだ。

(例えていうなら、東証一部上場の超大手ゼネコンの最高執行責任者みたいな地位か。なるほど。こんな地位をポンと出してくるとは、やはり南部晴政は傑物だ。だが……)

だがそれは、史実における南部信直の立場になるということだ。強い権限は与えられるのだろうが、それは南部という組織の中でのことである。吉松にとって、自分の考えや自分の意見を、より強い力によって否定されることは我慢できないことであった。誰も仰がずに、自らの足で大地に立ちたい。その思いから前世でも、自分で会社を起こしたのだ。

「フフフッ、さすがは南部殿。糠部の虎と畏れられるだけのことはある。だが……」

齢五歳。大人なら片手で抱えられるほどの、小さな体から発する気配が一変した。その場にいた晴政の側近たちが緊張する。晴政自身もいつの間にか、険しい表情を浮かべた。

「南部殿。この俺を取り込めるとお思いか？　貴殿も解っているはず。もし取り込めば数年もせぬうちに、新田は内から南部家を喰い尽くす。忘れるな。俺は、宇曽利の怪物ぞ？」

およそ童とは思えぬ猛々しい笑みを浮かべる。瞳は野望に脂ぎり、口端からは白い歯が見える。今にも喰らいつかんとする獰猛な獣のようであった。初めて見る怪物の姿に、晴政の近習たちは信じられないといった表情を浮かべている。これが本当に、五歳の童だというのか。

だがその緊張は長くはなかった。吉松は両手で、パンッと自分の頬を叩いた。すると先ほどまでの気配が消え、ニッコリと笑うあどけない童の表情となった。

「大変ありがたいお話ですが、お断りします。他人が造った山を登るより、自分で山を造る。それが新田吉松の生き方なのです。我らはいずれ再び、相まみえることになるでしょう」

しっかりと見据えて返答する。どこで相まみえるか。それは言わずとも、両者には解っていた。南部晴政は沈黙したまま、目の前の怪物を見つめた。


「それで、如何であった？　南部晴政と対面して」

陸奥湾を船が進む。野辺地からの帰りである。新田盛政は我慢しきれなかったのか、孫に向かって尋ねた。吉松は腕を組んだまま、煌めく水面を黙って見つめた。しばらく沈黙した後、まるで独り言を呟くように、盛政に答えた。

「南部領内のすべての内政を任せる。故に、南部の婿となれ。南部晴政の養子として、いずれは南部家頭領の地位を継がせる。そう言われた」

「ホッ！」

盛政は目を丸くして、感嘆の声を漏らした。南部領は二〇万石。だが吉松が内政を行えば数年で一〇〇万石を超える。米以外の農作物や商いによる利益などを合わせれば、二〇〇万石以上にもなるだろう。男子がいない晴政にとっては、嫡女の婿こそ跡取りである。つまり南部晴政は事実上、新田吉松を自分の跡継ぎだと言ったに等しい。

「御爺、言っておくが俺は断ったぞ」

喜ぶ祖父にジロリと横目を向ける。盛政は慌てた。こんな美味い話など生涯に一度、あるかどうかである。諸手を挙げて受けるべきではないかと言う。吉松は首を振った。やはり御爺の本質は武人であり、こうした謀略には向かないと思った。

「御爺。美味い話には必ず裏がある。内政を任せる？　任せるわけがなかろう。もし俺が内政を担えば、領民は晴政ではなく俺を慕うようになる。南部家を束ね、権力を集中させている中で、そのような人間の存在を許すと思うか？　なんやかやと口を挟み、南部晴政の名で各種施策を行うことになるだろう。そして俺は、いいように使い潰されるだけだ」

（さらに晴政には子が生まれる。相続問題などで神経を使うことになる。冗談じゃない。なんで当主《社長》の俺が、南部家内《会社内》の人間関係で悩まなきゃならないんだ。逆らう奴はクビにする。俺の意思が

すべて。そして最後は、俺が責任を受け持つ。それが組織ってもんだろ）

「南部は恐らく、戦を始める。新田との五年の停戦。それを活かして、おそらく鹿角、そして檜山を獲ろうとするだろう。そうしない限り、新田に飲み込まれてしまうからな」

我々はそれ以上に、この五年を有効に使わなくては。吉松はそう言って、再び水面に視線を戻した。その眼には、進むべき道がハッキリと捉えられていた。

「殿、新田吉松は……」

毛馬内秀範の問いかけに、晴政は首を振った。秀範もそれ以上は言わず、一礼して三戸に戻る支度をするため退った。近習の者たちも緊張のまま黙っている。晴政が黙って畳を見つめているからだ。とても話しかけられる雰囲気ではなかった。

「新田の南を塞ぐ。鹿角、比内、そして檜山を獲るしかあるまい。獲らねば、我らが飲み込まれる。この五年が勝負よ」

宇曽利の神童と呼ばれている吉松だが、晴政の評価はもっと深刻だった。「童」などと可愛いものではない。あれはもっと別種のものだ。異形の怪物を身中に秘め、溢れる野望に燃え盛り、その野望を実現するだけの知恵まで持っている。まるで底が見えない。見た目は童でも、自分よりも年上ではないかと錯覚するほど、その態度には余裕が見られた。

あれはヒトではない。宇曽利の山中から出てきた、妖魔の類ではないかとさえ思えた。

「檜山まで獲れば、五〇万石を超える。新田とて諦めざるを得まい。その上で、あの化物は殺さねばならぬ。殺さねば南部のみならず、奥州、いや日ノ本すべてが飲み込まれよう……」

吉松に話したことの半分は本気だった。さすがにそのまま後継者とはしないまでも、嫡女との間に男子が生まれれば、それを南部家次期当主に据えても良いとは思っていた。だがそれは諦めざるを得ない。嫁としてなら娶るかもしれないが、南部の姓を掲げることなど、あの怪物は決して飲まないだろう。もっとも、嫁にやると言っても断るかもしれない。欲しければ自分で奪うと言うに違いない。なぜなら、自分だったらそう言うからだ。

「獣二匹、どちらかが死ぬまで、喰らい合うしかない」

あらゆる知略、謀略、武略を尽くした凄まじい戦になる。そう思うと自分に流れる獣の血が騒いだ。ギリッと歯ぎしりし、そして息を吐く。当主たるもの、泰然としなければならない。血のざわめきを鎮めるため、三戸に戻ったら側女を抱こうと思った。


田名部館で数日を過ごし、そして十三湊へと向かう。葉月（旧暦八月）になれば野山も色づき始め、稲は一斉に輝き始める。十三湊から岩木川を上りながら、その光景を思い浮かべた。

「殿、誠に浪岡城まで行かれるのですか。危うくはありませぬか？」

「大丈夫だ。相手は鎌倉から続く名家、浪岡北畠氏だぞ？　五歳の童を取り囲んで討つような真似をすれば、北畠顕家公はなんと言われるだろう。名家だからこそ、体面を重んじる。浪岡御所（浪岡具永のこと）と会談して、それで終わりだ」

　吉右衛門の不安を吉松は笑い飛ばした。浪岡は津軽に大きな力を持つ大名だが、領土拡大を図る南部とは、性質が違う。それに当主の器にも差がある。今の当主に果断な決断はできないだろう。

　現当主についてはそれほど評価していない。史実でも、父親である具永が残した遺産を食いつぶして、財政をひっ迫させた暗愚な男だ。文化や芸能を重んじた父親の外面だけを真似た結果、浪岡を没落させた。親が偉大であるほど、それを継いだ子は苦労する。中世でも現代でも同じだ。

「良い機会だ。吉右衛門の他、梅千代、松千代も連れていく。浪岡は田名部以上に栄えていると聞く。皆にも、学びになるだろう」

　田名部の湊から船を使い、十三湊に向かう。十三湊は開発が始まったばかりだが、村民たちの貌は明るい。定期的な施餓鬼により、飢えから解放されたからだ。だが岩木川の氾濫という恐怖はなくなっていない。そのためにも、浪岡家を取り込む必要があった。

　十三湊を経て浪岡城の城下に入った吉松は、その繁栄ぶりに目を細めた。生活水準だけならば田名部のほうが上だろうが、人口がまるで違う。道は整えられ、行き交う人々は活気に満ちた表情をしている。浪岡城は、津軽における物流の要衝に位置している。つまり物が不足することがない。それだけで人々は、飢えの不安から解放される。最悪でも生きることはできるからだ。

「ほぉ……」

（戦国時代の津軽で、これほどの城下町を造り上げるとは……浪岡具永、傑物の類か）

浪岡城は吉松の想像以上の大きさだった。史実では、浪岡城は津軽為信によって完全に破壊され、現代ではその跡地がわずかに残っているだけである。大きな曲輪には職人街があり、鍛師のみならず陶芸や書画といった芸術作品が創られている。

「よくぞおいでくだされた。新田殿」

板の間の上に畳を置いた席が用意されていた。先代当主である浪岡具永と現当主の浪岡具統が待っていたが、座り方がおかしい。本来なら現当主が吉松の正面に座るはずなのに、そこには具永が座り、当主は板の間に直接座り、まるで脇役である。吉松の視線に気づいたのか、具永は少し笑って説明した。

「今回は家と家ではなく、この時代を生きる一人として、儂自身が新田吉松という人物に興味を持ったため、座を用意したのだ。いわば、其方は儂の客よ。倅にも学びになると思ってな。失礼ながら同席を許していただきたい」

「父上ッ」

「やめよ。儂の客ぞ」

具統は、小声ながらも咎めるような口調を発した。そして吉松を睨む。その姿勢を父親が窘める。

「私も、津軽を治める巨人、浪岡弾正大弼殿にはお会いしたいと思っていました。良い機会をくだされたこと、こちらこそ感謝いたします」

具永に向かい合う形で座る。吉松をまじまじと見た具永は、歯を見せた。

「それにしても、本当に童じゃのぉ。齢は幾つになられるか?」

「五歳です。日々背が伸びるため、着物を用意するのが大変です」

「ハハハッ、身体と共に新田領も大きく育っておるな。今年の実りは如何か?」

「新たに拓いた集落が順調で、米だけで三万石を超えると思います。その他の農作物などを合わせれば、七万石ほどでしょうか」

具永は目を丸くして、ほうと唸った。具統も苦々しい顔をしている。

「それは凄い。僅か数年前まで、田名部はせいぜい三〇〇〇石程度だったはず。まるで妖《あやかし》でも使ったかのようじゃな」

「妖ではなく、確固とした技術です。日ノ本のどこでも、また誰でも、同じことができます」

「つまり浪岡でも同じことができると?」

自信をもって頷く吉松に、具永は目を細めた。浪岡具永の年齢は六五歳、もう老齢といってよい。目の前の童が、まるで孫のように見えた。

「盛政殿は御健勝かな?　もうずっと昔になるが、一度戦場でまみえたことがある」

「矍鑠《かくしゃく》たるものです。我が領では最近、豆腐や味噌、醤油を造り始めました。御爺は豆腐に昆布を混ぜた塩を振って、それを肴に酒を飲むのが好きなようです」

「聞くからに旨そうじゃのぉ。儂も食べてみたいものよ」

「間もなく、味噌と醤油ができます。そうなれば豆腐ももっと美味くなるでしょう。弾正大弼殿にも御裾分けいたしましょう」

「楽しみなことよ。さて、先に小難しいことから終わらせよう。岩木川の件じゃが、浪岡で人を集めることは構わん。倅も納得しておる。その上で聞きたい。吉松殿は、津軽を望まれるのか？」

「はい。と言っても、津軽だけではありません。私が望むのは、もっと広く、もっと大きなものです。そう。北畠顕家公が指を掛けた、男子なら誰もが一度は見る夢。私はそれを見ています」

「……天下、か」

具永は眩しそうに目を細めた。


南部晴政とは違い、浪岡具永はわざわざ浪岡城の城門まで吉松を見送った。十三湊に向けて進む童の後ろ姿を見守る。

「やはり、所詮は子供ですな。天下を獲るなど、たわけたことを……」

背後から倅に声を掛けられた。浪岡の先を思うと具永の気持ちは沈んだ。自分の代は大丈夫だろう。だが齢六〇を過ぎた自分は、もう先は短い。自分の死後、浪岡はどうなるだろうか。

「そうよな。だが新田は、儂よりは可能性はあろう。最初から無理だと思っている儂では、天下は獲れぬ。この地を守るのがせいぜいよ」

浪岡の民を豊かにし、この地に都の雅を再現する。自分はそれに半生を費やした。この北限の地からは、都はあまりにも遠い。京を領し、天下人になるなど、誇大妄想でしかない。だがその妄想にあと一歩というところまで迫った人物がいる。他ならぬ自分の祖先、北畠顕家公だ。

そして今、奇しくも顕家公と同じ陸奥の地から、顕家公よりも遥かに早熟な神童が、より大きな野心を持って動き出そうとしている。齢六〇を過ぎた老骨の身にも、熱いものが込み上げてきた。

（口惜しい。儂があと二〇、いや一〇年でも若ければ、ともに天下を夢見たものを……）

「弾正少弼（具統のこと）よ。儂亡き後は、新田に臣従せよ。さもなくば、浪岡はまたたく間に飲み込まれよう。戦にすらなるまい」

「父上？」

怪訝な表情を浮かべる具統に向けて、具永は言葉を重ねた。

「よいな。これは儂の遺言と思うて聞け。新田はますます大きくなる。南部は抗うであろうが、長くは保つまい。陸奥も津軽も、一〇年もせずに新田に飲み込まれよう。儂亡きあとは新田に従い、浪岡を守るのだ」

「……承知いたしました」

渋々という表情で頭を下げる。だがとても納得している様子ではない。頼りないと思った。ここで反駁するのなら、少しは見どころもあるのだが。今はまだ、死ぬわけにはいかぬ。具永は自分にそう言い聞かせた。

「浪岡弾正大弼……南部晴政とはまた違った傑物だな。この津軽であれほどの街を造り上げるなど、およそ凡人にできることではない。だが惜しむらくは、年を取り過ぎている」

十三湊の小屋の中で、吉松は会談を振り返った。岩木川治水と人集めには了解を得られた。だがそれ以上の成果は、前当主の具永と、現当主の具統との間にある、微妙な空気に触れることができたことだろう。具統の様子を見るに、父親に囚われ過ぎていると感じた。ちゃんとした教育も受けているだろうし、手本となる存在もいるのだ。一人立ちをすれば、それなりの当主になるだろう。だが父親という巨大な存在が近くにいるため、成長が阻害されている。

（いっそ権限を与えて突き放し、試練の中で数年鍛えさせれば、親離れもするであろうにな。可愛い子には旅をさせよとは、よく言ったものよ）

「弾正大弼殿が生きている限り、浪岡には手を出せぬ。だが齢六〇を過ぎていれば、いつ不予となるか解らぬ。機があれば、浪岡を喰らうぞ」

「御意」

太々《ふてぶて》しい笑みを浮かべる。梅千代、松千代は吉松の表情に緊張しているが、吉右衛門は当たり前のように頷いて一礼した。

天文二〇年（一五五一年）一〇月、田名部では収穫を迎えていた。田名部だけではなく、大畑、川内でも農地開拓が進み、収穫が得られている。米だけでも三万石に達し、稗、麦、大豆も豊作であった。そして念願の調味料がついに完成した。真鯖を炭火で焼いて、大根おろしと新米、そして完成した「濃口醤油」を用意する。

「クックックッ……これよ。これこそ俺が望んだものよ」

口に入れた瞬間、醤油の豊かな香りと旨味溢れる塩味、それが脂の乗った鯖の味を最大限に引き出す。ともするとしつこくなる脂を大根おろしが中和し、見事な「ご飯の御供」へと昇華させてくれる。

「ふぉっ……これは美味い！　この味噌の汁も良い味よのぉ！」

「本当に！　これが醤油というものなのですね。吉松殿が欲しがっていたのも解ります」

「止まらないわ！　アベナンカ、お代わり！」

盛政や春乃方、輝夜も調味料の旨味に驚いている。吉松は他の器にも箸を伸ばした。昆布と煮干で出汁を採った豆味噌の味噌汁だ。具は茄子と長葱である。大根と瓜の漬物、山菜のお浸し、厚揚げのミョウガのせが食卓に並んでいる。

「どうだ？　我が新田家に臣従すれば、民百姓に至るまで、これほどの口福を味わうことができるのだ。新田が天下を獲れば民が幸せになるのだ。それだけで、俺が天下を狙う大義名分になろう？」

稗と麦が混ざった雑穀米だが、吉松はそれを美味そうに頬張った。新田領では雑穀米が推奨されている。倹約のためではなく、健康のためである。吉松をもってしても克服できない問題として、医療の問題がある。この極寒の地では、病に罹れば命を落とす危険が高い。そのため予防が何よりも重要になる。

「御爺もあまり酒は飲むなよ？　まだまだ長生きしてもらわねばならん」

「無論じゃ。まだまだ美味いものを食いたいからのぉ」

巨万の富など必要ない。黄金と美女に囲まれた生活が幸福なのではない。やりがいのある仕事、美味い食事と温かな家庭。それだけで人は幸福に生きられる。この細《ささ》やかな幸福が日本全土に広がったことは、歴史上一度としてない。天下を統一し、新たな統治体制を創るよりも、遥かに難しいことだろう。自分ならできる。自分にしかできぬ。吉松は本気でそう思っていた。

「今後数年は、新田領の統治に当たりたい。俺はまだ五歳。剣や槍、弓なども学ぶ必要がある。御爺、しばらくは戦から離れるぞ。内政と外交の五年間だな」

盛政は目を細めて頷いた。その五年、自分は果たして生きていられるか。長生きせねばと思った。

冬になれば、日本海から津軽海峡にかけてはかなり荒れた海になる。船を出せないわけではないが、命懸けになる。これは季節風の影響によるものだ。冬になると、大陸の高気圧により北寄りの風が日本海に吹き込む。その結果、日本海の波は高くなる。

「今年も、蝦夷地は閉ざされたのぉ」

蠣崎季広は毛皮を羽織ったまま庭を見た。雪がちらつき始めている。先日、十三湊から今年最後の交易船がやってきた。新田との交易は、安東と比べると遥かに割りが良い。特に炭団を教えてくれたのは有難い。これで領民たちは皆、寒さに震えることなく冬を越せる。

「父上、寒くはありませんか？」

「彦太郎か。そうだの。そろそろ入るか」

嫡男の蠣崎彦太郎（後の蠣崎宮内舜広）は、今年で一三歳になる。非常に利発で、性格も良い。重臣の長門広益をはじめとする、家中からの評判も高い。このまま育てば立派な跡取りになるだろう。彦太郎は最近、徳山の湊に足を運ぶことが多い。田名部から届く新しい物品を見たり、新田の話を聞いたりしている。見聞を広げることは悪いことではないと、季広も許していた。

「父上、田名部から醤油というものが届いたとか。味噌を水のようにしたものらしいですが……」

「うむ。新田殿からの書状には、焼いた魚に掛けて食べると美味いらしい。夕餉《ゆうげ》に試してみようと思っている。其方も相伴《しょうばん》せよ」

「楽しみです。ところで、父上は本気で、新田に臣従されるおつもりですか？」

「お前は不満か？」

「いいえ。ですが、それならばぜひ、田名部に行ってみたいのです」

彦太郎の言葉に、季広は頷いた。いずれ息子たちのうち一人は人質に出さなければならないだろう。三男は、新田吉松のようになって欲しいという願いから「天才丸」と名付けた。だがまだ幼い。出すなら次男だと思っていたが、彦太郎が希望するなら、外に出しても良いと思った。

「来年になるであろう。儂の名代として、田名部に挨拶に行ってみるか？　新田殿は気鋭の人物だ。お前にとっても良い刺激になるだろう」

彦太郎はまだ一三歳、多感な時期である。この時期に他国を見ることで、一回り成長できるかもしれない。しかも相手は新田吉松だ。学ぶことは多いだろう。

「彦太郎よ。年の瀬は近年になく、笑顔あるものになるだろう。儂が創りたかったのは、ただ皆が笑って暮らせる土地なのだ。それがもうすぐ叶う。そしていずれ、その笑顔が他の土地にも広がっていくであろう。儂には見ることが叶わぬやもしれぬが、お前はまだまだ若い。より広きを見ることができるのだ。新田に学び、新田が創る新たな世の力となれ」

聡明な嫡男は、力強く頷いた。

史実とは違う新田家の動きは、少しずつ奥州にも影響を与えていく。五年間の休戦により、南部家は鹿角へ、新田家は津軽へと勢力を広げ始めている。安東家が治める出羽檜山城においては重臣たちが集まり、今後についての話し合いが行われていた。

「それで、鹿角の様子はどうか？」

「三戸をはじめ、一戸、九戸、七戸が出陣。鹿角四二館を次々と落とし、過半を占拠しました。一方、浅利の動きは鈍く、十狐《とっこ》城の動きはありませぬ」

「やはり琵琶法師（浅利則頼）が死んだのが大きいか。南部め、運が強いわ」

新田吉松との会談後、南部晴政は電光石火の速さで鹿角郡に進出した。この地は浅利家との係争地であったが、七月末に当主であった浅利則頼が死去し、庶子であった長男と正室の子である次男とで跡目争いが起きていた。その間隙をついて、一気に鹿角を占領したのである。

一方の檜山安東であるが、浅利の本拠地である十狐城に侵攻しようとした矢先に起きたのが、新田吉松による十三湊占拠である。吉松自身にはその気がなくとも、安東としては海から攻められぬよう、備える必要があった。そのため一歩遅れたのである。

「現在、十三湊には交易の船が入っており、戦の準備はしていないようです。蠣崎は新田に擦り寄り、蝦夷徳山と十三湊との間で盛んに船が行き来しているとのことです」

「蠣崎は安東から離れた……そう考えるべきか」

「御意。一方、南部は出羽への野心を隠しておりませぬ。今でこそ、浅利九兵衛が比内館で指揮しており、一進一退の状況とのことですが、津軽の石川が動けばどうなるか」

「それでも我らへの備えは外しておらぬ。南部と安東とでは、安東のほうにより恨みが強いというわけか。どうやら浅利は、鹿角を棄てる覚悟のようだな」

浅利九兵衛定頼は、前当主であった則頼の弟である。安東、南部を相手に一歩も引かぬ戦いを続けた猛将で、浅利家中での発言力も強い。当主不在の状態で浅利が崩壊しないのは、定頼が束ねているからである。

「一歩遅かった。新田が十三湊を狙わなければ、今頃は浅利を滅ぼしておったものを……」

誰かがため息交じりに呟いた。浅利家の混乱に乗じた南部、そして安東ともに、歴史とは違う動きを始めている。吉松の影響が、奥州の歴史を変え始めていた。

人間の味覚において、人類の歴史上求めてやまないものが「甘味」である。日本でも奈良時代には「甘葛」「蜂蜜」「水飴」が登場している。また砂糖も、鑑真によって大陸からもたらされていた。だがいずれも大変貴重な物であり、口にできるのは殿上人などのごく一部の人間だけであった。戦国時代において、南蛮貿易によって海外からもたらされた「スイーツ」は、権力者に衝撃を与えた。日本には古来より饅頭が存在していたが、塩や味噌による味付けであった。安土桃山時代においてようやく、甘い饅頭が登場するのである。

江戸時代になると、甘味料としての砂糖が普及し始める。結果、江戸や上方を中心に和菓子が爆発的に普及するようになる。一八世紀末には、日本国内でも砂糖生産が本格化され、現在に続く和菓子の形はほぼ完成した。

甘味は、人を渇望させるものであり、甘味一つで褒美として成立しうるものである。甘味がほとんど手に入らない陸奥においては尚更である。当然、吉松は甘味には早くから目を付けていた。

「もういいでしょう？　早く食べさせなさいよ！」

「まだだ。まだ色が変わっていない。それより姉上、涎を拭いたらどうだ」

田名部館の厨《くりや》（台所）では、侍女のアベナンカが鍋を火にかけていた。輝夜はもちろん、近習の松千代、梅千代まで香りに釣られてやってきた。

「楓の木に穴を開け、木で作った筒を差し込むと、楓から透明な水が出てくる。この水は甘味を含んでいる。それを煮詰めていくと、やがてとろみがつき、褐色の液体になる」

メープルシロップはサトウカエデから作られるが、日本国内においても各地で生産されている。特に、北海道から東北に広がるイタヤカエデはメープルシロップを作るのに適している。実際、アイヌ民族ではイタヤカエデをトペニと呼び、冬の間に木に傷をつけて、出てきた樹液が氷柱になったところを飴として賞味していたという記録もある。

「この地には楓が多いからな。この冬で大量に樹液を集めて甘味料とする。名前は……楓蜜だと原材料がすぐにわかってしまうから、紅飴《べにあめ》としようか」

できあがったメープルシロップは紅いというよりは褐色であった。だが糖度は六〇%を超えている。イタヤカエデ一本から、一〇日間でおよそ二〇リットルの樹液が得られる。樹液の糖度はおよそ二%。メープルシロップの糖度を六五%とした場合、一〇〇リットルのメープルシロップを得るためには、何本のイタヤカエデから何日間、樹液を得ればよいか？　答えは一六三本の木で一〇日間である。

（小麦粉、牛の乳と卵もあるからな。紅飴を使って簡単なクレープでも作るか）

臼で挽いた小麦粉に牛乳、卵、メープルシロップを加えて混ぜ合わせる。ホイッパーを作っておけばよかったと後悔しつつも、吉松はアベナンカに命じて木箸で混ぜさせた。背が低い鉄鍋に牛乳

から作った牛酪《バター》を溶かし、生地を焼く。最後に上からもメープルシロップを掛ければ完成だ。

「んんんっ！」

輝夜は眼を見開き、頰に手を当てて身悶えた。これまでで一番甘い食べ物だったのだろう。アベナンカや松千代、梅千代も夢中になって頰張っている。吉松も一口頰張った。本当に久々の甘味である。現代においては、砂糖などはありふれた食べ物だが、戦国時代において甘味は希少だ。それを量産できるようになれば、この田名部はさらに豊かになるだろう。

「二〇人の人間が睦月（旧暦一月）の一〇日間だけ、この紅飴の材料集めのために働けば、この壺で一〇〇個分が集められるわけだ。ちなみに田名部から大畑、川内にかけて数千本を超える楓があるぞ。さて、どうする？」

「もっと集めるのよ！　そして毎日、この甘味を作りなさい！」

輝夜が叫ぶ。いやいや、俺にはそんな暇はないぞ。だが松千代、梅千代もコクコク頷いている。主君を前にしての礼を思わず忘れてしまっていたのだ。クックックッ、そうだろう、そうだろう。甘味というのは常習性が極めて強い。甘いモノが食べたいという誘惑は強烈なのだ。

「蝦夷の民にも教えよう。新田、蠣崎、蝦夷で、この紅飴を独占する。そして大館、田名部、十三湊で甘味処を開こう。越後や越前にも流す。人が大挙して押し寄せるだろう」

吉松はそれ以外にも、ハチミツや麦芽水飴の商品化を目論んでいた。特に養蜂は実際に試さなければわからないことが多い。なぜなら現代日本で広まっている養蜂技術は、すべて「西洋ミツバチ」の養蜂であり、明治時代から行われているものだからだ。戦国時代には西洋ミツバチは存在せず、すべて日本ミツバチである。採取できる蜜の量は、西洋ミツバチの僅か五%と少なく、しかも神経質のため遠心分離による採蜜もできない。江戸時代に貞市右衛門が確立した「旧式養蜂」を試しているが、まだ成功していなかった。

「ハッハッハッ、美味いな！　これ以外にも色々と使えそうだ」

吉松は笑っているが、他の者たちは深刻な表情を浮かべている。なぜなら、目の前にはあと一切れ、残っていたからだ。


冬の代名詞といえば、やはり温泉であろう。純白の雪景色の中、濛々と湯気が立ち昇る露天風呂につかる。現代においても贅沢と思えるひと時であろう。

「恐山までの道がようやく整備され、宿泊できる館も立てた。吉右衛門、約束通り一番湯を許す」

恐山山系にある天然温泉を開発し、露天風呂および宿泊施設として整備した。吉松はここを新田家の保養地として活用するつもりであった。いずれより多くの重臣たちが揃うだろう。彼らと裸の付き合いをし、ともに同じ料理に舌鼓を打つ。幹部社員限定の社員旅行のようなものだ。

恐山山系の開発は、まだまだ続けなければならない。だが保養地開発がひと段落したため、褒美を兼ねて新田家唯一の譜代である吉右衛門に一番湯を与えた。露天風呂は男女で分かれているため、木の壁の向こう側から春乃方、輝夜、アベナンカの笑い声が聞こえてきた。

「ふぅぅっ。良いのぉ。風呂とはこれほどに良いものなのか」

盛政が湯の中で感嘆の声を漏らす。吉松はしてやったりと笑った。

「新田が大きくなれば、重臣も増えていく。年に一度くらいは、遊女を侍らせて羽目を外す場を作っても良かろう。浮気は男の甲斐性というしの？」

片目を瞑って揶揄《からか》うように見る吉松に、盛政は苦笑せざるを得なかった。本当にこの孫は童なのだろうか。祖父の自分でさえ、時々、物ノ怪のように思うことがある。だが言っていることは間違ってはいない。男というものは、しょうもない生き物なのだ。

「御爺も吉右衛門も、俺に遠慮するな。良いものを用意してある」

それは田名部で初めて造られた「清酒」であった。ただの濁酒ではなく、器の底まで透き通っている。木桶に雪を入れ、清酒が入った土器を差している。露天風呂の中での雪見酒であった。

「雪景色を見ながら、湯につかって冷えた酒を飲む。これが温泉の楽しみ方だ。もっとも、俺は飲めんがな。御爺も吉右衛門も、酒については内密にな。母上は良いが、姉上まで文句を言いかねん」

孫に進められるまま、盛政は清酒を一口呷った。素焼きの器で飲む透き通った酒は、なんとも言えない美味さであった。稗の濁酒も良いが、この清酒は米本来の旨味を感じる。それに酒精も強いようであった。ついつい、もう一口飲みたくなる。

「湯の中では酒が回りやすい。二人とも、一合だけにしておけよ？」

吉松の声が少し遠く聞こえた。盛政は笑った。童なのに、なぜこのようなことを知っているのか。だがそれもどうでも良いように思えてきた。深々と降る雪の中に立ち昇る湯気、そして孫の頼もしさに、少し酔ったのかもしれない。

天文二一年（一五五二年）も弥生（旧暦三月）になると、田名部にもようやく春めいた日が訪れる。吉松にとって、複数の集落を管理しながらの越冬であった。すると、幾つかの課題が見えてきた。飛び地である十三湊はともかく、大畑と川内においても道が雪でふさがるため、火事が発生した場合など、どのように報せを送るかといった連絡の問題が発生したのである。

「やはり狼煙台が宜しいかと思います。それと大畑までの途中にある美付川に、山の民のための集落を設けてはどうでしょうか。道の整備がしやすくなりますし、彼らも喜ぶと思います」

吉右衛門の案を取り入れ、新たに美付村を置くことにした。宇曽利郷（下北半島）の開発計画は始まったばかりである。最終的には田名部五湊を整え、北東端の尻屋崎に灯台を置き、いずれは東廻りの交易路を作り上げるつもりでいた。

「田畑は一反ごとに整えよ。歪な形にはならないようにな。この宇曽利は平地が少ない。必然的に、田畑の広さにも限界がある。仕事は幾らでもあるのだ。人集めのほうに力を入れよう」

一反当たりの収穫量を三石とすると二万反で六万石、その他穀物および交易などを合わせ一〇万石以上に新田領を成長させる。人口は二万から三万人、常備兵が二〇〇〇人。吉松の計算では、このあたりが宇曽利の限界であった。

「殿。領民たちが、獲れたての蟹を差し入れてくれました！」

近習がザル一杯の蟹を運んできた。陸奥湾で獲れる春の味覚「栗ガニ」である。吉松は話を打ち切ってすぐに立ち上がった。こういう善意に対してはきちんと礼をしなければならない。たとえ自分が新田領の領主であろうと、それが人としての最低限の礼儀である。まして田名部の領民は、新田累代の者たちも多い。吉松にとっては家族も同然であった。

「うへへぇ〜」

館の外門に、漁師らしき数人の男たちが土下座している。吉松は笑って顔を上げさせ、差し入れに礼を述べ、紅餡入りの焼き菓子を一人数枚ずつ渡した。

「妻子、あるいは好いた女子に食べさせてやるがよい。きっと喜ぶであろう」

和紙で包んだクッキーを持たせてやる。試作品兼おやつとして用意していたものだ。甘いモノも悪くはないが、身体年齢六歳、精神年齢八〇近くの吉松は、栗ガニのほうに惹かれていた。もっとも近習や侍女などは爪を嚙みたそうな顔をしていたが。

雪解けと共に、蝦夷蠣崎家から田名部に使者が来た。新田との繫がりをさらに深めるべく、嫡男である彦太郎と近習を送るという。だがその同伴者が問題だった。

「蠣崎彦太郎殿の近習として来るのは、厚谷文太郎、小山小次郎、下国加兵衛の三名。そして後見には南条越中守広継を送るそうだ」

使者が持ってきた書状を見ながら、吉松は呆れたような、それでいて嬉しそうな声を出した。だがその名を聞いた盛政は仰天した。本来ならあり得ない名前が載っているからだ。

「南条越中守じゃと？　南条家当主にして藤六殿（長門広益）に並ぶ重臣が、田名部に来るというのか？　いくら嫡男とはいえ、他国に送って良いような家臣ではないぞ！」

盛政の言葉に、吉松も頷く。南条越中守は、織田信長で例えるなら明智光秀のような存在である。記録は僅かしか残っていないが、弱冠二〇歳で勝山館城主となり、アイヌ民族からの侵攻を幾度も食い止め、徳山大館の北方を守り抜いた。少ない史料だけでも、蠣崎季広から深く信頼されていたことが解る。史実では、後に悲劇に見舞われてしまい、南条家は取り潰しとなってしまうが、天文二一年時点では、蠣崎季広にとって嫡男を託すに足る男と評価されているのだろう。

蠣崎家には、季広と苦楽を共にした名臣たちがいる。下国、南条、長門、厚谷などだ。その中でも南条広継は蠣崎季広の信頼が篤く、季広の長女を娶り一門衆筆頭となっている。

だが気を付けねばならない。南条広継の妻は烈女として知られている。最初に生まれた自分が家督を継げないのはおかしいと、なんと季広の嫡男彦太郎と次男万五郎を毒殺するのである。それが露見し、南条の妻は処刑され、南条自身も疑いが向けられる。自分は潔白だと証明するために、南条はなんと生きたまま棺桶に入り、土中に埋めさせ、読経するのである。これが有名な「逆さ水松」である。だが季広の怒りは収まらなかったのだろう。南条広継の妻、つまり自分の長女の名前を墓に残さず、家系図にも長女としか記されていない。

「越中守は、奥方も連れてこられるのか？」

「はっ、越中守は紅葉《もみじ》様を娶られたばかりゆえ、恐らくは……」

使者の返事を聞き、吉松は頷いた。妻同伴ということは、一時的な滞在ではないことを意味していた。南条広継は本気で、田名部に居を移すつもりなのだろう。

「これは余談だが、紅葉殿について少し聞きたい。なに、御嫡男彦太郎殿をお預かりするのだ。彦太郎殿の実姉である紅葉殿のことも知っておきたいと思ってな」

「それは……紅葉様は大変お美しく、また明るく活発な御性格でございます」

「ふむ。幼き頃は野山を駆け回り、太刀や弓に興味を持ち、馬を乗りこなすようなお方か？」

「な、なぜそれを……あっ」

使者は口が滑ったと慌てたが、吉松は無視して沈思した。南条広継の事件については、後世でも幾つかの仮説が立てられている。戦国時代、家督は嫡男が継ぐというのが常識であった。だが蠣崎季広の長女は、毒殺という手段を使ってまで、自分が家督を継ごうとした。なぜか？

（才知溢れ、活発な女性というのはこの時代にもいた。だがここまで苛烈な例はない。なぜそこまで、当主になろうとしたのか。可能性があるとすれば……）

「ハッハハッ！　いやいや、ならば御嫡男彦太郎殿も、姉と一緒にいられてご安心なさるでしょう。この新田吉松、責任をもってお預かりいたす」

（可能性はある。南条広継も気づいているやもしれん。だから蠣崎から離れるという選択をした。一度、二人と話をしてみるしかないな）

吉松は内心を隠しながら、朗らかに返答した。

「紅葉よ。若様の傅役として田名部へ行く。其方も一緒だ。田名部は豊かに栄えていると聞く。蝦夷の地では手に入らぬ美しい着物などもあろう。楽しみにしておれ」

「……はい」

南条越中守広継は、妻に優しく語りかけた。だが妻の返事は素っ気ないものであった。ため息をこらえて笑い、そして奥の部屋から出ていく。歩きながら、思わず呻きそうになる。広継は悩んでいた。娶った時は妻である紅葉姫に夢中だった。紅葉姫は徳山でも有名になるほどの美貌で、家中の誰もが自分を羨んだ。だが初夜以降は抱いていない。妻が嫌がっているのに気づいたからだ。恥ずかしいだけならば良い。だが嫌がり方が尋常ではない。「嫌悪」という言葉に近いだろう。それほどまでに自分が嫌いなのかと愕然とした。そして冷めた。どれほどに美しくても、自分から見れば人形と同じである。

「だが、時折見せる笑みは、愛おしいのだ」

化粧にも着物にも一切興味は示さない紅葉だが、刀や弓、そして馬には笑顔を見せる。まるで男のような嗜好である。特に馬に乗っているときは心底嬉しそうであった。

「田名部に行くことで、殿への憎悪を捨ててくれれば良いのだが……」

広継の妻である紅葉は、父親を憎んでいた。最初は、自分に嫁がせたことについての恨みと思っていたが、どうやら違うようである。なぜなら、褥を別にして暮らす分には、紅葉はしっかりとしているからだ。鎧の手入れもするし、近習や家臣たちに注意もする。妻ではなく家宰としてならば、なんの文句もないのだ。夫を愛してはいないが、嫌悪もしていない。最近、それは確信している。

ならばなぜ、父親をそこまで憎んでいるのか。そこまでは広継には解らない。妻が心を開かないからだ。だが妻は妻で、悩んでいるようでもあった。そこがいじらしく、だから捨てることができないでいた。

「神童と呼ばれる新田殿ならば、あるいは……」

縋るような思いで、まだ見ぬ新たな主君を思った。


夫から田名部に行くと教えられた南条紅葉は、半ば安心した。これで父親と会わずに済む。そう思うとせいせいした。物心付いたときから、自分は男なのだと思ってきた。女だと言われても、どうしても納得できない自分がいた。

齢とともに身体は女性らしくなっていった。目鼻は整い、胸も膨らみ、尻は柔らかくなる。男たちが自分に好色の眼差しを向けるたび、怖気がした。だから父親である蠣崎季広に、自分は男だ、だから嫡男にしてくれと懇願した。嫡男となればそうした視線から逃れられると思ったからだ。

だが父は理解せず、あろうことか自分を嫁に出した。相手は若い家臣の中でも、とりわけ顔立ちが良く、知勇を兼ね備えた若武者として評判だった南条越中守である。尊敬はできる。公明正大で忠義に篤く、知勇両略の侍である。男性としての感覚では、素直に敬意を持てた。

だが妻として、女性として愛せるかといえば無理だ。そもそも「女性として」という感覚が理解できない。なぜ自分は女なのか。どうして男として生まれなかったのか。無理解な父と母を恨んで、泣いた夜もあった。

「新田吉松は神童と呼ばれている。相談できないだろうか」

この時代では決して理解されない悩みに、南条紅葉は苦しんでいた。

蠣崎家嫡男、蠣崎彦太郎（後の蠣崎舜広《としひろ》）は、生まれて初めて見る他国に目を輝かせた。十三湊は、徳山大館から船で僅か半日であるが、生まれてから徳山の外に出たことがない彦太郎にとって、十三湖と湖中に浮かぶような湊街は、蝦夷では決して見られないものであった。

「若様、お久しゅうございます。ご無事でなによりです」

十三湊で彦太郎を出迎えたのは、長門藤六広益であった。蠣崎家が誇る知勇兼備の名将だが、蝦夷の民との和睦が成立した以上、少なくとも「勇」を発揮する場面は少なくなる。そのため、新田家および蠣崎家においても安東家との最前線になる十三湊に広益が置かれていた。

「とはいいましても、現在のところ十三湊では、治水工事に注力しております。新田家では治水のための新たな道具が次々と生まれています。まだ始まったばかりですが、いずれ岩木川流域は肥沃な土地になるでしょう」

水木や道路車棹《くるまさお》といった測量道具、手押し車や馬を利用した荷車など、蝦夷地では見かけない道具を駆使して、津軽中央域の五所川原から十三湊までの、およそ一〇里（約四〇キロ）の両岸に堤防を築き、増水時に水が逃げるための遊水地を設置する。大工事であるため、岩木川全域を整備するには一〇〇年は掛かるだろう。

「殿は、五所川原まで整備できれば、それだけで数十万石の土地ができると仰っていました」

「殿、か。藤六（広益の通称）はもう、新田家の者なのだな？」

「某は蠣崎家の臣です。ですが今は、新田家で働いております。そのため殿と申し上げました」

「よい。責めてはおらん。ただ、ならば私のことも、若様ではなく彦太郎と呼んでくれ。私も藤六殿と呼ぶようにする」

「わかりました。彦太郎様」

彦太郎殿で良いのだがなと内心で思いながら、活気に満ちた人々の顔を見る。父が創りたかった蠣崎領とは、こうした姿なのだろうか。皆が、明日はもっと良くなると信じている。彦太郎は素直に、羨ましいと思った。

「今宵は十三湊にお泊りください。明日、田名部へと向かいます」

彦太郎一行は仮の宿泊所へと向かった。

史実において、蠣崎宮内舜広（彦太郎のこと）の記録はあまり残されていない。齢二三歳で姉に毒殺されたのだから、残すほどの功績がなかったのは仕方がないだろう。だが、安東舜季から一字を受けていることからも、父親の蠣崎季広のみならず檜山安東氏も将来を嘱望していたのは確かだろう。僅かな記録では、利発で情に篤い人物として、家臣からも支持されていたらしい。

（つまり使える人材ということだ。この田名部でしっかりと幹部教育を行い、政戦両略で新田を支えてもらわんとな）

蠣崎は人質のつもりで彦太郎を送ったが、吉松はそもそも人質の価値を認めていない。現代とは違い、戦国時代では親は子を、子は親を平然と見捨てる。家族の情愛とか命の価値とか、そんなものは路傍の石ころ程度の値打ちしかないのだ。裏切る奴は親兄弟を人質に取られようが、平然と裏切る。裏切れない、あるいは裏切っても意味がない状況を作るべきなのだ。

「とりあえず、彦太郎や他の近習たちには、色々なことを経験させよう。吉右衛門の手伝いをさせれば政事を学べるし、剣や槍については俺と共に御爺に扱いてもらう」

「儂は構わぬが、お前はまだ素振りだけじゃぞ？」

吉松はまだ六歳である。型を見るのは構わないが、打ち込みなどは許されていない。骨がまだしっかりしていないからだ。本格的な稽古は一〇歳になってからである。

「南条越中守については、本人と話し合わなければ役目は決められんな。彦太郎の傅役としてだけでは勿体なさすぎる。吉右衛門の役目の半分を担ってもらうか」

「それはそうと吉松よ。そろそろ吉右衛門にもしっかりとした家名を与えてやれ。この数年で、随分と政事に精通し、他家との交渉もやっておるのだ。もっとも新田に貢献している男ぞ?」

「そうだな。だから吉右衛門には特別な名を与えるつもりだ」

名前は既に決めている。与えるならば、家臣全員が集まった評定の場においてだろう。


「お初にお目にかかります。蠣崎季広が一子、彦太郎にございます。本日より、どうぞ宜しくお願い申し上げます」

蠣崎彦太郎、厚谷文太郎、小山小次郎、下国加兵衛の四名、そして南条越中守広継が一礼した。評定の間には新田盛政、吉右衛門、長門広益がそれぞれ横に、そして上座には吉松が座っていた。

「俺が新田吉松だ。無事に到着されてなによりだ。新田家では三無を約束している。飢えず、震えず、怯えずだ。これは領民のみならず家臣たちも同じだ。監視の目など付けぬ故、好きな時に外出し、田名部の街を見て回るがいい」

「それは……某は人質のつもりでしたが?」

「新田は家臣からも他の国人からも、人質は取らぬ。それはこれからも同じだ。其方は人質としてではなく、新田に留まり学ぶために来たのだ。大いに学んでいくがいい。もっとも、ただ飯は食わせぬゆえ、ちゃんと働いてもらうがな。それは後ろの近習三名も同じだ。厚谷文太郎は、徳山大館の戦いで活躍した厚谷備中守の一子であったな。小山小次郎は奉行衆である小山興重殿の二男、そして下国加兵衛は下国下野守の二男。いずれも蠣崎家を支える重臣たちの一子だ。この地で一回りも二回りも成長してもらわねば、新田の沽券に関わる。学び、働き、そして遊んでいけ」

彦太郎は頭を下げながら、内心で思った。目の前の童は、本当に自分より七歳も年下なのだろうか。話し方や態度、そして発している緊張感は、徳山大館の評定を見学した際に感じたものと同じであった。これが「当主」というものか。彦太郎は初日から学んだのであった。

「そして、南条越中守殿、まさか貴殿が来られるとは思っていなかった。書状を読んだときは御爺ともども、大いに驚いたものだ」

彦太郎は呼び捨てなのに、南条広継には「殿」を付ける。これは立場の違いからである。彦太郎にとっては後見であり蠣崎家の一臣だが、吉松からすれば小なりといえども土地を領する国人なのだ。長門広益のように、新田に仕えると自ら言わない限り扱いは変えないし、当然ながら一定以上には信用もしない。

信用できないからこそ、確認をしなければならない。なぜ、この男はここに来たのかを。吉松は真顔になり、少し目を細めて尋ねた。

「越中守殿に一つ聞きたい。貴殿は若狭守殿（蠣崎季広のこと）の股肱、蠣崎家一門衆の筆頭のはず。たとえ嫡男といえど、人質として外に出る人間に付けて良い人物ではないはず。貴殿が自ら望んだとしか思えん。聞こう。なぜ、新田に来た？」

一瞬だが、ピリッとした緊張感が評定の間に走った。彦太郎以下、若年者はそれだけで額に汗を浮かべた。長門広益が吉松のほうに向き、両手を板間についた。

「殿、それにつきましては……」

「越中守殿に聞いている。控えよ」

吉松は左手を軽く上げて、広益を止めた。その口調は決して強くない。何となく事情は察している。そんな雰囲気を感じたのか、広益は一礼して姿勢を戻した。

「……越中守」

彦太郎は首だけ横を向けて、背後に控える広継に声を掛けた。だが広継は黙ったままである。評定の間に沈黙が流れる。そしてパシンという音が響いた。

「ハッハッハッハッ！」

いきなり笑い声が評定の間に響いた。吉松が膝を叩いて大笑いしたのだ。

「いやいや、済まぬ。蠣崎家から来られたばかりだというのに、このような空気にしてしまった。いまは彦太郎との話だというのに、つい疑問を口にしてしまった。なんでも聞きたがる童ゆえと許してくれ」

「殿は好奇心が旺盛でございますからな。職人たちも、色々と聞かれて困ると言っておりましたぞ」

吉右衛門が笑って茶化した。その後は、着物や食べ物など日常のことや、田名部で取り組んでいることなどを話し、用意した屋敷への案内を吉右衛門に命じて一旦は終わりとした。

綺麗に整えられた屋敷に入った彦太郎は、自室に南条越中守広継を呼び、向かい合って座った。二人きりである。近習たちも含めて人払いをしていた。

「越中守よ、先ほどはどういうことだ？　なぜ返答しなかった」

「若様、どうかお許しを」

「別に怒ってはおらぬ。言い難いことであれば、繁栄著しい新田領を見たかったなど、適当に誤魔化せばよかったではないか。その知恵が回らぬ其方ではあるまい？」

「若様。吉松様はなぜあえて、あの場で聞かれたのでしょう？」

「ん？　それは……」

そう言われて、彦太郎も考えた。確かに、あの会談の主役は彦太郎なのだ。南条越中守は蠣崎の重臣であり国人ではあるが、傅役として来ているに過ぎない。聞きたいことがあれば、あとから聞けばよい。だがあえて、あの場で不審とも取れる疑問を口にした。

「実は某、ある悩みを抱えておりまする。吉松様はそれに気づいておられます。だからあの場で聞かれたのでしょう。いずれ某は、吉松様に呼び出されます。その際に、若様が疑わぬようにと」

「その悩みとは、私にも言えないことなのか？」

「それはどうかお許しくだされ。某個人のことでございますれば……」

「……姉上のことだな？」

頭を下げていた広継は、驚いた表情で顔を上げた。彦太郎は辛そうな表情をしていた。

「人づてに少しだけ聞いたことがある。姉上が私を排除して自分が嫡子になろうとしているとな」

「若様。紅葉は某の妻でございます。そのようなことは……」

「いや、姉上が私に向ける眼差しや振る舞いには、どこか憎悪に近いものを感じていた。私は、単に姉上から嫌われているだけだと思っていたのだが、改めて考えると妙なことよ」

蠣崎家長女による謀反という事件は、その後の南条広継の「逆さ水松」の逸話からも事実であったことは間違いない。だが話としてはあまりにも異常すぎる。庶子として生まれた長男が、その後に生まれた正室の嫡男を排除しようとした例ならば他にもある。

だが「長女」が、嫡男やさらに下の弟を毒殺してまで自らが跡継ぎになろうとした例など他にはない。個人主義と男女平等の二一世紀の時代ではない。女子は家と家を繋ぐための道具。家長である当主が絶対であり、嫡男が跡を継ぎ、次男以下は親族としてそれを支える。それを常識とする戦国時代での話である。

しかも「蠣崎家」においてだ。将軍家でも大大名でもない、日本からみれば辺境の極みに位置する蝦夷地の一隅で汲々と生きている家を、なぜそれほどまでに継ぎたかったのだろうか。

「実は十三湊で、長門殿に少し相談したのです。某と妻との間が上手くいっていない。妻には何か、人に言えぬ悩みがある様子。吉松様のお知恵をいただけないかと」

「なるほど。話はわかった。私が許す故、呼び出しがあった場合は遠慮なく行くがいい」

南条広継とその妻紅葉が呼び出されたのは、二日後のことであった。南条家にとって新田は大殿と呼べる存在である。その呼び出しとあれば、妻はしっかりと準備をしなければならない。だが南条紅葉は化粧すらしない。一応、女性用の着物は着てはいるが、扱いもぞんざいである。これまでも、こうしたことはあったため、広継はもう諦めていた。

「よく来てくれた。越中守殿、紅葉殿」

田名部館にある離れに通された二人を待っていたのは、吉松と長門藤六広益であった。長門広益は蠣崎家の家老であり、季広の信頼は絶大である。南条広継としても、ここにいてくれるのはありがたいことであった。

「なぜ藤六殿がいるのです？」

「紅葉ッ」

それを咎めたのは妻の紅葉であった。詰《なじ》るような口調に、広継も思わず叱ってしまう。だが吉松が笑って事情を説明した。

「紅葉殿。初めて会うので、貴女を理解しているなどと言うつもりはない。だが俺は非常識な男だ。だから他の男二人よりは柔軟に理解できると思う。広益を呼んだ理由は二つだ。蠣崎家の家臣に会う以上、誰も傍に付けないというわけにはいかぬ。だがもう一つの理由のほうが重要だ。貴女について、若狭守殿に説明する第三者が必要だと思ったからだ。夫である広継殿や、他家の当主である俺よりも、蠣崎家の家老から伝えたほうが良いと思ってな」

「そうですか……」

紅葉はそう言って、室内に入った。納得しているわけではない。どうにでもなれという思いのほうが強い。会う前までは神童と思っていた目の前の子供も、今では小賢しく感じていた。

「ふーん」

目の前に座った紅葉を吉松はまじまじと見た。確かに美しい。目鼻立ちは整い、目元は涼やかで凛とした雰囲気がある。これで化粧をすれば、男たちは放っておかないだろう。そう思って観察していると、広継は額に汗を浮かべて言い訳した。

「なにぶん、妻は化粧が苦手故、お許しを……」

「構わぬ。そもそも俺は、以前から不思議だったのだ。なぜ女だけが化粧をするのだ？　男が白粉を塗って口紅を付けたって良いではないか？　着飾ってオホホと笑って何が悪い？」

「殿、御戯れを」

「戯れではないが、まぁ良い。実は、田名部で暮らすにあたって、紅葉殿が不自由しないように、何か贈り物をと思ってな。聞いたところ、紅葉殿は着物や化粧道具にはあまり関心がないそうだな？　何か欲しいものはあるかな？」

紅葉は少し黙り、そして眉間を険しくしたまま答えた。揃えられるものなら揃えてみろと言いたげである。

「それであれば刀、弓、槍、甲冑、そして馬を望みます」

「紅葉、其方ッ……」

「良かろう！　すぐに用意しよう」

　慌てて止めようとした広継を遮るように、吉松は大声で了承した。これには言い出した紅葉でさえ唖然とした。まさかこんなに簡単に了承するとは思っていなかったのだ。

「先ほどの続きだが、俺は以前から不思議だったのだ。馬に乗り、槍を振り回す女がいたって良いではないか。そもそも人間の半分は女だぞ？　女が戦場《いくさば》に出れば、それだけで兵力は二倍になる。それを縁起が悪いとか下らぬ迷信で家に閉じ込めるなど、愚の骨頂だ。言っておくがこれは戯れではない。俺はな。理に適わぬ常識や慣習というものをもっとも嫌っておる。そうしたものは尽く破壊する。今後、田名部では積極的に女子を活用していく。政事や他家との折衝は無論、戦場でもだ」

「さすがは殿でございますな。見事なまでの、へそ曲がりぶりでございます」

　長門広益は呆れたように笑って首を振った。まだ新田に来て間もないが、吉松の性質は理解していた。吉松は何事も突き詰めて考える。なぜ存在するのか。なぜそれが常識なのか。そして理にそぐわないと思ったらすぐに破棄する。そう考えると確かに、自分たちよりも紅葉のことを理解できるのかもしれないと思った。

「それにしても、話をしていて思ったのだが、紅葉殿。紅葉殿は自分を〝女子だ〟と思ったことはあるか？　身体のことではない。心、魂のことだ」

そう問われ、紅葉は震えた。吉松は視線で男二人を止める。ここが要所である。本人の口から言わせなければならない。しばらく逡巡し、紅葉は口を開いた。

「それは……正直に申せば、ありません。私は、自分を男だと思っています」

「なにっ！　紅葉、其方は……」

「止めよ、越中守！　今はとにかく聞くのだ！」

吉松は広継を止めて、話を促した。生まれてからずっと、自分は男だと思ってきたこと。女性の身体として成長しつつも、心は男性のままだったことへの戸惑いと苦悩を訥々と語る。吉松も他の二人も、ただ黙って聞き続けた。

広継は呆然としつつ、これまでの疑問が氷解していくのを感じた。男だったと仮定すれば納得できることが多いのだ。確かに自分がその立場になれば、苦悩するだろう。男なのに女性の着物を着せられ、化粧をさせられ、女らしく振舞えと言われ続け、あまつさえ他の男に抱かれる。苦しんで当然だと思った。

「お許しください。私は、貴方様の妻にはなれません！」

紅葉はそう叫んで、広継に手をついて謝罪した。この時はもう、広継の心は決まっていた。すべては、気づかなかった自分が悪いのだ。徳山でも評判の美女を娶ったと有頂天になっていた自分は、妻のことを何も見ていなかった。そしてそれは、父親である蠣崎若狭守も同じだと思った。

「越中守殿にも若狭守殿にも罪はない。身体は女なのに心は男。だが身体は見えるが心は見えん。だから理解できない。理解できなくて当然なのだ。己を責めるな。同じように、若狭守殿のことも責めてはならん」

吉松にそう言われ、広継は一礼した。だが本人には詫びたい。だから紅葉の頭を上げさせ、手をついて謝罪した。

「私のほうこそ、悪かった。お前のことが何も見えていなかったのだ。気づくべきだった。心から謝罪する」

こうして南条夫婦の悩みについて、その原因は判明した。だが問題は解決策である。南条家は蝦夷地に領地を持っている。少なくない人が紅葉を知っている。さらに紅葉を娶ったからこそ、南条広継は一門衆に加わっているのだ。そこに踏み込むのは、他家の事情に口を出すことになる。

「殿。某は一度、徳山に戻りたく存じます。紅葉様の件、伝えなければなりますまい」

「そうだな。だが解決案を持っていく必要がある。若狭守殿が納得するような解決案をな。一つずつ考えよう。越中守殿、どうする？　離縁するか？」

「それは……」

あまりのことで頭が回っていない。離縁したほうが良いのは理解できる。だがそうなると蠣崎家中での立場がなくなる。ただでさえ、紅葉姫を娶ったことで嫉妬されていたのだ。離縁は許されないだろう。

「ふむ。となると解決策は一つだな。紅葉殿には、ここで死んでもらおう」

まるで近所に出かけるかのような気軽な調子で、吉松はそう口にした。


蠣崎家の重臣である長門広益が突然戻ってきたことに、当主である蠣崎若狭守季広は当然驚いた。だが渡された書状の内容は愕然とするものであった。楷書体で書かれた新田吉松直筆のもので、事の重大さから、広益と話し合うときは人払いをして欲しいと冒頭に書かれている。そして南条紅葉が、身体的には女性であっても、その精神、魂は男性であること。生まれてからずっと苦しんできたこと。そして両親を恨んだこともあるということが克明に記されている。

「藤六《とうろく》よ、これは真か?」

「某もその場にいました。紛れもない事実にございまする」

季広は瞑目した後に頷いて、人払いをして自室で話をすると立ち上がった。自室で広益と向き合って座る。これが家中に知られれば、一門衆が動揺するだろう。二人とも深刻な表情であった。

「それで、実際にそのようなことがあるのか?」

「吉松様の話では、人というものは元々、男女で綺麗に分かれるものではないそうです。男の中にも、幾分かは女の気質が残っているそうです。ごく稀に、その割合が肉体と違ってしまう場合があり、紅葉様はそれに当たると……」

季広は左手で自分の顔を覆い、なんということだと呟いた。

「……思えば、紅葉は昔から男のような気質だった。着飾ることよりも、太刀や馬を好いていた。顔立ちの良い男よりも、侍女に興味を持っていた。心は男だったのだな」

そして肩を落としてため息をついた。

「儂は親失格よ。この寒さ極める地において美しきは、春の花々ではなく秋の色づき。そのように美しく育って欲しいと願って紅葉と名付けたのに、それすら苦しめる一因であった。それなのに、儂は気づきもせなんだ……」

「それは某も同じでございまする。紅葉様とは幾度も言葉を交わしてまいりました。戦の話をねだる紅葉様に、それよりも着物や化粧にご関心を持ちなされと伝えたこともあります。某も理解が足りませんでした」

季広はグイと自分の眼を指で拭った。事情は理解した。これが家中に知られてはならず、また南条越中守の面子も守らなければならない。気を利かせてくれた新田吉松に感謝した。

「それで、紅葉を死んだことにすると書かれてあったが？」

「越中守の立場を考えれば、離縁というわけにはいきませぬ。そこで、新たな土地に慣れず体調を崩したということにします。そして今年の冬、寒さ厳しきときに病でお亡くなりになられた。外向けにはそのように説明いたします」

「実際は違うのだな？」

「吉松様は、ならば男として生きれば良いと言われました。髷を結い、刀を腰に差し、馬に乗れ。名前も男らしいものを考えろ。好いた女子がいれば口説いて娶れば良い。ただし、ただ飯は食わさぬ。しっかりした役目を与えるし、戦となれば馬を走らせ、槍を振るってもらうと」

「なんとも非常識な話よな」

「非常識なお方ゆえ、宇曽利の怪物と呼ばれるのでしょう」

二人は笑い合った。戦場に女子を連れていくのは不吉。それが武家の常識である。新田吉松はそれを足蹴にしたのだ。男の言葉を使い、男の名を持ち、嫁すら持つ女子が戦場に出るのは不吉なのかと。そう考えると、痛快な気分になった。

「それで、新しい名は？」

「越中守の遠縁ということで南条の姓はそのままに、南条籾二郎宗継《もみじろうむねつぐ》と」

名前の中に「紅葉《もみじ》」がある。無理やり嫁に出した親に対して、それでも憎みきれず一片の愛情を持っていてくれたのかもしれない。季広は目を細めて頷いた。

「そうか。姉上は病か」

「某が至らず、申し訳ありませぬ」

南条広継の家を訪ねた彦太郎は、家の中に通されるも姉とは会えなかった。だが言葉の端々から凡《おおよ》その事情を察したようで、深く追及することはしなかった。

「姉上に伝えてくれ。この先どうなろうと、彦太郎は弟であり家族だと」

「御言葉、しかと伝えまする」

隠れて聞いていた紅葉は、弟の気遣いに感謝し、涙を流した。そして翌日、南条紅葉改め南条糀二郎宗継は、新たな役目のために田名部館へと登った。外見は中性的で、完全な美男子である。衆道趣味の視線を受けることもあるだろうが、それは仕方がないと諦める。肝心の主君、新田吉松にはそうした趣味はない。それで充分であった。

「歩き巫女？」

「そうだ。もともとは信州の諏訪大社の巫女で、ノノウと呼ばれておる。諏訪信仰を日ノ本に広めるために方々を流れ歩いている。津軽油川近郊の造道《つくりみち》にも諏訪神社があり、巫女が来ているそうだ。出羽には秋田諏訪宮という大きな社があるからな。歩き巫女は日ノ本全土を回っている。そこで、この宇曽利の地にも諏訪神社を置き、巫女を招きたいと考えている」

「某に、その巫女を束ねろと？」

ここに来て女扱いをするのかと言外で文句を言う。だが吉松は肯定した。

「そうだ。歩き巫女を諜者として使う。この奥州一帯の動向を逐次報せるようにする。そのためには、諏訪神社の宮司として、巫女たちを束ねる者が必要だ。言っておくが、女扱いされているなどと軽く考えるなよ？　その報せによって、新田家の戦が決まるのだ。誤った報せに基づいて動けば、新田は滅ぶやもしれぬ。それほどに重要な役目だと心得よ」

「なぜ、某に？」

「籾二郎は二〇年近く、女扱いを受けてきた。俺よりも遥かに、女については詳しかろう？　無論、気に入った女子がいれば、嫁にして構わんぞ。いずれは男の諜者も組織する。諏訪神社の宮司として、其方は新田を裏で支えるのだ」

「ですが某には、そうした心得はありませぬが……」

歩き巫女は、信濃望月家の望月千代女が束ねていたという伝承があるが、これは歴史家によっては意見が分かれている。だが歩き巫女が何らかの情報活動に関わっていた可能性までは否定できない。ただの巫女をそのまま諜者にするわけにはいかない。諜報活動の専門家を招聘し、組織する必要があった。

「新田家御用商人がな。以前から東廻りで関東への航路を拓きたいと言っておった。ちょうどよい。猿ヶ森で船を造り、東廻りで北条家との繋がりを持つ。狙いは風魔衆よ。とりあえず籾二郎は、秋田諏訪宮へと足を運んでくれ。宇曽利に諏訪神社を建てたいとな」

「はぁ……」

あまりに気宇壮大すぎて、籾二郎にはついていけなかった。恐らく祖父である新田盛政をはじめ、皆が同じ心境になるのだろう。これが「神童」と呼ばれる所以かと納得した。

彦太郎は近習を連れて田名部の街を見て歩いた。まず驚いたのが、砂利を敷き詰めて押し固めた道である。大通りは広く取られており、荷車が二台すれ違っても十分に歩けるほどに広い。そして道行く人々の服装である。大館では襤褸を着ている人も少なくないのに、田名部では皆が清潔な服装をしている。それだけ衣類が豊富なのだ。

「これが田名部か」

「若様。賦役で働いている者が、普通に握り飯を食べていますぞ」

見ると家を建てていると思われる者たちが、思い思いに座って握り飯を頬張り、器に入った汁物を飲んでいる。どうやら鍋で汁を作ったらしく、味噌の香りが漂ってきた。

「信じられん。普通に食事をしているし、道行く者たちも特に気にしている様子はない」

「つまりあの食事は、この田名部では当たり前なのだ。珍しくもないから、気にしないのだろう」

庶民の食べ物一つで理解できる。新田と蠣崎とでは国力が違い過ぎる。もしあの食事が他家で当たり前なのだとしたら、蠣崎はなんと貧しいのだろうか。思わず、父が哀れに思えてしまった。

「若様？」

「話を聞くだけだ」

彦太郎は、食事をしている男たちへと近づいた。何を建てているのか。田名部での暮らしはどうか。この食事は当たり前なのかと聞く。男たちは最初こそ訝しんでいたが、蠣崎から来たというと、皆頷いて詳しく話し始めた。どうやら彦太郎たちが来ることは田名部の中で周知されているらしく、質問を受けたら答えてやれと言われているらしい。

「若様、いや殿様が豊かにしてくれたんです。つい数年前まで、食べるものにも困っていたのに」

「今では読み書きに算術まで教わります。特にオイラたちのような番匠には、吉松様自らが教えてくれました。それまでは経験で判断していたことを、ちゃんと長さを測って図面に落としたほうが良い家が建てられると言われてやってみると……」

「やってみると？」

「これまでやっていたことが、ただの遊びに思えたんでさぁ。良い家とは何か。これまでは考えたこともなかったんです。ただ喜んでくれればいいというだけで。ですが殿様が教えてくれたんです。良い家とは最低でも、隙間風が入らず、地揺れに強く、内と外を分けるために音を断つ家なのだと」

　そう言われ、他の家を見る。木を組み合わせ、煉瓦と呼ばれる褐色の石と灰色の漆喰で壁を補強している。藁ぶきの屋根が多いが、中には総瓦の家もある。

「殿様はいずれ、すべての家を総瓦にすると仰っていました。そうすれば火事に強い街ができると。なんでも、川内という集落で、瓦を焼いているそうです」

　生産力。モノを生み出す力が決定的に違うのだ。様々な物を自分たちで作れるから、他を攻めて奪う必要がない。作った物を交換し合い、互いにより豊かになる。だから人が集まる。そして集まった人たちがまたモノを生み出す。これが循環しているのだ。

「これと同じことが徳山、いや日ノ本中に広がれば……」

おそらく戦は無くなる。少なくとも奪うための戦は無くなるだろう。そして武士は不要になる。何かを生み出す者、作る者が中心の世となる。簡単なことではないだろうが、彦太郎には吉松が成そうとする世の中が、おぼろげに見えた気がした。そして鳥肌が立った。藤原、平、源、足利、過去の権力者たちがいずれも成し得なかった、日ノ本すべての民を巻き込んだ大変革である。

「これが、新田吉松殿が見ている世界か……」

その世の中を見てみたい。自分の中に沸々と湧いてくる高揚を彦太郎は感じていた。

第五章　やませの襲来

新田吉松の朝は日出と共に始まる。朝稽古は木刀の素振りである。本来、吉松はこうした武芸にはあまり関心がない。自分が戦場で太刀を振るわなければならないときなど、負けが決定しているときである。戦うよりも逃げることが優先だと考えている。だがそれでも、戦国を生きる以上は最低限の護身術は必要であった。だから手を抜かず、一振りに気合を込める。

「おはようございます」

蠣崎彦太郎や近習たちがやってきた。祖父の新田盛政を相手にした稽古である。骨がしっかりしている彼らは、打ち込みなども行うが、吉松はただ素振りをするだけだ。時折、水を飲みながら全身を汗まみれにする。それが終わると、井戸水で身体を拭って着替え、朝食となる。

「長芋のすりおろし、根野菜と鹿肉の味噌汁、いぶり漬け、大根葉のお浸し、出汁巻玉子です」

稗と麦が混ざった雑穀米には長芋のすりおろし、いわゆる「とろろ」がよく合う。本当なら卵黄を入れたいところだが、万一を考えて生卵は食べないようにしている。醤油と味噌は完成したが、塩分は控えめにする。これは祖父にも注意している。現代社会と比べて運動量が多いとはいえ、塩分の過剰摂取は寿命を縮める。江戸時代では一日四〇グラムもの塩分を摂取していたそうだが、吉松としては現代人の味覚程度の塩分量で充分だと判断していた。

「姉上？　あまり食が進んでいないようですが？」

「な、なによ。私はそんなに食べないわよ！」

いや、いつもお代わりするだろうと思ったが、口にはしなかった。姉の視線が、彦太郎に向けられている。蠣崎彦太郎は一三歳、輝夜は九歳だ。これまでも、松千代、梅千代など齢の近い男は田名部館にいたが、彦太郎は蠣崎家嫡男であり、いわば輝夜と対等の位置にいる。しかも顔も良い。

（ははーん。輝夜にもようやく、女の意識が芽生えたか）

一方の彦太郎は、輝夜のことは特に意識していないようで、行儀よく食事をしている。傍目から見たら、彦太郎のほうが当主に見えるかもしれない。吉松は内心で笑いながら、話題を変えた。

「肉体は、食によって作られる。大陸の明には、薬食同源という言葉があるらしい。〝命は食にあり、食誤れば病いたり、食正しければ病自ずと癒える〟という意味だそうだ。味噌や醬油は確かに美味いが、取り過ぎれば病になる。御爺はそれに加えて、酒の飲み過ぎにも注意しろよ」

「わかっておるわ。酒は一日おき、飲むのは一合までよ」

吉松がもっとも恐れているのは「病気」である。天然痘ワクチンや抗生物質精製の知識はある。だがそれでも、すべての病気を克服できるわけではない。発症する前段階、つまり「未病」の段階で治すためには、衛生環境、生活習慣が重要であった。

「吉松よ。今年は蕎麦と麻の栽培に力を入れるそうだな？」

「両方とも寒さに強いからな。特に麻は重要だ。日ノ本ではあまり知られていないが麻は古来、薬として用いられてきた。麻の実には肉体を健やかに整える効果があるらしい。そのお浸しに掛けられている粉は、麻の実を潰したものだ。今後は領民たちにも、麻の実を食べることを推奨していくつもりだ」

「確かにのぉ。数年前と比べると体調が良いような気がする。まだまだ生きられるかもしれんの」

「クックック、一〇〇まで生きよ、御爺。さて、歯を磨くぞ。彦太郎たちはまだ慣れぬであろうが、これも病を未然に防ぐためだ。習慣にせよ」

馬の毛で作った歯ブラシと塩水で歯を磨きながら、いずれ分国法を制定したら、手洗い、うがい、歯磨きは領民の「義務」にしようと考える吉松であった。


吉右衛門の一日は忙しい。この数年で読み書き、算術を修めた者たちも増え、新田の文官衆は自分だけではなくなった。だがそれでも、圧倒的に数が足りない。津軽方面では、施餓鬼の他は人集めと治水工事に集中しているので、長門藤六広益でも差配は可能である。まずは田名部で新産業を興し、それを標準化して津軽や蝦夷でも展開する。楷書の指示書は必ず二通作成され、一通は保管される。二日おきの昼に出港する田名部湊、十三湊、徳山湊の交易船によってそれらは運ばれる。

「殿が仰られる形式化、標準化により、だいぶ楽にはなった。文官となるために必要な学問は何か。

どのような経験をさせれば文官として成長するかなども見えてきたが、手間が掛かり過ぎる」

肩が凝っている。三日おきの休みの他、月に一度は三日間の休みを取る。これは新田家に仕える全員の義務となっている。休めという主命など初めて聞いた。三日間の連休は、恐山の保養所に行って日がな露天風呂に浸かるのが、吉右衛門の習慣になり始めていた。

「御家老、百姓衆を代表して、源爺《げんじい》殿が目通りを願っております。風の様子がおかしいと」

「源爺殿が？　構わぬ。ここまで通せ。それと茶と手土産を用意せよ」

ひと段落して肩をもんでいた時に、来訪者の報せが届いた。田名部には代々、この地に生きる民たちがいる。そうした土地の者は、海の様子、山の様子から天候を予想できたりする。この数年が豊作だったのも、吉松の改革の成果もあるが、こうした古からの知恵も役立っていた。

「風の様子だと？　殿も以前、気にされていた。ひょっとしたら……」

やがて皺くちゃな顔をした老人が姿を現した。新田家家老の吉右衛門は、およそ家老とは思えぬ丁寧な挨拶をして、老人の話を聞き始めた。


田名部新田では、騒がしくも穏やかな日々が流れていたが、陸奥と出羽の間に位置する鹿角郡では係争が続いていた。鹿角郡は陸奥、津軽、出羽の三国に挟まれた土地で、鹿角四氏と呼ばれる関東武士団が鹿角郡をまとめていたが、杉と鉱物資源に恵まれたこの地は、鎌倉時代から係争地であった。鹿角四二館と呼ばれる防御線により、南部家や安東家の侵攻を食い止めてきた関東武士団であったが、南部晴政の手によってついに陥落した。鹿角郡を得たことで、南部家の力は大いに高まったといえる。

だが、南部家の台頭は近隣国の警戒を招いた。浅利、安東は無論のこと、陸奥中央部（現在の岩手県北部）で九戸と争っている阿曽沼、和賀、稗貫、葛西などの有力国人や大名たちが、一斉に三戸南部を警戒したのである。

《南部家の台頭をこれ以上許してはならない》

特に檜山の安東舜季の危機感は強かった。このままでは浅利家の本拠地である十狐城（独鈷城）まで落とされるかもしれない。そうなれば南部家は檜山まで侵攻し、出羽を飲み込むだろう。そうなる前に、南部を止めなければならない。

「頃合いだ。浅利と和睦する」

驚く家臣たちを黙らせ、事情を説明した。

「義父殿《おやじ》の体調が思わしくないらしい。このままでは湊家（湊安東家）は途絶える。そこで嫡男の太郎に湊家の家督を相続させる」

「つまり、湊家を飲み込むと？」

「南部に対抗するには、今のままでは力不足故な。義父殿の了承も得ておる。いずれ湊家を再興することを条件に飲みおったわ」

「ですが、これで西は安定します。いまこそ、浅利を攻めるべきでは？」

重臣の一人、竹鼻《たけがはな》伊予守広季が意見する。だが舜季は首を振った。

「伊予守には高水寺に行ってもらう。斯波御所を動かすのだ。南部の台頭は斯波家も頭を抱えているはず。安東が力添えをするゆえ、共に南部に当たろうと持ち掛けよ」

高水寺斯波家の前当主斯波詮高《あきたか》は、稗貫や和賀といった国人衆と結んで、三戸南部家に対抗していた。岩手郡を南部から奪い返すなど南部に対して優勢に戦い続け、高水寺斯波家の最盛期を作った男である。残念ながら天文一八年に死去したが、嫡男の斯波経詮が兄弟と力を合わせ、勢力を保ち続けている。例えるなら、毛利元就亡き後の毛利家に近い。

「斯波御所を旗印に、戸沢、葛西、柏山、大崎をも動かすのだ。このままでは奥州は南部家に呑まれると煽れ。それと新田に使者を出すように願い出ろ。南部の急所は新田よ。宇曽利が南部の敵に回れば、進退窮まる」

「はっ」

安東舜季が考えたのは、いわば「南部包囲網」であった。奥州の歴史は複雑で、例えば安東と浅利は長年、争っている。そのため安東が旗印となれば、浅利は決して動かない。しかし鹿角郡に近い比内郡を領する浅利家は、南部包囲網において重要な一角を占める。そこで名門である斯波氏の権威を利用しようというのだ。実際の権力は無くとも、旗印としては使えると考えたのである。

こうして、鹿角郡を得て力を増した三戸南部家に対して、その力を削ごうと諸勢力が動き始めた。

吉松がやっている地道な内政による成長と比べ、戦によって土地を得ることは解りやすく、だから警戒もされやすい。南部晴政は、自身の覇気と積極的軍事進攻に対するしっぺ返しを受けようとしていた。

「問題は田名部新田よ。果たして動くか？」

新田が欠ければ、包囲網は完成しない。果たしてどう動くか、予測できずに舜季は苛立っていた。

だが舜季は忘れていた。予測できないものがもう一つ、存在していたということを。


天文二一年（一五五二年）皐月（旧暦五月）も終わりを迎える頃、田名部では吉松が声を張り上げていた。

「水田は、日中は水を止め、夜に替えるようにせよ。それと竹酢液を米農家に重点的に配れ。病が発生した稲はすぐに引き抜き、破棄するのだ」

三日間、異様なほどに気温が低かった。そして今も、霧が出て東から風が吹いている。間違いなく「やませ」の兆候であった。冷夏がやってくれば、いもち病が発生し、米が全滅する可能性もある。様々な対策を打ってきた新田家とは違い、三戸南部から仙台あたりまでは壊滅的な打撃を受けるかもしれない。

「源爺殿からの話で、念のために米の備蓄を進めておりましたが、予想以上の不作になるやも知れませぬ。殿、ここは蔵を開くべきかと」

「銭衛門に越後あたりで米を買わせよう。この時期は高いが、仕方がない」

頷いて、吉右衛門に指示を出す。この数年が幸運だったのだ。この北限の地では、僅かな気温差で米が採れなくなる。度合い次第だが、本格的な冷夏となれば、この奥州で数千人を超える餓死者が出るかもしれないのだ。

「来月には他家も気づくだろう。さすがの南部晴政も、この状況では戦などできまい」

冷夏は南部家にとっては危機だが、新田家にとっては好機にもなる。常に人が不足している宇曽利郷（下北半島）に、食えなくなった人々が群がってくるかもしれない。たとえ徒歩《かち》でも、一〇日あれば三戸から田名部まで来ることは可能なのだ。そして大抵の人間は、一〇日食えなくても死ぬことはない。

「殿。高水寺斯波家より使者が参りました」

やませ対策で慌ただしい中、高水寺斯波家からの使者が来たのは、皐月が終わり水無月（旧暦六月）に変わった日であった。


「斯波御所様の御意向、あい解った。されど俺一人では決められぬ。重臣たちと相談する故、しばし待たれよ。十三湊から呼ぶ故、時間が掛かる。五日で結論を出し、高水寺城に使者を送ろう」

高水寺斯波家からの使者の話を聞いた吉松は、その日のうちに十三湊に長門広益を呼びよせる使者を出した。吉松の中では、肚はすでに決まっている。だが家臣たちの存念を聞いておきたかった。

そして四日後、新田盛政、吉右衛門、長門広益、南条広継が揃った。なお、蠣崎彦太郎や近習たちも見学という形で参加している。発言は許していない。

「急な評定ですまぬ。皆にはすでに伝えている通り、高水寺斯波家から使者が来た。だがその話の前に、まず目出度いことから始めようと思う。吉右衛門」

「はっ」

吉右衛門が前に出て、両手を板間についた。

「この数年、文官として田名部の繁栄に尽力してくれた。其方がいなければ、今の田名部の繁栄は無かったと言ってよい。良く尽くしてくれた。そこで其方に苗字と名を与える。この地は其方が作りし地と言ってよい。よって、今日より田名部を名乗ることを許す。また名には、新田家代々の名に付きし政の一字を与え、政嘉《まさよし》とするがよい。今日から其方の名は、田名部《たなぶ》吉右衛門政嘉《まさよし》だ」

「誠にありがとうございます。この田名部吉右衛門政嘉、命果てるまで殿にお仕えいたします」

田名部吉右衛門は感動に震え、涙で板間を濡らした。だが感動してばかりはいられない。ここからはさらに重大な話になるのだ。

「さて、俺に言わせればもはや骨董品も同然の斯波家から、面白い話が来た。鹿角郡を獲った南部晴政に対抗し、安東、浅利、斯波、葛西、柏山などが連合して戦を仕掛けるらしい。そこで、新田には陸奥と津軽を北から攻めて欲しいということだ」

「殿、南部家とは五年の相互不可侵という約定を結んでおりまする。確かに大きな連合ではありますが、約定を反故にすれば、新田を信じる者はこの天下から無くなりますぞ？」

長門広益が反対という意見を表明した。だがその隣に座る南条広継は意見が違うようである。

「某は考えてみても良いと思います。約定は反故にせずとも、七戸との境で調練を行う。あるいは浪岡家と合同で練兵を行う。こうした動きを見せるだけで、南部の気を引くことになり、連合の助けにはなるでしょう」

「ふむ。越中守は賛成か。やはり南部の拡大には気を付けるべきか？」

「はい。某は、先ほど殿が挙げられたどの家々よりも、南部晴政は警戒すべき人物と考えまする。鹿角は鉱石、材木溢れる豊かな土地、それを南部が手にしたとあっては、いずれは比内、出羽までを飲み込むやもしれません。そうなれば……」

新田ですら劣勢になる。さすがにそこまでは口にしないが、何を言いたいかは皆が理解した。ちなみに南条広継は、家庭内の問題を着地させた吉松に対して、臣従を誓った。立場としては長門広益と同じだが、折を見て一族ともども新田に移りたいとまで言っている。もっともそれは、蠣崎家に対して義理を全うした後になる。

「田名部吉右衛門の意見はどうか？」

「某はむしろ、戦になるのかどうかすら、怪しいと考えまする」

田名部吉右衛門政嘉は、昨年と比べて異様なほどに寒い夏であること。こうした夏の時は決まって凶作となり、戦どころではなくなるため、包囲網自体が自然消滅するのではないかと意見した。

「確かにな。俺も同じ見立てだ。陸奥国においては、今年の米は不作、いや大凶作だろう。兵を起こそうにも、民がついてくるまい。包囲網自体は完成したとしても、実際の戦は津軽の局所で終わるのではないか？」

そして最後に、祖父である新田盛政の意見を聞く。盛政はずっと黙っていた。何かを深刻に考えているらしい。吉松にはそれが気になった。

「儂はな。少し恐ろしいと思うた」

「恐ろしい？　何がだ、御爺？」

「南部晴政の運よ。考えてもみよ。新田家と七戸家との戦いによって、結果として南部家一門における三戸の影響力は強まった。独立志向の強い九戸でさえ、いまでは南部晴政に逆らえぬ。そして鹿角に侵攻する直前に、浅利与市（則頼のこと）が死んだ。その結果、浅利は迅速に動けず、晴政は易々と鹿角を手に入れた。そして此度の冷害じゃ。包囲網という危機に対して、まるで天が味方するように寒き夏が来た」

「確かに、運は良いな」

吉松はそれがどうしたという思いで失笑した。だが盛政、広益、広継は笑わなかった。

「吉松よ。其方は若く、それでいて聡い。まさに神童じゃ。じゃがな、決して運を侮るではない。たとえ優れた者であっても、運には勝てぬ。運を持つ者というのは、それほどに恐ろしいのじゃ」

「先代様の仰る通りです。某も、幾度も戦場で働きましたが、たとえ豪勇の者であろうとも、運が無ければ簡単に命を落とします」

歴戦の名将、長門広益も盛政に同意し、真剣に進言する。だが科学と合理主義の世界で生きてきた吉松にとって、運不運など言い訳に過ぎなかった。幸運な成功というものはある。だが不運な失敗など吉松は認めない。失敗には必ず原因があるのだ。

「わかった。二人の忠告は胸に留めよう。しかし今は、南部晴政の強運の話ではなく、斯波御所にどう返答するかを考えよう。俺としては、稲の不作を理由に大規模な出陣は難しい。まずはそちらで、南部に当たってくれと答えるつもりだが？」

要するに「様子見」という回答である。実際、吉松は今すぐに南部家と事を構えることは避けたかった。間もなく鉄砲が届く。それをさらに改良し、大量生産すれば、南部晴政の強運すらも吹き飛ばせるだろう。とにかく時間が欲しかった。

もしこの時、無理にでも包囲網に参加していたら、その後の歴史はどう変わったのだろうか。吉松は後に、回顧することになるのであった。


高水寺斯波氏を語る上では、そもそもの斯波氏を知らなければならない。斯波氏は、元々は足利家の分家である。足利家三代当主足利泰氏（三代将軍ではない）の長男である足利家氏が陸奥国の斯波郡を所領として分家したのが斯波氏の始まりである。つまり斯波とは斯波郡の地名から取ったものなのである。

では、高水寺斯波氏が斯波家の嫡流なのかといえば、まったく違う。斯波氏の家祖である足利家氏はあくまでも所領が斯波郡だったというだけで、実際は鎌倉で生活をしていた。そして家氏の子孫は代々「尾張守」に叙せられ、尾張足利家と呼ばれた。これが戦国時代まで尾張で続く斯波氏の嫡流「斯波武衛家」である。

では陸奥にいる斯波氏とは一体誰か。斯波氏四代当主足利高経《たかつね》の弟である斯波家兼が奥州管領に任じられたことから始まる。もともと奥州は国人の独立気質が強く、現地赴任者に軍事指揮権だけではなく行政権がなければ、統治は不可能だった。斯波家兼は管領として陸奥国府郡から大崎地方（現在の宮城県）までを実効支配し、大崎氏と呼ばれるようになった。これが陸奥大崎氏であり、天文二〇年時点での当主は大崎義直である。ちなみに大崎氏の庶流は最上家である。

つまり奥州管領に任じられた斯波氏の直系は大崎氏であり、断じて高水寺斯波氏ではないのである。では、高水寺斯波氏とは一体、何者であろうか。家系図では、先に出た足利高経の長男である斯波家長の直系子孫といわれているが、この家系図は極めて疑わしく、また他の史料も乏しい。

しかし、少なくとも南北朝時代には、大崎氏と同格の家柄として扱われており「斯波御所」と呼ばれていた。そして大崎氏の力が衰退すると共に、南部家に対抗する高水寺斯波氏の影響力は強まった。それは奥州探題でありながら家中をまとめきれず、伊達に半ば従属することになった大崎義直と、家中を纏め上げ、国人たちと連合して南部に対して優勢を保った斯波詮高の違いによるところが大きい。

新田吉松は南部包囲網への参加を拒否した。この報せは、高水寺斯波氏当主である斯波詮高を不快にさせるものであった。弟である雫石詮貞《しずくいしあきさだ》や猪去詮義《いさりあきよし》ら重臣たちも、表情を険しくする。

「使者殿よ。理由を聞かせてもらおうか。三戸南部と隣接する新田は、その圧力を直《じか》に受けているはず。このまま南部が大きくなれば、新田は踏み潰されるのだぞ？」

「それにつきまして、主、吉松より口上を承っております。申し上げます。この夏は例年になく寒さ厳しく、凶作になること疑いなし。一所懸命を本分とされるならば、南部家との戦の前に凶作との戦いに備えられよ。以上でございます」

「余計なお世話というものよ。この地は宇曽利郷のような貧しき土地ではない。北上川の肥沃な土地に、稲穂が大いに実っておるわ。もうよい。食べ物もなく、飢えに苦しんでおる輩に頼るのが間違いというものよ。ご苦労であったな」

使者は一礼して退いた。田名部の繁栄の噂は三戸までは届いているが、高水寺城の城内までは聞こえていなかった。そのため、凶作に怯えて兵を出せないのだと勘違いしたのである。

「しかし兄上。宇曽利から十三湊を領する新田が動かないとなると、半包囲にしかなりませぬ。果たして南部を打倒できましょうか？」

「いや、むしろ好機だろう。噂では確かに、三戸以北では寒さによる不作が恐れられている。先ほどの使者の話はそれを裏付けるものだ。ここは九戸を攻め、刈田をしてはどうだろうか？」

南部包囲網は未完成だが、高水寺城はそれでも動くことを決断した。一方の三戸城では、檜山安東と浅利の和睦という報告が届いていた。

「なるほど。安東と浅利が和睦したか」

南部晴政は報告を聞いてしばらく黙った。家臣たちも皆が押し黙る。晴政が沈思を邪魔されるのを嫌っているためだ。やがて考えが整理できたのか、晴政が指示を出す。

「九戸、石川の両城に使いを出せ。刈田に来る可能性が高い。警戒せよとな。左衛門尉（石川高信）には特に伝えよ。浅利と安東が同時に攻めてくるやもしれぬ。それと鹿角だ。浅利は鹿角には来ぬ。鹿角は豊かな土地ゆえ、備蓄も多い。それを吐き出せとな」

「殿？」

「雑魚が寄せ集まって儂に対抗する気らしい。だが残念だったな。肝心の新田は動かぬ。新田吉松は優れた内政家だが、それだけに不作が見込まれる中で、兵を動かすような大胆さは持っておらん。民に飢えを強いる非情さがない。それがあ奴の欠点よ」

いぶかる家臣たちに、晴政は凄みのある笑みを見せた。


天文二一年（一五五二年）文月（旧暦七月）、北日本太平洋側で数年に一度発生する「やませ」が猛威を振るっていた。やませにより、酷い場合は平年と比べて六度近く気温が下がる。そのため農作物への影響は深刻で、しばしば一揆の原因にもなった。

「殿のご指示により、越後や越前から米を買いました。領内は大きな騒動も発生せず、落ち着いています。しかし、やはり稲の成長が遅いため、百姓は肩を落としています」

内政担当の田名部吉右衛門が、半ば諦めの表情で報告する。現代日本の知識を持つ精神年齢八〇歳、肉体年齢六歳の吉松といえども、自然現象には勝てない。実際、一九九三年に起きた冷害では、青森県の作況指数は三〇以下、つまり例年の三割以下の収穫という壊滅的な被害を受けた。九三年の八月上旬、青森県では最低気温が一五度以下という日まであったのである。「ひとめぼれ」などの冷害に強い米の生産（作付面積）が増えていくのは、九三年の冷害を受けてからである。

「この冷害でも、実を付ける稲もあるだろう。特に早い段階で実を付けた稲は取り分けて保管せよ。その稲は冷害に強い早生米《わせまい》となり得る。冷害は仕方がない。ならばそれを最大限に活かす」

吉松が考えていたのは品種改良である。やませの中でも育った稲は、寒さに強い品種となり得る。それらをさらに掛け合わせる。年月は掛かるだろうが、いずれは蝦夷地でも育つ品種を作り上げるつもりでいた。

「麦はいささか収穫が落ちそうですが、稗と蕎麦は順調です。少なくとも飢えることはないでしょう。それと諏訪神社を大尽山に建立中です。場所が場所ですので街道の整備が必要ですが、賦役として扶持米を出していますので、人は集まっています」

大尽山は宇曽利山湖を挟んで恐山菩提寺の反対側にあるピラミッド形の山である。宇曽利山湖から見ると綺麗な形をしており、どことなく諏訪湖を彷彿とさせるため、吉松は大尽山を選んだ。

「よし。籾二郎、秋田諏訪宮への折衝、ご苦労だった」

「ありがたきお言葉」

南条籾二郎宗継は、涼やかな仕草で一礼した。今のところ、籾二郎は評定には参加していない。南条広継の室、紅葉の死去と共に、正式に家臣に加える予定であった。

「それで、檜山や高水寺の様子はどうか？」

「南部に刈田を仕掛けましたが、撃退されました。どうやら南部晴政は、包囲網を察知していたようです。津軽においても、石川城からほぼ全軍が出ていないのですが」

「籾二郎殿、石川左衛門尉は浪岡への備えをしていないのですか？」

吉右衛門の問いに、籾二郎は頷いた。大胆な動きである。

「おそらく、浪岡は動かないと考えているのだろう。それは新田に対しても同じだ。この冷害、備えがなければ民が飢える。浪岡弾正大弼は民を第一に考えるからな。むしろこの状況で大々的に兵を動かす南部のほうが、俺には異様に見える。刈田への備えなら、そこまで動員する必要はないはずだ。民にとっては辛いだろうな」

そして吉松は思った。南部晴政が強運かどうかは知らない。だが民を犠牲にする覚悟を持っている点は、強いと認めざるを得なかった。吉松だって前世では、部下を怒鳴ったこともあるし、解雇したこともある。だが他者を確信的に苦しめたことなどない。下手をせずとも餓死者が出るのだ。

「殿は民を第一にお考えです。この冷害の中でも、田名部や十三湊の民は安心して暮らしています。某は、殿の御判断が正しいと思います」

吉右衛門の言葉に、吉松は首を振った。

「晴政には晴政の正義があるのだ。これは良し悪しではない。晴政と俺の気質の違い……いや、優先順位の違いか」

いま動けば、おそらく南部晴政を追い詰められる。被害の少ない津軽は別としても、糠部の中腹、七戸や八戸あたりまでは獲れるだろう。だがそれには相当な兵糧を要するし、民からの徴収も必要になる。家のため戦のために、民を、女子供を餓死させるなど、自分にできるだろうか。

己にそう問いかけたが、吉松の中に答えは出なかった。


冷害に対する様々な対策を行ってきた新田領でさえ、米を他から買わなければならないほどの不作が見込まれていた。新田領のような近代農法を取り入れていない南部領においては、壊滅的な被害が出ても不思議ではない。

「駄目だ。このままではオラたちは飢え死にだ」

「父ちゃん。お腹すいたよ」

こうした嘆きは領内中に広がっていた。そして皮肉なことに、その飢えが兵を集める原動力となった。戦に出れば食うことはできる。そしていま、南部家は高水寺斯波氏をはじめとする連合軍によって攻められている。もしこれを弾き返し、さらには敵領まで侵攻すれば、飢え死にどころか褒美まで貰えるかもしれない。三戸城にはそうした淡い希望を持つ飢えた男たちが集まっていた。

「田名部に行こう。新田様の領地なら、飢え死にすることはない」

戦に加わらず、村を捨てて田名部を目指す気の利いた百姓もいた。無論、簡単なことではない。領民に逃げられるなど領主の恥である。村内でも監視の目があり、追手が掛かる場合もある。夜中にひっそりと村を出て、三日三晩歩き通しで逃げたという百姓もいる。だがその数は吉松が期待していたほど多くはなかった。戦という手段が他にある以上、村を離れないという者が少なからずいたのである。

「現在、およそ八〇〇名が南部領から逃げてきました。多くは七戸、八戸からです」

「思った以上に少ないな。三〇〇〇人くらいは来ると期待していたんだが……」

「三戸では募兵が続いているそうです。特に激しいのは比内方面です、食い詰めた者たちが、津軽に送られているそうです」

「やはり、九戸は落ち着き始めているか？」

「はい。斯波や葛西、稗貫をはじめとする国人衆が二度ほど刈田を仕掛けましたが、いずれも撃退されています。それどころか雫石（現在の盛岡市西部）に攻め入っているほどで」

「ふむ。九戸右京信仲、やるな」

「それもありますが、柏山が動かなかったのも大きいかと思います。柏山は無類の戦上手で知られ、兵は精強この上ないと聞いておりまする」

「常識を弁えた国人もいるのだな。この状況で戦を起こすなど、正気を疑うわ」

やませの影響をもっとも受けるのは、太平洋側の国である陸奥国である。自然災害という戦の最中なのだ。民を護ることを第一と考えるべきであろうに、戦によってさらに民を疲弊させる。飢えたら奪えばよいというのは戦国時代の常識ではあるが、吉松からすればそれは一所懸命ではない。

「国人の動きを整理しておけ。いずれ新田が陸奥を支配する際に、残すべき家、潰すべき家を分ける。その際の判断材料となるであろう」

やませの直撃に苦しむ陸奥方面とは違い、奥羽山脈に位置する鹿角や、それより西の津軽、出羽地方では冷夏の影響は少ない。こちらの戦はより激しかった。

「報告では、戸沢が角館《かくのだて》から仙北を経て鹿角まで攻める気配を見せております。どうやら安東とは和睦しているようで、各館を素通りしている様子」

吉松は右掌を額に当てて考える。歴史が大きく変わっている。本来、戸沢は安東、小野寺と戦い続け、仙北一帯を領するはずであった。だが現実では戸沢と安東が和睦している。高水寺斯波家の働きかけなのだろうが、そこまでしてなぜ、南部家と戦おうとするのか。

「御爺。俺には解らん。なぜ南部晴政はここまで嫌われるのだ？　浅利や戸沢にとって、安東家は仇敵に近いはず。いかに南部への危機感があるとはいえ、簡単に和睦するものだろうか？」

祖父の新田盛政は、いわば奥州の生き字引である。盛政は少し遠い眼をした。

「おそらくは、奥州人《おうしゆうびと》の逆鱗に触れたからじゃろうなぁ」

吉松は首を傾げた。奥州人とは、つまり奥州で生きている人間のことだろうか？

「奥州の国人のほとんどが、鎌倉によって置かれた。南部、安東、戸沢、和賀、稗貫などなど、みな鎌倉御所（鎌倉幕府のこと）に仕えた。じゃが実際にはそれ以前、つまり奥州藤原氏の代からの豪族も多い。それぞれの家に由来があり、たとえ敵対しようともどこかで互いを認め合ってきた」

鎌倉から続く仲間意識。この北の地で蝦夷、そして自然と戦いながら、苦労して今日まで家を残してきたという共通点。奥州の国人たちにはそうしたものが存在している。

「小競り合いはある。時に一〇〇〇を超える兵がぶつかり合う。じゃが滅ぼすことはせぬ。家同士で問題が起きれば、戦場で勝ち負けを決める。それが暗黙の了解であった。それぞれに土地を持つ国人たちが、ある意味自由に、それぞれの家を繁栄させてきた。じゃが、南部右馬允《うまのじょう》安信は違った。家の自由を認めず、己に従え。従わねば滅ぼす。そうやって南部家を拡大させた」

南部晴政の父親である南部安信は、奥州における最初期の戦国大名といえる。これまでの暗黙の了解を破り、国人を滅ぼし土地を接収し、中央集権体制を構築しようとした。未完成ではあるが、その流れは南部晴政に引き継がれている。

「吉松よ。よく覚えておくがよい。其方が進もうとする道に立ちはだかるのは、南部でも安東でもない。奥州の歴史そのものが、其方の行方を阻もうとするじゃろう。余程の覚悟を要するぞ？」

己の道を遮る者は、仏であろうと鬼であろうと排除する。情けを捨てよ、非情になれ。千を殺し、万から恨まれ、億から嫌われる覚悟がなければ天下は取れない。

頭では解っていたつもりであるが、いざ突き付けられると戦慄せざるを得ない。この先、どれほどの人を殺すことになるのだろうか。吉松は瞑目し、険しい表情で頷いた。

七戸城城主の七戸直国は、各村の様子についての報告に歯噛みしていた。特に酷いのは七戸城の北にある野辺地である。野辺地城の築城のためにと送った者たちが、宇曽利へと逃げ出しているというのだ。それ以外にも、夜逃げした者たちが領内の村々にもいる。冷夏の影響で凶作になると思った者たちが、飢える前に新田領に逃げ出しているのだ。

「村々の監視を厳しくせよ。逃げ出す者は斬っても構わん！」

「殿。新田はどういたしましょう。逃げた村民を返せと伝えますか？」

「たわけっ！　領民すら纏められぬのかと、笑われるわっ」

領主が領地開拓に力を入れるようになるのは、戦が無くなった江戸時代の話である。鎌倉から戦国時代においては、武士は戦働きをするものであり、領地はそこに生きる百姓が耕すもの、というのが一般的な通念であった。領地を管理する代官はいるが、それは徴税と揉め事の調停（裁判）、そして治安維持が主な仕事であった。

「例年になく寒い夏のため、稲の育ちが悪うございます。このままでは戦をしようにも兵糧が足りませぬ。北殿の剣吉城では、比較的余裕があるとのことです。ここは兵糧をお借りしては？」

南部家の中でも、例外的に内政を得手とする北信愛の領地「剣吉城」では、田名部を真似て正条植えなどが行われている。それを聞いた吉松は、疑われない範囲で書状を送り、稲作の指導を行ってきた。内政に強い武将は貴重である。吉松としては、こうした繋がりを持つことによって、いずれは自分の家臣に加えたいと思っていた。

だが新田憎しで固まっている七戸直国は、新田を真似る北家に対しても、苦々しい思いを持っていた。新田の内通者ではないかと陰口を言うほどである。南部晴政が認めていなければ、戦すら仕掛けたかもしれない。

「各村からかき集めよ。今年さえ乗り越えれば良いのだ。無論、逃げることは許さぬ。宇曽利に逃げるには、有戸を通らねばならぬ。昼夜交代で見張れ」

こうした光景は、なにも七戸家だけではなかった。七戸以上に大きな領地を持つ八戸家においては、より深刻な問題が発生していた。

「宇曽利から船が来ておると？」

「はい。猿ヶ森というところから船で来たそうです。稗や粟が入った雑穀米を提供するかわりに、養いきれない領民を田名部で引き取ると申しております」

八戸行政は舌打ちした。本来ならば船ごと接収したいところである。だが南部家との五年の和睦を破れば、八戸家は糠部で生きられなくなるだろう。かといって、断るわけにはいかない。領民からすれば救いの手なのだ。それを振り払えば、一揆すら起きかねないだろう。

「弱みに付け込むとは卑怯な！」

行政はそう吐き捨てたが、他の家老たちからすれば、この話は有難かった。本来ならば、新田から兵糧が届けば内通を疑われる。八戸だから許されるのだ。書状には、別れたとはいえ実父と実兄がいる八戸の苦境を見捨てることはできぬ故、兵糧を届けると書かれてある。立派な名分であった。

「各集落から、急ぎ人を集めよ。五〇〇も送れば、新田にも不満はあるまい」

悔しがる八戸行政を無視して、家老の東重康は淡々と指示を出した。


「八戸に兵糧を届けたのですね。立派なことです」

田名部館の奥の部屋において、春乃方は安堵した表情で、吉松を褒めた。

「まぁ、タダで差し出したわけではありません。八戸からそれなりの数が送られてくるでしょう」

それでも、息子のほうから父親に手を差し伸べたことは大きいと、春乃方は思っていた。父子の断絶は、春乃方にとっては耐え難いほどに残念なことであった。「宇曽利の怪物」という呼称はともかく「父親を追い出した不孝者」と我が子が呼ばれていることを春乃方は知っていた。

母親なのである。我が子の異常性には、早くから気づいていた。おそらくあの高熱によって、吉松は死んだのだ。そしてそこに、得体の知れない何かが入り込んだ。吉松が三歳になる頃には、春乃方はそう思うようになっていた。

（貴方は、一体誰なのです？）

牛蒡茶を飲んでいる童に対して、そう問いかけてみたいと思ったことは、一度や二度ではない。

もし吉松が傍若無人な振る舞いをしていたら、自分は刺し違えてでも、この怪物を止めようとしただろう。だが実際には、自分や姉に対しては家族として接している。家中からは、御仏への信仰に近い眼で見られている。田名部の老人などは、吉松に対して手を合わせるほどだ。

「田名部のほうでは、不作にはならないのですか？」

「不作ですよ。ですが飢えるほどではありません。田名部と他の土地とでは、一反当たりの収穫量が違い過ぎます。ご安心ください……と言いたいのですが」

吉松はそう言って、肩を落とした。

「大豆も不作になりそうなんだよなぁ。味噌や醤油の他に、納豆も作りたかったのに……」

家臣たちの前では決して見せない表情を、家族に対してだけ見せる。それが、この子にとっての甘えなのだろう。春乃方は微笑みながら、息子の愚痴を聞いた。


天文二一年（西暦一五五二年）葉月（旧暦八月）、吉松が待ち望んでいたものがついに田名部に届いた。鉄砲である。

「へへへッ、苦労しましたが何とか、種子島五丁をお持ちすることができました。ですが、やはり鍛冶師のほうは……」

「良い。なまじ刀づくりに馴れた鍛冶師など、俺が考える製造工程には不要だ。鍛冶師はこれから育てれば良いのだ。よくやってくれたぞ、銭衛門」

「いえいえ。殿様が下された良銭のお陰です。アレは使えますなぁ～一丁三〇〇貫と言われたのですが、銭の出来のおかげで、なんとか二〇〇貫まで値切りました」

「クックックッ……銭など所詮は銅の塊に過ぎぬのに、それがヒトの英知の塊である鉄砲に化ける。向こうは職人が汗水たらして、丹精込めて作った品。一方のこちらは、ちょちょっと銅を加工しただけの、幾らでも作れる銭。それで交換できてしまうのだから、ボロい商売よ」

「ウヒヒッ、さすがは殿様。悪人《商売上手》ですなぁ」

「ハッハッハッ、そう褒めるな」

悪徳商人《金崎屋》と極悪大名《吉松》が、顔を見合わせてククックッと笑い合う。盛政と吉右衛門は、そうした光景に慣れているが、初めて見る南条広継は吉松の表情に思わず引いた。

(子供が悪戯を考えているという程度の貌ではない。極悪非道、卑怯卑劣。まさに悪の象徴のようなな……いや、だからこそ神童なのだ。私は決して、お仕えする主を間違えたわけではない！)

吉松としては遊びのつもりで話しており、金崎屋善衛門もそれを理解して付き合っているだけなのだが、それを知らない者からすれば、この場で極悪非道な話し合いが行われているように見えても仕方がなかった。

「それで、実際にこの種子島を撃てる者を連れてきてくれたとか？」

「はい、一名だけですが慣れた者をお連れしました」

早速、用意させる。今回は玉も火薬もすべて購入してきたものだ。新田領では硝石製造も行っており、すでに完成している。あとは鉄砲を待つだけであった。

ダァーンッ

大きな音がして、三〇歩ほど離れた的が砕ける。なるほど、中々の腕前だ。だが吉松は初見で、火縄銃の欠点を看破した。無論、それは口にはしない。田名部で秘密裏に改良すれば良いのだ。

「的が砕けるとはな。じゃが、確かに威力は強いが、使うまでに時間が掛かりすぎる。弓と比べて連射もできん。何より高い。吉松よ、これは使えぬのではないか？」

「先代様のご意見に、某も同意します。それに、中には別の理由で嫌う者もいるでしょう。古来より、戦とは己の力で武器を使いこなすものでございます。ですがこの種子島は、誰が使っても同じ。つまり人が人を殺すのではなく、武器が人を殺すというものでございます。それを卑怯と考え、嫌う者も多いかと……」

盛政の意見に広継も同意し、さらには人が武器を使うのではなく、武器に人が使われると指摘した。確かにそういう見解もあるだろう。火器の登場によって、益荒男の時代は終わった。これは東西において戦士たちが嘆いたことである。

だが吉松からすれば「それがどうした」であった。効率と成果を最重要視する吉松からすれば、刀で死のうが毒で死のうが鉄砲で死のうが、人が死ぬのには変わりはない。

「確かに一丁では、戦を変えるほどの効果はないだろう。そこでこの種子島を分解し、仕組みを標準化して量産できるようにする。最終的には数万丁を用意したい。それを一斉に発射する。当てようと思う必要はない。一定の広さの場所に、一定の間隔で、一定の量の弾を打ち込む。倒すのではなく、駆除するという考え方に近いな」

「殿……」

広継は震えた。確かに、一万でも集まれば大きな力にはなるだろう。だがそれは戦といえるのか。一方的な殺戮ではないか。武士の戦い方ではないと思った。

「確かに、これまでの戦とは姿が変わる。だが結果的には、より多くの人が死なずに済むだろう。皆、戦う前に降伏するからだ。敵も味方も死ぬことなく、戦を終わらせられるのだ」

そうかもしれない。だがそれは、種子島の力を知る者の話である。そうではない者も多いのだ。何千、何万もの種子島が待ち構えているところに、足軽隊や騎馬隊を突撃させるような愚将もいるだろう。そこに、遠方から一斉に撃ち込まれる。人が塵芥のように死んでいく……

「阿呆な者も多いからな。だがそうした殺戮をせずに済むのなら、それに越したことはない。いずれ天下泰平となれば、戦もなくなる。そうした悲劇もなくなるのだ。子のため、孫のためにあえて殺戮者と恐れられる。日ノ本の民が安寧に暮らせるようにするために、悪人の名を背負い、修羅の道を進む。そう思うと飯は喉を通らず、夜も眠れぬわ。なんとも因果なものよな」

吉松は辛そうな表情を浮かべた。だが実際にはおかわりするほど飯を喰らうし、夜はぐっすりと熟睡しているのである。毛ほども悩んでいない。戦で死にたくないのなら出てくるな。降伏して、お前の持っている土地を俺によこせ。俺が統治したほうがより多くが幸せになるのだ。吉松は一片の疑いもなく、そう思っていた。

「まさに、殿様のお考えは御仏の道にも続くものでございまするな。苦悩を持たれながらも、より多くのためにに功徳を施す。本当に殿様は、悪人《お人好し》ですなぁ」

「「ハーハッハッハッ!!」」

いつの間にか極悪な貌を浮かべていた二人が高笑いした。


「殿様、こいつは中々、厄介ですぜ？」

分解された種子島（以下、鉄砲で統一）を前に、鍛冶師たちが唸っていた。鉄砲が伝来したとき、日本には「螺子《ねじ》」が存在しなかった。だが日本で最初の鉄砲鍛冶師である八板金兵衛《やいたきんべえ》は、およそ一年で鉄砲の国産化に成功している。つまり再現は不可能ではない。

「まずは皆、同じものを作ってみてくれ。その上で、これをさらに改良する」

鉄砲の最大の欠点は構え方にある。銃床を肩に当てて安定させるという構え方ではなく、頬付け型という構え方である。これは弓と似た構え方なので、慣れた動作だという利点はあるが、火縄銃の重さはおよそ四キロあり、長時間構えることが難しい。そのため吉松は、まず構え方から変えようと考えた。

「銃床を工夫し、肩に当てて安定させるようにする。次に施条と弾丸の工夫だ。さすがに後装や雷管式は難しいかもしれないが、前装式の鉄砲でも銃身に施条し、弾丸を工夫することで、射程距離を伸ばせるはずだ」

あとは製造工程の工夫である。一人ですべてを組み立てるのではなく、それぞれが部品《パーツ》を作り、最後に組み立てるという分担式を取り入れる。また部品の大きさ、重さを規格化し、同じものは同じ大きさ、重さで作るようにする。そのためには品質を確認する道具も必要になる。

「最終的には月産三〇〇丁、年三六〇〇丁を生産できる体制を整えたい。だが施条は繊細な作業だから、時間が掛かる。普通の火縄銃にして、弾丸の工夫と早合《はやごう》だけ、先に実用化するか」

宇曽利と津軽を併せて二〇万石に届けば、動員可能兵力は常備兵だけで六〇〇〇人になる。そのうち半分に銃を持たせれば、南部の騎馬隊を相手にしても恐れることはない。和睦期間で、その体制を構築するつもりであった。

（クックックッ、鉄砲を量産できれば、もはや南部に遠慮する必要はない。まずは広い平原を持つ津軽からだな。浪岡弾正大弼を降し、石川を津軽から追い出す。野辺地を獲り、七戸を獲り、そして三戸まで一気に攻める。逆らう奴らは鉄砲で皆殺しよ。そのためには、火薬も量産せねばな）

「ついでに硝石の輸出も開始するか。畿内では硝石の需要が増しているからな。人間の糞で硝石を作って、それで新しい人間を仕入れて、その糞でまた硝石を……」

気づいたら鍛冶師たちが震えていた。吉松は己の頬を揉んで、童らしい笑顔を浮かべた。

天文二一年（一五五二年）も収穫の時期を迎えた。新田領内においては田名部の他、大畑と川内の二つの集落でも収穫が始まっている。しかし今年は、やませによる冷害があり、昨年から収穫量は大きく落ち込んだ。吉松の指示により、文官たちは各農作物の収穫量を厳密に計算している。

「やはり米の落ち込みが大きいです。昨年と比べて三割以上は落ち込んでいます。概算で二万石強といったところでしょうか。稗についてはほぼ昨年通りですが、麦は二割弱の落ち込みです」

詳細については書面で報告させ、評定では概算を共有し、今後の対策を話し合う。直近の課題は租税である。これまでの五公五民では、飢えはしないものの、民は不満を持つかもしれない。

「やはり米に関しては四公六民にすべきか？」

「殿、それは御止めください。五公五民のままにすべきです」

報告していた田名部吉右衛門が反対した。南条広継も同意した上で言葉をつづけた。

「殿は民を第一にお考えになられます。お優しい殿を得た民は幸福でしょう。ですが、優しくすることと甘やかすことは違います。一度でも四公六民にすれば、今度はそれが当たり前になります。租税はそのままにし、御家をあげて次の冷害に備えることこそが、民への優しさというものでございます」

蠣崎家随一のイケメンが厳しい表情でそう言う。南条越中守広継は、政戦両略で活躍している。織田家でいえば明智光秀か丹羽長秀といったところだろう。「逆さ水松」の逸話からも、忠義にも篤いことは疑いない。吉松としては、いずれ新田家筆頭家老になってもらいたい人材であった。

「わかった。両名がそう言うのなら、五公五民のままとしよう。それにしても、我が新田家ですらこれだ。南部家はかなりきつい状態だろうな」

家臣たちは一様に頷いた。新田とは違い、旧態依然とした農法のままで、しかも戦までしているのだ。飢えから逃れるために田名部に行くという流れは続いていたが、収穫時期になるとその数は増え始めた。

「今年の流民は、ついに二〇〇〇名を超えました。文字も書けない者が多いため、家族で逃げてきたものと単身で逃げた者を選り分け、新たな集落に送る予定です」

「単身者は船に乗せて十三湊に送れ。俺であればこの流れに乗じて、間者を紛れ込ませる。南部晴政も同じことを考えるだろう」


その南部家においても、評定が行われていた。南部包囲網を弾き返しはしたものの、当然ながら民は疲弊していた。このままでは一揆すら起きかねない状態である。

「八戸、六戸の収穫は絶望的です。七戸、五戸、三戸では昨年の半分、津軽石川城は昨年から若干の落ち込みで済みましたが、全体でみると昨年の四割というところです」

重臣たちの表情が一様に暗くなる。だが晴政は顔色を変えることなく、こう言い切った。

「租税はそのままとする。だが三戸に蓄えている備蓄米を吐き出せ。また石川にも同様の指示を出すのだ。備蓄米を民に与えよとな」

「殿、それでは万一にも攻められたら、我らは戦えませぬ」

反対する者たちに、晴政は歯を見せた。

「攻める？　どこから攻められるのだ？　連合して我らを攻めたのに弾き返されたことで、高水寺の影響力は落ちておる。戸沢はもともと、安東や小野寺と敵対しておるし、それは浅利も同じだ。あの連合は一度だけのものよ。内輪で揉め始めるに決まっておるわ。それよりも今は、民を調伏するほうが先だ。税は仕方がない。だが我らも同じように飢えと戦っている姿を見せれば、民も納得するであろう」

飢えはするが、飢え死にまではしない。我慢すれば乗り越えられるという見通しが立てば、絶望はしないだろう。

「ですが、新田がありまする。田名部新田は、攻めてきませぬか？」

「いや、それはないでしょう。約定を破棄して攻めるのであれば、斯波御所の呼びかけに応じていたはず。それに田名部は間もなく雪で閉ざされます。ここで兵を挙げたところで信用だけを失い、得るものは何もありません。新田吉松という童は、油断ならぬ相手ではありますが、約定を破るような人物ではないと思います」

北左衛門佐信愛《のぶちか》の意見には、南部家家老の毛馬内秀範をはじめとする複数の重臣たちが頷いた。もはや三戸南部家中に新田吉松を侮る者はいない。陸奥の国人の中でも、新田の力は突出し始めている。その石高は、およそ一国人のものではない。もはや大名と呼んでも差し支えないほどであった。

南部家に伍する力。取り込めなければ決戦するしかない。その覚悟は皆が持っていた。

「その新田から書状が届いておる。約束通り二〇〇〇石を送るとな。それと若い女子を一〇〇ほど送ってくれと言ってきおった。謝礼に五〇〇石を追加するそうだ」

「今はどの村でも、口減らしが行われ始めています。御家で取りまとめ、新田に送ってはどうでしょうか。米五〇〇石は馬鹿にはなりません」

米二五〇〇石というのは、二五〇〇人が一年間暮らせるだけの米の量という意味である。これが領外から実質タダで手に入る。冷害で収穫が激減した南部家にとっては、有りがたい話であった。

(新田吉松、なぜ儂の子として生まれなかった。そうなれば今頃は、檜山も高水寺も攻め落とし、奥州統一すらも狙えたものを……)

南部晴政自身でさえ、そう思うことがあった。家中では未だに、晴政の嫡女を吉松の嫁に出し、その子を跡継ぎとしてはどうかという意見もある。確かに新田家は目の上のたん瘤だが、宇曽利の怪物と呼ばれる吉松の器量は、南部晴政にも匹敵する。好悪はともかく、家中のほとんどがそれを認めていた。そして南部晴政には跡継ぎがいない。もし新田吉松が養子となり、三戸南部家の跡を継げば、糠部と津軽の国人衆は、挙って吉松に忠を誓うだろう。

「たしかに、口減らしの女子一〇〇で五〇〇石が手に入るのなら安いものよな。よし、この話は受けよう。それと、流民の中に間者を紛れ込ませているはずだが、靫負佐《ゆきえのすけ》(毛馬内秀範)よ」

「七戸、六戸の流民の中に、複数の間者を紛れ込ませました。されど、その後の連絡がありませぬ」

「その者らは信用できるのか？」

「家臣の縁者でございますれば、まず裏切ることはないかと。何か事情があって連絡ができぬのか、あるいは……」

「消されたかもしれぬな。儂も、新田の秘密を探らせようと、八戸の繋がりで仕掛けたりもしたのだがな。それほど多くのことは解っておらぬ。稲を均等に植えるだの、煉瓦とかいう褐色の石を使って壁を作っているだの、表面的なことばかりよ」

内政の情報とは、上辺だけを真似たところで効果は薄い。なぜ米を均等に植えるのか。どうやってその道具を作ったのか。そうした深い部分の情報と理解が無ければ、やませなどの非常時に対応できないからだ。

「まぁよい。新田から追加で五〇〇石を引き出せるのだ。それで十分と考えよう。それと、野辺地と田名部の間で交易を強化するのだ。新田は牛や馬匹《ばひつ》を求めておる。こちらは米や麦、酒を求めておる。商いになるだろう」

来年の収穫まで、なんとか凌げそうだ。その見通しが立ったためか、家臣の表情には穏やかさが戻っていた。

雪がちらつき始める時期となった。津軽十三湊では、男たちが半裸の状態で働いていた。土を運ぶ者、その土を押し固める者など、一〇〇〇人以上が忙しなく動いている。皆が身体から湯気を立ち昇らせていた。

「おおーい！　飯だぞ！」

山菜、根野菜、雑穀、獣肉が入った味噌雑炊が木椀に並々と盛られる。露天ではなく、鹿革や熊革で作られた「ゲル」という移動式の住居に入って食べる。寒い季節では、すぐに体温が下がる。こうした屋根付きの住居で休めるのは、賦役で働く者にとってありがたいことであった。

「おい……」

南部家によって送り込まれた間者二人が視線を合わせ、ゲルの隅へと移動する。

「連絡は取れそうか？」

「いや無理だ。ここが津軽だってことは解ったが、遠すぎる。それにもうすぐ冬だ。たとえ逃げても、凍死しちまう」

「そうだな。それに解っていないことが多すぎる。見たこともない道具を使って書付などをしていたが、何をしているのかが解らん。解ったことは、俺たちがやっていることが、岩木川という川の治水だということくらいだ」

「こうやって一日三回、腹一杯に飯を食わせてくれる。五日に一度の休みの日には酒まで出てくる。そして春になれば褒美として三月分の米や着物が貰えるし、希望すれば領内で暮らすこともできる。なぁ、俺たちはなんで、新田様を裏切るような真似をしなきゃならねぇんだ？」

「仕方ねぇだろう。兄者からの頼みだし、六戸には家族もいるんだ。俺だって、本当は逃げてぇよ」

　誰だって、心に疚《やま》しさを抱えながら生きたいとは思わない。間者二人は苦悩していた。その時、ゲルの中に人が入ってきた。現場監督という肩書を持つ男である。

「皆、よく聞いてくれ。この中には七戸や六戸から来た者も多いだろう。故郷では家族が心配していると思う。そこで、殿様がお心配りをしてくだされた。家族に手紙を出せるぞ。文字が書けない者は、代わりに書いてやる。ただし、紙一枚分までだ」

　ワッと歓声が上がる。だが新田吉松が、ただの親切心でこんなことをするはずがない。当然ながら、これには裏があった。

「中には、事情を抱えたままここに来た者もいるだろう。戻りたい者は名乗り出ろ。手紙と一緒に野辺地まで送るからな。それと、もし家族を呼び寄せたいのなら、その手筈も整えると殿様は仰っている。ちゃんと冬を越せるようにしてやるし、皆が治水したこの土地で、百姓として働くことも許してくだされた」

　歓声の中に、啜り泣きの音が混じる。やがてそれは広がっていった。吉松からすれば、間者の洗い出しと追放、もしくは取り込みのための施策なのだが、彼らからすれば「なんと情の篤い殿様だ」と感動と感謝で胸打たれても不思議ではなかった。中には手を合わせる者さえいた。

　無論、この光景を吉松が見たら「ククク、狙い通り」と内心で笑ったことだろう。人は苦痛には耐えられるが、感動には耐えられない。吉松得意の人心掌握術であった。

「おい、お前……泣いてるのか?」

「あ?　お前だって……」

二人は間者の役目を放棄することを決めた。

第六章　一所懸命

天文二一年（一五五二年）神無月（旧暦一〇月）、田名部に人質という名の留学をしていた蠣崎彦太郎およびその近習は、新田吉松の許可を得て故郷である徳山大館に戻っていた。彦太郎のみならず、長門広益、南条広継、そして頭巾を被った若武者一人が同行している。徳山大館では大評定が開かれ、蠣崎家の主だった重臣および国人たちが一堂に会していた。蠣崎家当主蠣崎季広は、両手をついて妻の死を詫びる広継をその場で許した。

「紅葉の件は残念であった。儂は来年一年間、喪に服すこととする。だが越中守よ。其方は立ち止まってはならん。其方には、やるべきことがあるはずだ」

「此度の件、すべては某の責にございます。つきましては、我が所領をすべてお返しし、田名部で一から出直したく思います」

「なんと……」

重臣たちがざわめく。季広は手を挙げてざわめきを止めた。

「某には兄弟はおらず、両親もすでに他界しております。ここにいる遠縁の籾二郎だけが我が家族。

籾二郎を弟と思い定め、田名部で出直しまする」

「そうか。其方に遠縁がいたか。籾二郎よ。儂は越中守を我が子同然と思うておった。その弟である其方もまた、我が子同然。新たな土地でいろいろと苦労するであろうが、兄である越中守を支えてやってくれ。二人とも、困ったことがあればいつでも蠣崎を頼るがよい」

「はっ……」

僅かに震えながら、およそ男とは思えぬ声が頭巾から漏れた。それだけで察した者が数名いた。だが何も言わない。所領を返上するというのは、余程の覚悟である。それに主君である季広の様子が少しおかしい。込み上げてくるものを懸命に抑えているように見えた。何か事情がある。だがこの場で聞くには憚られた。そして場の空気を変えるように、彦太郎が明るい声を発した。

「父上、私も田名部に再び戻りたく存じます。ぜひお許しください。もっとも、許されなくても勝手に出ていきますが……」

「ほう。それほど田名部での暮らしが気に入ったか？」

季広が笑いながら嫡男に田名部の暮らしぶりを聞く。

「聞くもの、見るものすべてが新しく、学びになりました。それに吉松様はとても面白い方です。モノの見方、考え方がまったく異質で、まるでこの世の者ではないような……」

「それが神童と呼ばれる所以か。新田は大きくなりそうか？」

「間違いなく。吉松様は、飢えず、震えず、怯えずという三無の旗印を日ノ本全土に広げることを目指されております。それを聞いたとき、私の胸は震えました。日ノ本の北限から始まる天下への道。私も吉松様と共に歩みたいと思います」

季広は目を細めて頷いた。広益がちょうどよいとばかりに提案する。

「どうでしょう。他の国人の方々も、田名部を一度見学してはどうでしょうか。新田の統治を見るだけでも、大きな刺激になるでしょう」

「殿。お許しをいただけるのなら、某も一度、田名部を見とうございます」

蠣崎家の重臣にして茂別館《もべつたて》を預かる下国師季《もろすえ》が名乗り出る。それ以外にも複数の家臣たちが名乗り出た。徳山大館と田名部はそれほど離れていないが、豊かさが段違いだということは皆が理解していた。遠からず、蠣崎家は新田に臣従する。ならば今のうちに新田に靡いておいたほうが良い。そうした打算も働いていた。

この光景を見ていた長門広益は、国人衆の節操の無さに呆れつつも、いずれこれが他の大名家にも広がっていくであろうことを感じていた。もし新田が南部家を飲み込めば、もはや奥州に対抗できる勢力は無くなる。檜山安東家や高水寺斯波家でも、臣従論が出るだろう。戦をせず、疲弊することなく領土を拡張し、さらに力が大きくなる。

（戦で領土を広げるのではなく、豊かさを見せつけることで戦う意志そのものを無くさせてしまう。これが、吉松様の考える戦か。だが……）

だがそれは、先を見通せる者たちの話である。実際、蠣崎家の中ですら、苦々しい表情を浮かべている者もいる。そうした者は抵抗し、いずれ自ら滅んでいくだろう。新田吉松は民に対してはどこまでも優しいが、武士に対しては厳しい。

（お家のためにも、某が緩衝となるしかあるまい。それが季広様への最後のご奉公となろう）

新時代の到来を感じつつ、長門広益はそう腹を括った。


一方、浪岡家では前当主の浪岡具永《ともなが》と現当主の浪岡具統《ともむね》の親子で、少しずつ意見の相違が表面化していた。焦りの表情を浮かべる具統が父親に詰め寄る。

「父上。何故、攻めぬのです。斯波御所様の呼びかけに応じなかったのは、まだ納得します。冷害による不作も見込まれましたからな。ですが、南部家はそれ以上に兵糧に乏しく、今であれば石川城まで攻め上れますぞ」

「あと一月もすれば雪深くなる。仮に石川まで攻めたとしても、落とすことはできぬ。獲った砦や館をどう保つのだ？　結局、捨てざるを得まい」

「ですが、我ら北畠の力を示すことができます」

「誰に？　誰に示すのだ？　よいか具統よ。時代が変わろうとしておる。もはや名門の権威は通じぬ。権威とは、相手が認めて初めて通じるのだ。南部も新田も、過去の権威を認めぬ。自らの手で権威を作り上げようとしておる。無駄に血を流すでない。今は待つのだ」

「………」

親子の意見相違は解決されることはなかった。こうした対立は当然、家中にも影響する。浪岡家重臣である多田伊賀守行義《ゆきよし》は、内密に具永のもとを訪れた。

「御前《ごぜん》様、お怒りを覚悟で申し上げます。殿のことを、今少し御信用くだされ」

浪岡具統は数え四四歳になる。嫡男も大きくなり、いつでも跡を継がせられる。だが先代である具永の影響力は依然として大きい。四四にもなりながら、未だに父親の指図を受ける。窮屈さを感じないはずがなかった。

「儂もできれば楽隠居をしたいわ。じゃが、どうも（具統は）いまひとつ煮え切らぬ。当主なのだ。いちいち儂の許可など得る必要はない。攻めるべきと思うのなら、自分で決めればよいのじゃ」

具永としては、当主が決断してやると決めたならば、たとえ自分とは意見が異なったとしても黙っているつもりでいた。だが「こうしたいがどう思うか」といちいち確認に来る。庶子であり具統の弟である河原具信のほうがマシにも思えた。

「我ら家臣が、殿をお支えいたしまする。幸い、石川左衛門尉は新田を警戒しているらしく、こちらに対しては防御を固めるだけでございます。今は御家中を一つにすることが先決かと」

「そうじゃな。儂も口煩くなっていたのやもしれぬ。少し、口を噤むとするかの」

田名部から歳暮で送られてきた牛蒡茶を口にする。体調を整える効果があるらしいが、牛蒡の風味と甘みが、具永の好みであったためよく飲むようになった。椀に入った薄褐色の湯を見ながら、多田行義に語りかける。

「のう、伊賀よ。浪岡北畠家も、先が危ういのう」

「御前様、何を仰られます。そのようなことは……」

だが具永は首を振った。浪岡家の最盛期を築いた男である。その先見性は確かであった。

「新田吉松の器量は、具統の比ではないわ。儂が死ねば、浪岡は混乱しよう。そして南部と新田に飲み込まれ、この地が戦場《いくさば》になる。半生を懸けてこの地を豊かにしたのに、それが崩れようとしておる。寂しきことよ……」

「御前様。具統様とて、決して新田吉松殿に劣るものではありませぬ。なにより我ら重臣一同、決してそのようなことは起こさせませぬ。この多田行義、身命を賭して浪岡を守りまする」

「伊賀よ、感謝するぞ」

具永は寂しそうに笑った。


具永と行義の話し合いは、人を遠ざけて行われていたはずであった。だが城内で話せば、何らかの形で伝わるものである。そしてそれが主君の批評ともなれば、大袈裟に伝わるのが「伝聞」というものだ。具統の耳には、父親が自分を廃嫡し、庶子である河原具信を当主に据えるという話が伝え聞こえた。

「なんだと、父上が……」

これが普段であれば、具統も笑って否定しただろう。自分は四四であり、嫡男も次男もいるのだ。

今さら浪岡家の当主を変えたところで、家臣も国人も認めるはずがなかった。

だが具永とは最近、意見の相違が多い。そしてその原因ともいえる新田吉松の存在が、具統を苛立たせていた。尊敬する父親が齢六歳の童を手放しで褒めた。実際、新田は数年で一〇倍以上の大きさになり、陸奥から津軽にかけて力を伸ばしている。それに比べて、自分はどうか。何をしたというのか。父親の陰に隠れて、ただ当主の席に座っているだけではないか。そう言われているような気がした。

「おのれ……許さぬぞ。浪岡家の当主は俺だ！」

鎌倉から代々続く奥州きっての名門浪岡北畠家において、大きな騒動が起きようとしていた。天文二一年（西暦一五五二年）神無月（旧暦一〇月）、雪が降り始める頃であった。


宇曽利郷（下北半島）は冬になると、一面が雪に覆われる。田名部館においても毎日のように、屋根の雪下ろしを行う。この日、吉松は雪下ろしと館内の掃除を指示していた。

蠣崎家に戻った連中のうち、南条広継と宗継の「兄弟」は、一足先に田名部に戻ってきている。蠣崎彦太郎と長門広益は、蠣崎家の重臣たちと今後について話し合うため残った。十三湊の守りが薄くなるが、この真冬に兵を起こすような馬鹿は津軽にはいない。岩木川の治水工事も冬場は休みとなり、十三湊の整備が賦役の中心となる。

真冬は雪との戦いになる。そのため他家に戦を仕掛けるような余裕はない。この思い込みが吉松の中に一種の弛緩を生んでいた。

キキキュッ
鳴き声のほうに顔を向けると、真っ白なイタチが走っていた。イイズナである。可愛らしい外見だが気性が荒く、飼いならせるものではない。

「そういえば、イイズナを飼いならす者がいると聞いたことがあるな。飯綱使いと呼ぶそうだが。一度調べてみるか。イイズナを飼えれば、姉上も喜ぶだろう」

餌付けに焼いた肉でも与えてみようかと暢気に考えていた時に、田名部館に急使が駆け込んできた。やがてドタドタと盛政が駆けつけてくる。

「御爺、齢を考えろ。そんなに慌てて息切れさせて、心の臓が止まったらどうする？」

「吉松よ、それどころではないわ。一大事じゃ！」

「なんだ？　銭衛門の船が沈んだりしたのか？」

「違うわいっ！　な、浪岡が、浪岡が兵を挙げおった！」

「……は？」

吉松の頭が情報の受け入れを拒否した。いやいや、兵を挙げるって、もうすぐ師走だよ？　津軽地方だって一面が雪でしょうに、兵を集めてどこを攻めるっていうの？　というかそもそも雪深くて攻められないでしょ。兵たちが凍傷になるぞ。

「十三湊から急使じゃ。おそらく、すでに石川城にまで達しておろう」

「どういうことだ？　浪岡弾正大弼の考えか？　いや、内政を第一に考えるあの老人が、こんな無茶をするはずがない。率いている将は？」

「藤崎玄蕃《げんば》、水木兵部尉《ひょうぶのじょう》が出ておるそうじゃ。じゃが一門衆の河原具信が出ておらぬ。また、家老の多田伊賀守もじゃ」

「河原と多田が出ていない？　それはおかしい。石川城を攻めるのであれば、浪岡も全軍を出す必要があるはず。何を考えている？」

吉松の脳裏に河原御所の乱という言葉が過った。浪岡具統の嫡男である具運《ともかず》と、具統の弟である具信の争いである。だが浪岡具永は未だに健在であり、そんなお家騒動が起きるとは思えなかった。

「情報が足りない。諜報部隊の整備を急がなかった俺の手落ちだ。御爺、今は動けぬ。南条越中を十三湊に送って指揮をとらせる。とにかく守りを固めるのだ」

「相解った」

こうして、後に「浪岡御所の変」と呼ばれる一連の騒動は、天文二一年の霜月（旧暦一一月）の末に起きた。事情が不明なため、新田はとにかく守備に徹した。一方、石川城では新田よりも早く、かつ正確な情報を摑んでいた。

「まさかこの時期に兵を起こすとはな。それで、数はどの程度だ？」

「およそ一五〇〇が平川を越えてこちらに進軍中とのことです」

「一五〇〇でこの城を落とせると本気で考えているのか？　具永殿も不肖の倅を持たれたものよ」

「殿、どうされますかな？」

石川家家老の金沢円松斎《かなざわえんちくさい》が楽しそうな表情で笑う。名前から解る通り、元々は僧侶であるが、自らを生臭坊主というほどアクが強く、石川家の外交と内政を担っている。

「放っておいてもよいとも思うが、民を苦しめるわけにもいくまい。迎え撃とう」

「殿、某にお任せくだされ。兵は五〇〇もあれば十分です。倅に戦を経験させる良い機会です」

長嶺《ながみね》左馬助《さまのすけ》将連《あきつら》が進み出た。元服したばかりの七右衛門将輝《あきてる》と共に出たいという。

「よし、任せる。奴らはこの雪の中を進んできた。すでに疲弊しておろう。一当てすればすぐに崩れる。無理はするなよ。こんな下らぬ戦で兵の命を無駄にするでない」

石川高信の見立て通り、浪岡軍は簡単に蹴散らされ、這う這うの態で逃げていった。そもそも戦の目的そのものが不明確なのである。ただ戦いたかっただけにしか見えなかった。

「奴らは一体、何をしに来たのだ？」

長嶺左馬助が首を傾げたのも、無理からぬことであった。城に戻ると今後の対応について協議する。長嶺は強行軍を主張した。

「ここは勢いに乗じて追撃しましょう。いま浪岡を攻めれば落ちるのは必定！　これを機に、津軽全土を手中に！」

「いやいや、待て待て。すると今度は、我らが先ほどの連中と同じになるぞ？　兵糧も不足しておる。それに大浦、相川とも連絡を取らねばならぬ。ここは動かぬほうが良い」

結局、高信は金沢円松斎の慎重論を採用した。城内の兵糧が不足気味なのである。現実的に考えても、ここで仕掛けるというわけにはいかなかった。

一方、先陣として雪の中を進軍させせられ、一方的に蹴散らされた藤崎玄蕃、水木兵部尉は、憤懣やるかたない思いであった。浪岡から一方的に出陣を命じられ、何とか兵をかき集めたのである。戦をするならもっと早くに決断をすべきであった。なぜ冬になってから戦をするのか。国人二名のみならず、兵たちまでそう思っていた。

だがその不満は、浪岡城に到着したときに驚愕、そして怒りへと変わった。先代であり実質的な当主である浪岡具永は既に亡く、それればかりか重臣の多田伊賀守まで殺されていた。すべては当主、浪岡具統の判断である。具永の弟である河原具信は、河原館において門を閉ざしていた。つまり、浪岡家の御家騒動に巻き込まれたのであった。

「ふざけるな！　我らは親子喧嘩に巻き込まれた挙句、起こさなくてもよい兵を起こし、いたずらに命を散らさせたというのか！」

二人の激怒はもっともなことであった。具統としては、自分よりも父親を評価している二人が戦っている間に、決着をつけたいと思っていたのだ。最初は父親に浪岡城を出てもらい、十三湊あたりで隠居してもらおうと考えていた。しかし話し合いは徐々に過熱し、ついには具永が、吉松を見習えと言ってしまったのだ。父から評価されないことに劣等感を覚えていた具統は、この言葉に激昂し具永、そしてその場にいた多田伊賀守を殺害してしまったのである。

この報せは、師走も末に近づいた頃に、新田にも届いた。吉松は首を振って肩を落とした。もうすぐ齢七歳になるが、やけ酒を飲みたい気分だった。

「これで浪岡は草刈り場となる。我らはなんとか五所川原までは押さえたいが、肝心の浪岡城は石川左衛門尉の手に落ちるかもしれぬな」

十三湊を押さえているとはいえ、石川左衛門尉には大浦、相川、板垣、土岐などの国人衆もいるのだ。十三湊とは軍事力が違い過ぎる。

「殿、ここは調略を仕掛けてはいかがでしょうか？」

腕を組んで悩んでいたところに、本件を報告しに来た南条籾二郎宗継が、一つの策を提案した。


浪岡城の南にある河原御所では、城主である河原具信が書状を読んでいた。目の前には十三湊から密かに訪れてきた男がいる。男とはいっても、その見た目は見惚れるほどに美しく、化粧をすれば女にしか見えないだろう。衆道の床に誘いたいと思ったほどだが、さすがに他家の臣にそのような真似はできない。

「それで、兄上を十三湊であずかると？」

「はい。僭越ながら現在、御当家はどう着地をつけるかでお困りのはず。弾正大弼様（浪岡具永のこと）を手に掛けた具統様を、お認めになられないという重臣の方々も多いのでは？」

「当然だろう。俺とて同じよ。父上は浪岡北畠家をここまで大きくした大人物ぞ。意見の違いがあろうとも、怒りに任せて手に掛けるなど許されることではないわ！　それをあのたわけ者が……」

具信は口を極めて、兄である具統を罵った。具信は気質としては武人であり、政事には向かない。だが武人らしい果断さがある。そうした決断力は、兄である具統より上であった。

「そこで、御嫡男の具運様にご当主となっていただき、具信様がその後見となられてはいかがでしょうか。跡をお継ぎになられるとなると、官位も必要かと存じます。朝廷への品々は、新田家でご用意いたしましょう」

「ほう。そして兄上には隠居の上、十三湊で暮らしてもらうと。それで、新田になんの得がある？」

なんの見返りもなしに気前よく大金を支払う者などいるはずがない。いくら武人気質とはいえ、その程度のことは河原具信にも解っていた。使者として河原御所を訪ねた南条糀二郎宗継は、その美貌に微笑みを湛えた。具信は思わず唾を飲んだ。

「新田はいま、岩木川の治水に力を入れております。弾正大弼様にはお力添えをいただいておりました。具運様がご当主になられた後も、引き続き人集めにお力添えいただきたいことが一つ。もう一つは五所川原を境とし、津軽北部を新田領としてお認めいただきたく存じます」

「津軽北部か……」

悪い話ではないと思った。津軽北部は檜山安東氏の影響下にあったが、近年ではそれが弱まっていた。浪岡具永は五所川原に館を設け、以南の開発に力を入れていた。津軽北部は稲作が難しく、放置していたのである。新田がそこを領すれば、浪岡の北部は安定するし、十三湊を使った交易の利も見込める。

「俺としては、異論はない。だが事は慎重を要する。まずは家中を纏めることが先だ。年明けに改めて、詳しく話し合いを行いたい」

「承りました。戻って主君に、そう伝えます。どうかご武運を」

男装をしているが、所作の端々に色香があり、声は完全に女のものだ。次会ったときは床に誘おう。具信はそう思った。

吉松は天井を見つめていた。田名部館の外は極寒、吹雪である。だが室内は、炭団が温もりを与えてくれるため、それほど寒くはない。ヒヤリとした手が吉松の額に当たった。それが存外心地よく、吉松は目を閉じた。

「殿様、悩んでる？」

蝦夷と和人との間に生まれたアベナンカの膝枕で、吉松は考え事をしていた。別にアベナンカと特別な関係というわけではない。そもそも、ようやく齢七歳になろうかという吉松には、そうした関係は無理というものである。単純に、アベナンカが暇そうだったからという理由と、いま作ろうとしている「そば殻枕」の参考とするため、女性の膝枕の感覚を確かめているだけだ。だが考え事は別の方向に及んでいた。

「俺は少し、調子に乗っていたのかもな」

蠣崎と浪岡を臣従させ、南部家に対抗する。経済力と武器の質で南部家を追い詰め、南部晴政に隠居させる。俺が娘を嫁に娶っても良いし、一門衆の誰かを傀儡にしても良い。いずれにしても南部を臣従させれば、五年以内に奥州は制覇できる。そうなれば次は関東と北陸だ。四〇年以内に日本を統一できる。そう考えていた。だが現実は、最初の一歩から踏み外している。何度も経験してきたはずなのに、現実は甘くないということを、精神年齢八〇近くで再び思い知った。

「殿様、大丈夫？」

「ん？　あぁ、すまんな。少し落ち込んでいた。アベナンカには安心して愚痴れる」

「難しいことはわからない。でもカムイノミはきっと届く。元気出して」

カムイノミとはアイヌの祈りのことである。吉松は今回の浪岡の変で死んだ浪岡弾正大弼具永のことを考えた。惜しい人物を亡くしたと思った。この北限の地で、あそこまで浪岡家を繁栄させたのである。並の内政力ではない。史実では、あと一〇年近くは生きるはずであった。せめて新田が大きくなった姿を見てから、死んで欲しかった。

（浪岡北畠家で見るべき人物など、他にいるか？　河原具信は確かに勇将かもしれないが、その程度なら他にもいる。というか俺は個人の武力など認めん。鉄砲一〇〇丁の斉射を前に、それでも生き残れたら別だがな）

思考は鉄砲へと切り替わった。田名部では金崎屋が運んできた鉄砲を分解し、それを参考に鉄砲製造方法を確立させ、すでに二〇〇丁以上を製造している。だが吉松は、それは過程に過ぎないと言い聞かせていた。他家と同じ武器を持ったところで意味はない。その武器を遥かに凌ぐ性能を有したときに、圧倒的な競争優位性を確立することができる……

再び、額が撫でられた。心地よいと思った。吉松は、考えることを止めた。


一方、浪岡城においては深刻な対立が発生していた。先において、無駄に血を流させられた藤崎玄蕃、水木兵部尉は無論のこと、奥寺、朝日、強清水といった重臣たちが次々と離反してしまったのである。彼らは皆、土地を持ち、そこに館を構える国人たちである。浪岡北畠家という名門と、具永という傑物に忠誠を誓っていたのだ。

「彼らはなにも、浪岡家を見限ったわけではない。ただ、先代を手に掛けた者を許してはおけぬ、とてもついていくことはできぬと言っておるだけだ。新田は十三湊に隠居用の屋敷を用意すると言っている。ここは家を残すことを第一に考えるべきではないか？」

実弟である河原具信が、当主の浪岡具統に説得を図る。すでに周囲はみな離反してしまったのだ。このまま春になれば、石川城から攻められる。その時に彼らがどう動くか解らないというのである。

「ふざけるな！　俺は、俺は……」

おこりのように震える具統を見て、具信は内心でため息をついた。具統がすべて悪いというわけではない。責任の一部は実父である具永にもある。自分の目から見ても、父は巨人であった。嫡男としての兄の重圧は、想像を絶するものであっただろう。

兄とて、昔からこうだったわけではない。利発で弁も立ち、教養もある。公家から褒められるほどに礼法にも精通している。幼き頃の具信は素直に、兄を尊敬していたのだ。

その兄が変わったのは、当主となってからだ。父の眼を気にしすぎると思っていた。父は隠居した段階で、浪岡城を出るべきだったのだ。そうすれば兄も少しは、背骨がしっかりしたであろうに。

「兄上よ。もし十三湊が嫌だというのなら、俺のところでも良い。隠居して城を出ろ。具運も二一になる。もう立派な大人として自分で考え、判断することができる。具運に任せるのだ。兄上が抱えてきた苦悩を、息子にまで背負わせるのか？」

具統の震えが止まった。がっくりと肩を落とし、嫡男である具運を呼んだ。

結局、浪岡城の混乱に決着がついたのは、年を越えて天文二二年（一五五三年）になってのことであった。当主の浪岡具統は隠居し、実弟である河原具信がいる河原館に入る。新しい当主は、具統の嫡男である浪岡具運となり、具信が後見する。浪岡北畠家にとっては無難な着地であったが、吉松からすると一つの誤算があった。前当主の具統が十三湊に来ないことである。

「さすがに他家に世話になるということを避けたのでしょう。具統殿は現当主である具運殿の実父。浪岡からすると人質にもなりかねません」

十三湊から報告に来たのは南条籾二郎であった。年明けの再交渉は、兄である南条越中守広継が担っている。籾二郎自身が、兄に頼んだらしい。理由を聞くと、ただ右手で左腕の上腕を押さえた。それだけで吉松は何となく察した。

「しかし、具統も馬鹿な奴だな。自分で自分の寿命を縮めるとは……」

吉松は牛蒡茶を飲みながら呆れたように笑った。籾二郎が首を傾げる。男になってから女らしく見えるとは一体どういうことだろうかと思いながら、吉松は説明した。

「このままでは、恐らく一年以内に具統は殺されるぞ。御家騒動の種だからな。十三湊に来れば、飢えない程度の捨扶持を与えてやったものを」

籾二郎は一瞬呆気にとられて、そして頷いた。混乱を起こした張本人、それも前当主である。生かしておく理由が無かった。体制が整い、朝廷に向けて使者が出る直前辺りで死ぬだろう。御家騒動自体を無かったこととして、臆面なく朝廷に官位をねだるに違いない。

「まぁいい。最低限の着地をつけた。これで曖昧だった浪岡との境も決まった。後は口実だけだな。別になくてもいいが……」

「殿？　まさか、浪岡を御攻めになられるのですか？」

「攻めない理由があるか？」

「朝廷への使者に持たせる土産を用意するというのは……」

籾二郎は、何か恐ろしいものを見るような瞳を吉松に向けた。吉松は苦笑して右手に顎を乗せた。

「あのなぁ籾二郎。俺が浪岡を攻めずにいたのは、浪岡具永という傑物がいたからだ。老人ではあったが、まだまだ長生きしそうだった。だから攻めるよりも取り込むことを考えた。しかし具永は死んだ。具統も消える。残るのはいきなり据えられた若い当主と、纏まりのない小さな国人たちだ。今なら簡単に食い殺せる」

そして表情を暗くし、薄笑いを浮かべた。

「朝廷への土産という話は、攻める口実にするための撒き餌よ。用意はするさ。だが新田の名で用意する。浪岡の使者に持たせる必要などない。どうせ使者など出ないのだからな。今は乱世。食えるときは迷わずに食う。それが掟よ」

籾二郎はゾクッと震えた。そして思った。これが神童、新田吉松の正体。なんという頼もしさなのだろうかと。

「そうか。兵糧はギリギリの状態か」

「は、残念ですが他を攻める余裕はありませぬ」

金沢円松斎の報告に、石川左衛門尉高信は舌打ちした。

「我らは今年の収穫まで兵を起こせぬ。新田が、この間隙を見逃すはずがない。今の浪岡は狩場よ。恐らく夏までに、浪岡に向けて兵を動かすだろう」

「やはり新田が動きますか」

「新田吉松は約束を守る男だが、甘い男ではない。新田と浪岡との間に不戦の盟があれば別であろうが、そのようなものはあるまい。賦役で協力するという程度の繋がりであろう。ならば攻めぬ理由がない。口実は何でもよい。賦役の約束が破られただの、具永殿との約束と違うだの、適当にでっち上げることさえできる。実際、残された者たちで、弾正大弼殿と同じ統治ができるとも思えんからな」

「齢七歳で、そこまで……」

金沢円松斎は呆れたような、あるいは恐ろしい何かを見ているかのような表情を浮かべた。高信の表情も厳しい。今年中に、浪岡は新田に飲み込まれるだろう。そうなれば南部はいよいよ、新田と直接、対峙をすることになる。檜山安東や独鈷浅利も新田に呼応して動き出すだろう。津軽を失うかどうかの瀬戸際となる。

「雪解けと共に、三戸に向かうぞ。兄上に相談しなければ」

津軽が、風雲急を告げ始めていた。

火縄銃の殺傷能力が低いというのは、施条式洋式銃を前に旧式の火縄銃が敗北したという幕末の出来事から生まれた「勘違い」である。実際の威力は、鎧を簡単に突き抜け兵を殺傷することができる。江戸時代、具足職人たちが試し胴というパフォーマンスを行い「火縄を防げる」と喧伝したりもしたが、これは火薬量を減らしたインチキであったというのが現在の定説である。

また、次弾発射までの時間についても、熟練度によって大きく変わるため一概には言えない。二一世紀に行われた実験では、早合を使わない通常の装塡方法でも、熟練者は二〇秒で装塡を完了させられる。これに早合を組み合わせると、装塡速度は平均で九秒となった。また長篠の戦いで有名な「三段撃ち」では、平均で七秒となる。具足を撃ち抜ける有効射程距離は一〇〇メートル～二〇〇メートルだが、これは口径の大きさで変わる。多くの場合、二匁半～六匁（口径約一二ミリ～一六ミリ）であったが、この場合は一〇〇メートル以上離れていても、厚さ一ミリの鉄板を撃ち抜ける威力を持っていた。

しかし、当然ながら熟練するためには練習が必要であり、そのためには大量の火薬を必要とする。しかし日本には硝石鉱山が存在せず、海外からの輸入に頼らざるを得なかった。雑賀衆が硝石を作っていたという話もあるが、これは歴史的証拠が一切なく、海運を営んでいた雑賀衆が比較的容易に火薬を手に入れられたということから生まれた空想に過ぎない。

鉄砲の有効性は当時の大名たちも認めるところではあったが、鉄砲自体が極めて高価で、しかも調練や実戦において多額の資金を要したことから、使いたくても使えないというのが実情だったのである。

ダダーンッという大きな音と共に煙が立ち込める。一〇〇人による鉄砲の一斉射撃だ。打ち終わると下がり、早合で装塡を完了した後方の一〇〇人が前に出て再び撃つ。これを繰り返すことで習熟度を上げ、強力な鉄砲隊を完成させる。

「今は丸い弾を使っているが、そのうち先端を尖らせたものを使うようになる。施条銃といってな。八角形を捩じったような芯鉄を型に鍛造することで、銃身の中に弾の通り道を作る。すると弾はグルグルと回転しながら打ち出される。軌道が安定し、狙いやすくなる。いまどれくらいの捩じれが良いか、芯鉄を複数用意して試しているところだ」

だが盛政には、吉松の言葉が聞こえていなかった。目の前の射撃が、実際の戦場で行われたらと考え、寒い思いをしていたのだ。

（これはもう戦ではない。歴戦の益荒男も百姓上がりの足軽も関係なく、ただただ死んでいく。まさに殺戮よ。吉松は戦そのものを変えようとしておる）

祖父の心境を悟ったのか、吉松は真面目な顔になった。

「御爺、俺は御爺たちの戦を否定はせぬ。鬨の声をあげ、弓と槍で戦い合い、時には一騎打ちもする。戦いの中で益荒男同士、互いを認め合い、奇妙な心契が結ばれる。そうした古き良き時代は確かにあった。九郎義経（源義経）の八艘飛び、小太郎義貞（新田義貞）の朝駆けなどの逸話も残った。だが時代は変わった。この種子島は必ず普及する。俺がやらずとも誰かが、戦の形を変えるだろう。ならば俺がそれをやる。虐殺者、卑怯者と罵られようとも、己が野心のためにやる。それが結果的に、日ノ本のためにもなるのだ」

個人の武力や天才的な直感などでは覆しようのない戦い。兵器の数量と兵の習熟度、そして後方の生産力。戦場という限定された場所での争いではなく、国と国との総合力での戦い。抗いようのない現実を突きつけられた盛政は、寂しそうに頷いた。

天文二二年（西暦一五五三年）如月（旧暦二月）、石川左衛門尉高信は雪解けを待たずに三戸城へと急いでいた。新田が進めている岩木川治水で、浪岡がごねているという噂が出たのである。五所川原から十三湊までの治水ということは、つまり新田領の治水ではないか。費えを新田が受け持つといっても、浪岡にはなんの利益もないではないか。新田は浪岡にも謝礼を払うべきだ。

この噂が聞こえたとき、高信は新田の謀略であることを確信した。現時点では、浪岡が新田と事を構える必要などどこにもない。むしろ新田との繋がりを強め、家中の安定を図るべきである。その程度のことは浪岡家の家臣たちでもわかるはずである。噂の出どころは新田に違いなかった。それはつまり、戦が近いということを意味していた。

「兄上、このままでは浪岡は新田に飲み込まれまする。すぐに戦とはなりませんでしょうが、新田を止めるには、例の件を考えるしかありませぬ」

南部晴政の嫡女である桜姫と、新田吉松との婚姻である。縁戚となれば、さすがの吉松も南部家に手を出すことはできないだろう。その間に檜山を獲り、新田を完全に封じ込める。これが石川高信の策であった。だが問題は、吉松と桜との間に男子が生まれた場合である。南部晴政には嫡男がいない。晴政にとってその孫は、南部家相続の候補になる。晴政が生きている間は大丈夫だろうが、あと二〇年経てば晴政は五〇をとうに越えている。その時、吉松はまだ二七である。晴政亡き後、新田が南部を飲み込む可能性は十分にあり得た。

「ならん。仮に新田が浪岡を得たとしても、石高は二〇万を超える程度だ。我らは浅利、安東に全力で当たる。檜山まで得れば五〇万石となろう。そして新田に決戦を挑む」

新田が屈し、乞うのであれば嫁に出しても良い。だがこちらから折れる気は毛頭ない。それは新田に負けたことを意味する。少なくとも晴政はそう捉えていた。

（決戦の末に儂が敗れたときは仕方がない。あの小憎らしい怪物に、南部家を託しても良い。だが儂は負けぬ。南部家の力を結集させ、必ずやあの小僧を叩き潰す！）

包囲網を弾き返したことで、陸奥における南部家の統制は強まっている。今であれば、三戸南部家を中心とした集権体制を築くことができる。南部晴政にはそうした自信があった。

「ならば某も、津軽において新田を抑えまする。兄上は心置きなく、浅利に当たられませ」

たとえ石高で上回ったとしても、あの神童に勝てるかどうか、高信には読めなかった。ならば自分は、この偉大な兄をどこまでも支えるのみ。そう腹を括った。

河原館に隠居した浪岡具統は、憑き物が落ちたような気持ちであった。そして自分が仕出かしたことの重大さに気づき、愕然とした。自分が、浪岡の窮地を作ったのである。

「俺は、なんということを……」

浪岡家を取り巻く状況は逼迫している。そのため葬儀すら行われていない。具統は仏間で両手を合わせて瞑目し、父に詫び続けていた。自分は遠からず死ぬだろう。だが切腹は許されない。離反した国人たちを纏めるためにも、罪人として斬首されねばならない。未だ永らえているこの命が、浪岡家の役に立つのならば、喜んで首を差し出そうと思っていた。

「申し上げます。城下で、不穏な噂が流れております」

未だ自分に仕えてくれている者が、そう報せてくれた。聞いたときに、それは新田の策謀だろうと察した。新田吉松の器量は、自分の比ではない。父が亡くなったいま、浪岡を攻めない理由などないのだ。遠からず、新田は戦を仕掛けてくる。

（新田と争えば、戦にすらなるまい……）

父の言葉を思い出し、その通りだと思った。兵の数では伍するであろうが、新田は一つに纏まっているのだ。国人がバラバラに動く浪岡など、勝負にならないだろう。

「残さねばならぬ。北畠顕家公から続く浪岡の家を、なんとしても残さねばならぬ……」

すべての責は自分にあるのだ。ならば自分が、この命を新田に差し出す。城も土地も取り上げられるかもしれない。だが家だけは残さねばならない。それが、親不孝をした愚かな自分にできる、唯一の贖罪なのだ。

閉じていた目を開く。そこには父の陰で怯えていた男ではなく、死を覚悟した益荒男がいた。

「このような根も葉もない噂、我らは一向に関知しておりませぬ」

十三湊においては、浪岡からの使者が汗を流していた。噂を流した張本人である南条越中守広継は、涼しい顔で頷いた。

「我が主君は、そのような噂を信じるお方ではありません。ですが、約束していた人夫に満たぬご様子。こちらは御当家を信じて、支度金や扶持米まで其方にお渡ししているのです。それは横に置いたとしても、このままでは賦役に影響が出てしまいます」

「それは……当家においては先の事情もあり、人手を集めるのも難しく……」

不穏な噂と浪岡城で起きた混乱は、庶民にも伝わっていた。戦になるやもしれぬという状況では、人手が集まらないのも仕方のないことであったが、それは新田が関知するところではない。

「約定では、この春に朝廷への使者を送り出し、その際の土産は当家が用意するということでした。すでに昆布、塩鮭、炭団や焼物などなどを準備しております。これから温かくなる季節。遅れれば傷む品も出てくるでしょう。いつ頃に使者を出す御予定か?」

「しばし、今しばし……」

若い新たな主君は統率力が欠ける。また具永によって纏まっていた国人たちも、その心が離れ始めている。この状況で朝廷への使者というのは難しかった。だがそれも、新田の関知するところではない。

「仕方がありませんね。主君にはそう伝えましょう。されど、こちらも準備というものがあります。

お急ぎくだされ」

広継はさも仕方がないという仕草で、使者の言い訳を受け入れた。無論、これはわざとである。新田は甘い。そう思わせれば次からは使者すら送ってこなくなるだろう。案の定、それから一月、なんの連絡もなかった。そして弥生（旧暦三月）を迎え、徳山大館から蠣崎彦太郎、長門広益、そして下国師季が十三湊にやってきた。役者はすべて揃った。

「ふざけた話よのう。こちらは米や酒、着物まで先に渡しておるのだぞ？　都への手土産なども用意しているのだ。それなのに約定を守らないばかりか、言い訳の使者すら送ってこぬ。新田は舐められておるわ。もはや浪岡への配慮は無用ということよな？」

彦太郎たちへの歓迎もそこそこに、十三湊の館において大評定が開かれた。彦太郎と下国師季は見学ということで発言はしないが、齢七歳の童が発する怒気に息を呑んだ。

（なるほど……藤六殿《長門広益のこと》が主君と仰ぐだけのことはある。これが齢七歳とは、とても信じられん。なんという頼もしさか）

パチリッ、パチリッ
吉松は越前から仕入れた扇子を二度開閉し、立ち上がった。

「亡き弾正大弼殿との約定は破られた。遠慮は無用！　浪岡を一気に喰らい尽くす！」

「「「ハッ」」」

広益、広継の貌が戦人のそれに変わっていた。自分も……師季の中に滾りが込み上げていた。

津軽半島は、その東に津軽山地という山地を持ち、中央には岩木川が流れる広大な平地を持つ。岩木川の治水が完了している現在では、津軽平野は米の一大生産地となっているが、戦国時代では萱が茂る湿原が地平の彼方まで続いていた。十三湊は古来、北日本交易における重要拠点であり、岩木川の水運も発達していたが、蠣崎蔵人の乱以降は急速に衰退し、この広大な湿原は手付かずのまま放置されていた。

「なんとも勿体ないことよな。時間は掛かるであろうが、いずれ俺が、津軽を一〇〇万石の土地に変えてみせよう。そのためにもまずは浪岡よ。浪岡の土地をすべて我がモノにしてくれる！」

十三湊から五所川原まで続く下《しも》ノ《の》切通《きりどおり》を南下する。津軽半島中央を縦断する交易街道だ。やがて五所川原と呼ばれる平地に到着する。治水工事のために集落が形成されており、浪岡攻略の拠点となる場所であった。

「五所川原の東に、飯詰《いいづめ》館、原子《はらこ》館があります。檜山安東がいた頃より、浪岡の北方を守っていました。まずはこの二つを落とすべきでしょう」

集まった兵力は一八〇〇、そのうち八〇〇が常備軍であり一〇〇〇は臨時で集めた農民兵である。浪岡が本気になれば三〇〇〇は兵が集まるだろう。野戦でまともにぶつかれば、勝つことは難しい。

当然、その疑問は見学として参戦している蠣崎彦太郎や下国八郎師季も抱《いだ》いていた。

「そうだな。こちらが軍を動かしたことは浪岡も承知のはず。そろそろ来るだろう」

陣を置き十三湊からの物資を集積していると、浪岡からの使者がやってきた。赤松隼人、浪岡の準家老ともいえる家臣である。整然とした陣と大量の物資に赤松隼人は頬をひくつかせた。

「俺が新田吉松である」

「浪岡具運が臣、赤松隼人でございます。これは一体、いかなることでございましょうか？」

「いかなることか、見てわからぬか？」

吉松は三〇前後と思われる目の前の男に対して、逆に問いかけた。

「浪岡では、すわ戦かと騒ぎになっております。新田家と当家とは、治水賦役で共に力を合わせてきた間柄、このような騒ぎは両家にいらぬ不和を……」

「その通りだ。解っているではないか。戦よ！」

隼人の言葉を遮り、吉松は大声で返答した。

「この一月、俺は待った。岩木川の賦役も、新田家のほうで人を集めた。朝廷への手土産が腐ろうとも、きっと浪岡から何かしらの使者が来る。そう信じていた。だが一向に来ぬ。お前たちは新田を舐めているのだろう？」

「いえ！　決して、決してそのような……」

「というのは表向きの理由よ。実際のところはな、浪岡の土地を取り上げに来たのだ。浪岡弾正大弼具永亡きいま、お前たちにこの肥沃な津軽の土地は勿体ない。よって、その土地は余すところなく新田が没収する。いま降伏するのならば、石高と同等の禄で召し抱えるぞ？」

「なっ……」

隼人は絶句し、そして怒りの表情となった。無茶苦茶な論理である以上に、この言葉の裏を察したからだ。年明けから浪岡に広がった根も葉もない噂は、新田が仕掛けたことであった。すべては口実づくりのため、この侵略のためだったのだ。

「……見たところ御手勢は一五〇〇を超える程度、その程度で当家に勝てるとお考えか？」

「決裂だな。急ぎ浪岡に戻り、兵を整えられよ。この五所川原で決戦といこうではないか。すべての国人たちを集めよ。そして、一人でも多くの兵を集めてくるのだぞ？」

吉松の笑い声を背に、赤松隼人は浪岡城へと急いだ。


吉松の挑発は当然、浪岡家中を激怒させた。河原具信以下、主だった家臣たちが一斉に立ち上がり、出陣する。同時に、五所川原の東にある飯詰館と原子館からも兵が出た。朝日高義、奥寺万助、金木弾正忠、源常顕忠など家中のほとんどが出陣する。多田家は、嫡男が元服していないということもあり兵を出せなかったが、それでも二八〇〇名の兵が五所川原に集結した。

「殿。敵は三〇〇〇弱、このままぶつかれば当方が不利です。どうされますか？」

「越中守、解っているはずだぞ？」

「では、最後の仕上げを……」

およそ四〇〇間（七〇〇メートル強）を挟んで両軍が対峙する。その間を背に白旗を刺した一騎が駆けた。浪岡軍に矢文を放ち、自陣へと戻っていく。文は直ちに、本陣へと運ばれた。

「これは……」

浪岡家当主浪岡具運は、文を読んで手を震わせた。河原具信がその文を読み上げる。

「まずは弾正大弼殿の御逝去を心よりお悔やみ申し上げ候。一所懸命を心得し方の御逝去を新田吉松は深く痛み候。然るに残されし者たちは、民を富ます術を知らず、それを学ぼうとする意志を持たず、ただ漫然と弾正大弼殿の遺産を食い潰すだけの輩に見え候。新田家は飢え、震え、怯える浪岡の民を見るに忍びなく、ここに兵を起こし候。一所懸命の心得を僅かでも持つならば、すべての所領を新田に明け渡し、降伏することを心より御勧め申し上げ候。なお、降伏勧告は二度目故、三度目はないものと心得て頂きたく候……なんだこれはっ！」

激高した具信は、文をビリビリと引き千切った。要約すると「お前らは土地を治められない無能なんだから、新田にすべて渡せ」ということである。国人に対して、いや武士に対しての最大級の侮辱であった。当然、各国人たちは激怒し、それぞれ兵を率いて出陣する。戦術も策もない。ただ自分の兵を率いて突撃するだけだ。奇異にも見えるが、これが当時では当たり前の戦い方であった。

「ハハハッ、阿呆どもが……越中守、頼むぞ」

「ハッ！」

南条越中守広継は、最前線に出た。一〇〇名の鉄砲隊が三段、計三〇〇丁が待ち構える地獄の入り口に、浪岡軍が殺到する。

「距離一〇〇間を切ったところで斉射する。引きつけるぞ！」

萱が覆いしげる平原を足軽たちが駆けてくる。鉄砲隊はじっと敵が来るのを待ち構えた。そして一〇〇間を切った時、広継の鋭い声が響いた。

「撃てぇっ！」

音が轟き、中には立ち止まる兵士もいた。だが大半は無我夢中の状態で、そのまま駆け続ける。再び音が響く。そしてまた音がする。さすがに異変に気づき、浪岡軍が止まった。

それは異様な光景であった。兵士たちは進んでいるはずなのに、敵陣に五〇間以上近づいて倒れている死体がほとんどないのである。

「な、なんだ？　何が起こっている？」

河原具信は、頭が真っ白になっていた。

「よし、嗤え！」

一〇〇〇名の臨時兵が一斉に嗤い声を出す。吉松の指示であった。敵を冷静にさせてはならない。とにかくこちらに突撃させる。そして射程に入った敵は鉄砲で「駆除」する。

嗤い声の中、鉄砲隊は淡々と銃身の掃除を行い、弾込めをする。やがて敵が再び突撃してきた。

嗤い声に轟音が重なった。

「これはもう、戦ではない。鹿や猪を狩るのと同じ。いや、それ以下だ」

下国師季は、声を震わせていた。目の前では、目を背けたくなるような殺戮が行われている。吉松にとって戦とは、土地接収を邪魔する害獣を駆除する作業でしかない。武士として、いや人としての誇りも誉《ほまれ》も認めない。ただ黙って土地を差し出せ。そうすれば仕事と禄を呉れてやる。それが嫌なら害獣として駆除するのみ。それが新田吉松の戦であった。

「殿、敵が退いていきまする」

「よし、このまま一気に浪岡を突くぞ。他の館には眼もくれるな。逃げた連中はどうせ、閉じこもって震えているだけだ。浪岡を獲れば、それでこの戦は御終いよ」

近習の手伝いを受けて、吉松は馬に乗った。まだ齢七歳の身体では、一人で馬に乗ることすらできないのだ。だがこの童が、瞬く間に一〇〇〇名近くを殺害したのだ。こちらには、一兵の損害も出ていない。

「彦太郎、どうであった？」

吉松は、同じように馬に乗った蠣崎彦太郎に声をかけた。彦太郎の顔色が悪い。元服していないため初陣とは呼べないが、初めて見る戦に恐怖しているのだ。

「お、恐ろしいです。とにかく、恐ろしいです」

「戦が恐ろしいか？」

それであれば問題だと思った。彦太郎にはこの先、新田の武将として働いてもらわなければならないのだ。だが彦太郎は首を振り、恐怖の眼差しを吉松に向けた。

「吉松様が、恐ろしいです。なぜ、こんな殺戮ができるのですか？」

吉松は目を細めて頷いた。そして累々の死体が転がる津軽平野に視線を向ける。僅かな間で、浪岡は半数近くの兵を失った。兵の多くに、妻や兄弟、友がいるはずである。当然、その恨みは新田に向けられる。

「俺はこれからも、こうした殺戮を続けていくだろう。そしてその数だけの怒り、恨み、憎しみを向けられるだろう。だが、誰かがやらねばならぬ。この日ノ本を統一し、民を安んじ、農林漁業畜産業を発展させ、さらに様々な新産業を振興する。一つに纏まった国、日本国として、広く他国と交易を行う。そのために、俺はこれからも戦い続ける。何十万、何百万という憎悪を背負いながら、それでも俺は歩み続ける。それが、新田吉松の生き方なのだ」

それが天下への道。なんという哀しき道なのだろうか。だが彦太郎は安心もした。新田吉松は決して、冷酷無慈悲な人間ではない。すべてを背負う覚悟で、天下を目指しているのだ。

「私も、僅かでも背負います。殿……」

彦太郎の言葉に、吉松は笑みを見せた。

浪岡北畠氏は、後醍醐天皇の命により国司として奥州に下向し、当初は南部氏の庇護を受けていた。当初は閉伊郡船越（現在の岩手県山田町船越）に居を構えていたが、南北朝時代になり三戸南部氏が北朝方についてしまったため、同じ南朝方である根城南部氏を頼って津軽浪岡に移り住んだといわれている。

浪岡城は長禄四年（一四六〇年）頃に築かれたと考えられている。浪岡川を引き込んで天然の堀とし、八つの曲輪が扇状に配置されていた。北の曲輪（北館）には家臣たちの屋敷が整然と配置され、屋敷それぞれに井戸や竪穴式の付属屋が置かれていた。北館から南に進むと、一段高く造成された内館があり、浪岡氏はそこを居住区としていた。

一六世紀（一五〇〇年代）前半、浪岡具永が当主であった時代では、十三湊を経由して越前、そして京都との交易も非常に活発であり、浪岡の城下町は繁栄していた。浪岡城は十三湊へと続く下ノ切通、陸奥湾へと続く大豆坂街道の要衝に位置し、交易の中心地であった。現在でも七日町という地名が残っていることから、城下町では七日に一度、市が開かれていたと考えられる。

浪岡具永はこの交易の要衝地をさらに発展させるため、職人たちを保護し、曲輪に招き入れて住まわせていた。刀剣や鋳物を作らせ、麻や苧麻を栽培し、曲輪内で衣類も生産していた。

また交易においては、蝦夷地からもたらされる鮭や昆布などを京都へと運び、京都からは当時流行していた天目茶碗などの茶の湯文化を津軽まで運んだ。城の跡地からは中国製や朝鮮製と思われる青磁、白磁、焼物なども数多く発見されており、北日本の交易の中心地として栄えていたことがうかがえる。

しかし、浪岡の繁栄は長くは続かなかった。河原御所の乱などの御家騒動により力を落とし、最終的には津軽為信が二三〇〇の兵で火付けと略奪を行い、浪岡城は炎に包まれた。この際、津軽為信は「困窮する民を救うため」という大義で攻めたと伝えられており、当時の大義名分がいかに怪しいものであったのかが、端的に解る事例となっている。

灰と化した浪岡城の跡地は、その後は田畑として長く使われてきたが、近年、発掘調査が行われるようになり、浪岡の繁栄ぶりが明らかになってきている。

「全軍に徹底させよ。乱取りの類は一切禁ずる。麦一粒、花一輪すら、民から奪うことは許さん。違反者はその場で首を刎ねよ。よいな、この新田吉松に二言はないぞ！」

浪岡の城下町を整然と進む。こうした行進訓練は田名部の集落で行っているため、民から見れば規律の取れた軍に見えたことだろう。だがそれでも町人たちは家に閉じこもり、そっと外を窺っていた。通りには誰もいない。

「これは……まるで田名部ですな。この北の地にこれほどの町を築くとは」

南条越中守広継が、感嘆の声を漏らした。蠣崎彦太郎も深く頷く。

「一所懸命を心得た一人の男が、半生を費やして築き上げたものだ。この町が灰塵に帰すなど、あってはならん。浪岡城を囲んだら、改めて降伏を勧告するぞ。燃やすにはあまりにも惜しい」

やがて浪岡城北館の城門前に着く。白装束に身を包んだ一人の男が正座していた。

話は少し遡る。五所川原で大敗した浪岡軍は散り散りとなって逃げた。浪岡家当主浪岡具運《ともかず》は、なんとか浪岡城まで逃げ延びることができたが、叔父である河原具信は討ち死にしていた。他にも重臣の何名かを喪っているはずだが、逃げることに必死で確認できていない。

「こんな……こんな戦があるか！」

浪岡城の内館に戻った具運は、畳の間で伏して肩を震わせた。一方的かつ圧倒的な殺戮を前に、心が折れてしまったのだ。いきなり当主に据えられた若者は、あまりの恐怖に泣いていた。

すると、ドスドスと足音がし、障子貼りの戸が勢いよく開かれた。前当主で父親の浪岡具統《ともむね》であった。息子の胸倉を掴み、無理やり立たせるとその頬を叩いた。

「泣くな！　たわけ者がっ！」

それは息子が見たことがない、父の姿であった。

「今の其方は、かつての父と同じ。己に自信なく、ただ流されるがまま何となく当主として座っていた、かつての俺そのままだ！　頭を上げろ、胸を張れ！　其方は右大臣、陸奥大介鎮守府大将軍北畠顕家公が末裔、浪岡北畠具運であろうが！」

「ち、父上……」

具統はドスンと畳に座った。かつての自信なさげな、背中の曲がった当主の姿ではない。そこには、浪岡北畠家の家紋を背負う、一人の男の姿があった。

「かつて我が父、弾正大弼具永公が俺に言った。自分亡きあとは新田に臣従せよ。新田と争えば戦にすらならぬと。その言葉に、俺は内心で反駁した。父が、俺よりも新田吉松を認めている。それが許せなかった。ただ父に認められたい。俺はずっとそう思っていた。その有様がこれだ。いまの浪岡の危機は、すべて俺の責任だ。お前は浪岡と家臣、そして領民を守ることだけを考えろ。新田は、この父が止める！」

具統は立ち上がった。見上げる息子に最後の言葉を残す。

「当主の役目を果たせ。戻ってきた者たちを迎え、労うのだ。泣いている暇などないぞ。ここが、浪岡の正念場よ」

そして部屋から出ていった。父の背中は、あんなにも大きかったのか。具運はそう思った。


白装束の浪岡具統が、地べたに正座し、背筋を伸ばして新田吉松を出迎えている。顔つきには凄みが出ている。吉松は自分の前世を思い出した。七〇近くになり未だ社長をしていた自分を、役員会議で実権の無い会長職に追放したときの息子の姿が重なった。あの時と同じ顔つきであった。

（ここにきて、一皮剝けたか）

史実においても、浪岡具統は父の代に築かれた繁栄の基礎を拡張し、浪岡の最盛期を維持した。元々、当主としての力量は十分に持っているのである。寺社修復などへの散財や、河原御所の乱などがなければ、津軽為信の台頭もなく、浪岡家は江戸時代まで残っただろう。

「殿……」

「皆、馬を降りよ。浪岡弾正少弼具統《ともむね》殿である。馬上から見下ろして良い方ではない！」

近習に支えられて、吉松は馬を降りた。長門、南条、下国らもそれに続く。具統はグッと胸を張

り、そして大声を出した。

「新田吉松殿！　我が命と引き換えに、浪岡の降伏をお認めいただきたい！　この身はどうなろうと構わぬ！　故に、浪岡家、そして家臣たちの家を残していただきたい！」

「……見事な」

長門広益がそう呟く。堂々たるものであった。すべての責任は自分にある。この場で腹を切る故、後の者は許して欲しいと言っているのである。だが広益は見誤っていた。新田吉松の欲望は、そんな小さなものではない。

「断る！　降伏は認めよう。だが貴方には生きていただく！　生きて、浪岡の行く末を、そして俺の道の果てを見届けてもらう！」

そう言われ、具統の表情は歪んだ。

「この愚か者に生きよと？　生き恥を晒せと？」

「舐めるなよ、弾正少弼殿よ。一体、何人死んだと思っている！　貴殿一人が腹を切ったところで、死んだ者が戻るわけではない。すべてはこの新田吉松の、俺の責任だ。俺が殺したのだ！　ならばどう責任を取るか。子を、孫を、子々孫々を繁栄させる。この日ノ本を隅々まで栄えさせる。死んだ者たちに、自分の死は無駄ではなかったと、結果で示す。それが俺の一所懸命よ！」

齢七歳の童の咆哮に、具統はグッと目を閉じた。死すら生温い。たとえ生き恥を晒そうとも、その生涯を一所懸命に費やせ。そう言っているのだ。具統は、両手をついた。

「参りました。浪岡は、新田に臣従いたします」

「受け入れよう。よく御決断された」

そして吉松は頭を下げたままの具統に近づき、片膝をついた。

「初めてお会いしたときに、今の貴方であったら、浪岡を攻めることはなかったでしょう。だが遅くはない。浪岡の繁栄は、未だ失われてはいない。具永殿が命を懸けられたこの地を守られよ」

こうして、鎌倉から続く名門浪岡北畠家は、新田に臣従した。天文二二年卯月（旧暦四月）上旬のことであった。


戦国時代の主家とは、国人衆の代表のようなものである。当然ながら、浪岡家が降伏したとしても、臣従していた国人衆も従うとは限らない。そこで吉松は、前当主具統および現当主具運の連名で、浪岡家の国人衆たちに書状を出させた。

大評定で今後の方針について新田家から話がある故、国人衆は全員参加せよ。新田は決して参加者に危害は加えず、また各家を潰すようなことはしない。それは前当主である自分が生かされていることからも解るはず。当主不在の場合は代理の者を送られたし。なお参加しない場合は一滴の血も残ることなく、新田家に滅ぼされることを覚悟せよ。

この書状によって、国人衆の選択肢は三つに限られた。新田に臣従するか、自立して新田と戦うか、南部家、大光寺家などの他家に寝返るか。だが後者二つを選択した場合、いの一番に滅ぼされることを覚悟しなければならない。南部家や大光寺家も兵糧が不足する中で、たかが数百石の国人のために新田と事を構えるとは考えられない。

臣従する、しないはともかく、人を出さざるを得なかった。先の戦で当主を喪った家も、誰かしらが家に残っている。そうした者たちも含め、ほぼすべての国人衆たちが集まった。大評定の場は、異様な静けさとなっていた。

「此度の件、すべては我が不徳、我が愚かさから出たこと。皆々の衆には深く詫びる」

大評定では国人衆たちが胡坐で座っている。そして当主の座には吉松が座っていた。浪岡具統は吉松に背を見せる形で、評定の間に座る国人衆に手をついて謝罪した。具運は父の後ろで、同じように頭を下げる。だが誰も反応しない。状況が理解できず。どう反応して良いのか解らないからだ。ここで具統を悪し様に罵れば、下手したら新田の不興を買う。かといって許すといっても、犠牲が大きすぎる。

沈黙が数瞬流れた。吉松はパンと自分の膝を叩いた。皆が吉松に注目する。

「浪岡家の沙汰については、追って話をする。両名を含め、まずは俺の話を聞いて欲しい。二人とも戻ることを許す」

具統、具運が吉松から見て右手に下がる。臣下の席であった。つまり沙汰を待つまでもなく臣従したということである。その光景に、この評定がただごととはならないと、皆が察した。

「さて、俺の降伏勧告を忘れたという者は、恐らくはおるまい。すべての土地を差し出せ。俺はそう勧告した。だがここにいる者は、皆一様に思ったはずだ。土地を取り上げるとはどういうことだ。我らに滅びろというのか。命を懸けて我が土地を守らなければ……違うか？」

返答する者はいないが、何人かが頷く。吉松は国人の前列に、見知った顔を見つけて問いかけた。

「赤松隼人、其方に問いたい。そも、一所懸命とはなんだ？」

「はっ……はぁ、その……い、命を懸けて自分の所領を守ること。でございましょうか？」

「そうだな。先祖から受け継いだ自分の土地を次の子孫に残す。この土地を守るために奉公し、時には弓、槍を手にする。皆がそう思っている。我が土地を守るために命を懸ける。それが一所懸命だとな。はっきり言おう。それは大間違いだ！」

評定の間に、吉松の声が響いた。ゴクリッ、誰かが唾を飲んだ音がした。


「およそ一〇〇〇年前、まだ清和源氏も藤原もいなかった頃、日ノ本の土地は誰のものでもない。すべて帝《みかど》のものであった。やがて公家が誕生する。公家は都での暮らしをするために、荘園を持つようになった。そして八〇〇年前、永世私有令（墾田永年私財法）という勅が出される。自分で耕した土地は自分のものとして良いという勅だ。だが都で雅に暮らす公家たちが、荘園で鍬や鋤を持つはずがない。そこで公家は、各地の有力者に荘園運営を任せた。それを在地領主という」

いきなりのことに、皆が呆気に取られている。まさか目の前の童から、一〇〇〇年前の話を聞かされるとは思っていなかったからだ。

「一方、日ノ本各地では百姓が逃亡、浮浪し賊徒になるということが頻発していた。そこで朝廷は各地の国司に賊徒討伐を命じた。そこで活躍した家については、今さら語るまでもあるまい？」

皆が頷く。武家ならば誰もが知る名前である。桓武平氏、清和源氏、秀郷流藤原氏などだ。

「在地領主は、荘園を守るためにそうした武家と繋がりを持つ必要があった。武家が武力を維持するためには、米が必要だった。在地領主が荘園を守るためには武力が必要であった。そこで在地領主は土地の一部を武家に任せ、かわりに荘園の治安維持を依頼した。土地を開けば、利水の権利や通行の権利などが生まれる。そうした利権を巡って、領主同士で争うこともある。武家の武力は領主にとって必要だった。多くの領主と結びつけば、それだけ武家の力も高まる。やがて二つの家が特に力を持つようになった」

無論、平氏と源氏である。吉松は話を続けた。

「鎌倉幕府は、平氏、そして奥州藤原氏との戦いにおいて活躍した武士に、土地を与えた。御恩と奉公という考え方だ。土地を与えるからそれで手勢を養え。そして戦の時はその手勢を率いて主君のために働け。この考え方の根にあるのは、在地領主と武家の関係だ。在地領主が土地を豊かにし、武家がその土地を守る。武家は、在地領主のために命を懸ける。これが一所懸命の始まりよ」

全員が頷いた。ここまでは武家であれば常識であり、一定規模の国人ならば幼少から学ぶことである。だがここからが、吉松が語りたいことであった。

「だが、この鎌倉の制度には欠陥があった。武家に土地を与えるが、その土地の開発は依然として国司と在地領主、つまり公家が担っていた。与えられた土地の治安を維持することが武家の役割であり、土地そのものを開発することはない。鎌倉幕府によって任じられた守護たちは、治安維持のみを役割としていた。やがて南北朝、そして室町へと至る。武家は遠征に駆り出され、領地の維持が難しくなった。そうなれば土地は荒れる。国司は力を失い、次第に守護が、その土地の開発まで担うようになった。三代将軍義満公の時代に、守護の権限は拡大され、幕府に任じられた守護がその土地の開発と治安維持を担うという守護大名が誕生した。そして一所懸命の武家たちは、守護と主従関係を結ぶようになった。さて、ここまで聞いて、何か一つ気づかないか？　隼人よ」

「は？」

赤松隼人は目を瞬かせた。童とは思えない博識と解りやすい話ではあったが、この場にいる多くの者はこの話を知っている。いまさら疑問があるとは思えなかった。

「誰が自分の領地を開発するのだ？」

「は？」

「かつて、武士の領地は国司や在地領主によって開発されていた。しかし今や、国司も在地領主もおらぬ。この場にいる国人の多くは、鎌倉から続く家であろう。お前たち国人の領地は、土地は、一体誰が開発するのだ？」

「そ、それは百姓たちが……」

「たわけがっ！」

吉松は怒鳴った。多くの者が、ビクッと反応した。

「もともと武家は、土地を捨て賊徒となった元百姓たちを討伐するために生まれたのだぞ。そして在地領主が、そうした賊徒から土地を守るために武家を雇ったのだ。百姓が土地を豊かにできるのならば、そもそも賊徒にもならず、武家を雇う必要もないではないか！　教えてやろう。それは武家であり国人の役目だ。国司無きいま、武家が土地を豊かにせねばならぬ。その土地を持つ武家が知恵を働かせ、創意工夫し、民百姓が飢えることなく暮らしていけるようにせねばならぬ。一所懸命とは、ただ土地を守ることだけではない。子や孫が繁栄するよう、その土地を命懸けで豊かにしなければならんのだ！　だが、それを弁えておらぬ武家が多すぎる！」

そして吉松は盛大に息を吐いた。

「確かに多かれ少なかれ、民のことを思い、土地を豊かにしようとしておる武家もある。だが温い。俺から見れば温すぎる！　田名部は僅か数年で、石高を一〇倍に増やした。今では田名部の民は誰もが、米の飯を鱈腹食べ、焼き魚や煮物に舌鼓を打ち、夜ごと酒を飲んでおるわ。何着もの衣服を持ち、使いきれぬほどの炭薪を蓄え、寒さなく野盗に怯えることもなく、皆が豊かに暮らしておる。俺が知る限り、民を豊かにしようと心砕き身命を賭したのは、亡き弾正大弼殿のみよ。故に！」

吉松は瞳に力を込めた。

「俺に土地を渡せ。いや、預けよと言い換えても良い。お前たちの土地の開発を新田に任せるのだ。五〇〇〇石の土地を持つ者には、毎年五〇〇〇石を与える。そうだな。一〇年後には、希望する者に預

けた五〇〇石の土地を戻してやっても良いぞ」

何人か、喜色を浮かべる者がいた。だが吉松の次の言葉で顔色が変わる。

「言っておくが、その五〇〇石の土地は一〇年で一〇倍以上の石高になる。つまり五〇〇〇石の土地になる。その中から返すのは五〇〇石の土地だ。つまり石高は変わらないが土地の広さは一〇分の一になるぞ。それよりも、古《いにしえ》の武家に戻れ！　役目はしっかりと与える。武官として、文官として働け。手柄を立てれば多くの禄を与える。土地の面倒を見なくても済むのだ。楽だぞ？　さらに言えば……隼人よ、お前の土地はいま何石か？」

「お、およそ八〇〇石でございます」

「その八〇〇石、すべてお前の懐に入るのか？」

「いえそれは年貢が……あっ………」

吉松はニヤリと笑った。

「気づいたか？　たしか浪岡も五公五民であったな。五〇〇石の国人に五〇〇石の禄を与える。これはつまり、自分の家で使える石高、可処分所得とでも言おうか？　これが二倍になるということよ。本来なら二五〇石しか入らんからな」

顔色が変わる者が出始める。吉松が大好きな顔色、欲望の顔色だ。

「さてどうする？　土地持ちに戻りたいというのなら、この場から出ていって構わん。ただし俺が認めるだけの開発をやってもらう。できなければ取り潰す。それとも新田の家臣として、いまの倍の石高を禄として貰い、家を栄えさせるか。選ぶがよい。ちなみに浪岡家はすべての所領を差し出したぞ。その上で、俺が禄を決めて良いそうだ。先代の具統には、いずれは朝廷との取り持ちなどをやってもらう。当主具運は文官として俺を手伝ってもらう。土地を豊かにするとはどういうことか、見せてやる」

「「ハッ」」

国人たちが顔を見合わせる。だが出ていこうとする者は一人もいなかった。

浪岡城内館で、吉松は今後についての話し合いを家臣と行っていた。長門広益、南条広継の他、下国師季、浪岡具統、浪岡具運、そして蠣崎彦太郎がいる。

「殿、ひとまずは国人衆も臣従し、宜しゅうございましたな」

広益の言葉に、吉松は失笑した。

「面従腹背よ。あの評定一つで、数百年守り続けた土地を失うことに、納得すると思うか？　とりあえず、表面だけでも頷かなければ滅ぼされる。だから従ったフリをしたのだ。まぁ半分も残れば良しとすべきであろうな」

「では、やはり裏切りますか？」

「南部、大光寺あたりと連絡を取る。臣従したということを理解せず、勝手に動こうとするであろう。間もなく、猿ヶ森で一〇〇〇石船が完成する。そうなれば東廻りで北条と繋がりを持つことができる。風魔衆を呼ぶぞ。ここからは、諜報活動が重要になる」

広継はすぐに理解したようだが、他の者たちはまだ理解が及んでいない。畿内ではすでに当たり前となっている甲賀や伊賀などを使った諜報活動が、奥州にはまだ浸透していない。

「奥州人は良くも悪くも素朴で純真だからな。謀略、駆け引き、裏切りが当たり前の畿内とは違う。だが南部家と対峙する以上、そこから逃れることはできん」

その後は今後の統治の仕方についての話し合いとなった。

「田名部から人や物を運ぶにあたっては、十三湊では不便だ。陸奥乃海ならば比較的安全に航行できる。そこで、油川の奥瀬と繋がりを持つ。新城川を使った物流を構築する。これにより、田名部、十三湊、浪岡の三つが三角形で結ばれる」

吉松は陸奥、津軽地方の手製の地図を出して説明する。現代の地図と比べれば精度は著しく劣るが、それでもこの時代では最高精度の地図に近い。

「夏泊に大島という突き出た島がある。ここに灯台を設置する。夜間だけ灯りをつけるようにするのだ。それにより、行き来はより安全になる。そしていずれは、奥瀬も新田に臣従させる」

浪岡から五所川原までが新田領となったため、津軽は西と東で分断されたと言ってよい。油川があるのは浪岡の北東部、南部家に従属する石川、大浦、大光寺は浪岡の南部から南西である。そして浪岡の南東部には広大な八甲田山系が広がっている。浪岡を避けて油川から石川城までを繋ぐことは不可能に近い。つまり新田家は、津軽における物流の大動脈を押さえたことになる。

「南部晴政が必死に鹿角を押さえようとしたのも、石川と三戸を繋ぐための新たな道を作るためだ。だがその道はまだ整備されておらず、しかも浅利が隣接している。浪岡弾正大弼殿は、浪岡城の地理的優位性をよくご存じだった。だから南部家と争いつつも、関所の通行を認めていた。南部家から税を取ることで、浪岡を豊かにしようとしたのだ。だが浪岡の持主は俺に変わった。さてどうするかな？」

パチリと扇子が音を立てた。吉松の表情が、およそ七歳児とは思えないほどの「悪相」へと変わる。その表情を見た下国師季、浪岡具統、浪岡具運は、一様に背中に汗が流れた。

（父上は正しかった。この発想、この不敵さ。およそ七歳の童のものではない）

自分の決断が正しかったことに具統は安堵しつつ、この怪物を敵に回すことになるかもしれない国人衆たちに、憐れみさえ覚えた。急激な変化に付いていけない国人も多いだろう。自分が時間を稼ぎ、新田に慣れるまで彼らを守らなければならない。具統はそう決意した。

「殿、南部を東西で分断されますか？」

吉松に当てられたのか、南条越中守広継までも、薄笑みを浮かべて悪い貌になっている。イケメンがそんな表情をするんじゃないと思いつつ、吉松は自分の頬を揉んで童の貌に戻った。

「いや、むしろ物の流れを活性化させる。関所は置くが、税は取らん。新田の名と共に、田名部、十三湊、浪岡の名産品を奥州全体にばら撒く。良い暮らしがしたかったら新田に来い。新田に来れば、飢えず、震えず、怯えることなく幸せに暮らせる。そうした噂をばら撒くのだ」

「なるほど。流れを活性化させれば、それだけ多くの人が集まりますからな。そして多くの者に御家の評判が伝わるでしょう。それはやがて、自分の土地との比較を生み出し……」

「なぜ自分たちは新田の民のように暮らせないのかと思うようになるであろうなぁ。誰のせいだ。誰が悪いのだ。新田のように土地を拓き、物産を活性化させないのは一体誰だ？　となる。人間とは自分と他人を比べて嫉妬し、妬む生き物なのだ。クックックッ……」

「殿、御貌が……」

元のイケメンに戻った広継が、やんわりと指摘する。吉松は再び、自分の頬を揉んだ。そしてポンと膝を叩いて、童らしい声を出した。

「と、いうわけだ。簡単にはいかぬであろうが、夢と遣り甲斐がありそうだろう？　具統、具運、手伝ってもらうぞ」

「「ハッ」」

子供らしくニコニコと笑う吉松に、二人は緊張したまま頭を下げた。


浪岡城から南へ五里（約二〇キロ）、六羽川が流れる丘の上にあるのが「大光寺城」である。天文年間では、浪岡、大浦と並ぶ津軽三大名に数えられた大光寺氏だが、元々は南部氏から分かれた家柄である。「津軽郡中名字」には平賀郡二八〇〇町は大光寺南部遠州源政行と申也とある。石高にしておよそ一万五〇〇〇石～二万石に達する大光寺家の当主は、大光寺遠江守政行（景行ともいう）である。

「浪岡が墜ちたか……」

書状を読んでいた大光寺遠江守政行は、眉間を険しくして呟いた。送り主は、浪岡弾正少弼具統である。また新田吉松からの書状もそれに付随していた。

「大光寺と事を構える気はなく、関所の税を無くすゆえ、今後も良しなに……フン、抜けぬけとほざきよるわ」

「殿、如何されますか？　三戸は新田と不戦の盟を結んでおります。我らが動くというわけには……」

「戦は仕掛けぬ。礼に即した返事も送ってやる。だが浪岡以外の国人衆は別よ。それとなく接触するのだ。新田への臣従を良しとせぬ国人もおろう。寝返らせるか、あるいは乱を起こさせる」

「なるほど。ではまずは、見舞いの書状から送りまする」

大光寺氏は南部一族とはいえ、一個の国人である。戦の自由も調略の自由も持っている。三戸南部家に従属している以上、さすがに浪岡城を攻めるわけにはいかないが、調略は問題ない。吉松の予想通り、大光寺氏の触手が伸び始めていた。

一方、石川左衛門尉高信も、浪岡臣従の報せを受けていた。予想していたため、驚きはない。だが予想外だったのは五所川原での戦いぶりである。

「雷鳴のような音を出す武器？　御坊、聞いたことがあるか？」

「はて、拙僧も聞いたことがありませぬな。文永弘安の合戦の際に、そのような武器が用いられたという話を聞いた覚えはありますが……」

金沢円松斎も首を傾げた。高信はより詳細な情報を調べるように命じた。

「弓すら届かぬほどに離れているのに、人が次々と倒れたそうだ。だが人が為したことである以上、妖術であろうはずがない。何かある。我らが知らぬ何かを、新田は使っておるのだ」

（我らは騎馬が主体の軍。唯一警戒しているのは、遠方からの弓矢であったが、これはそれ以上だ。何としても調べ上げ、対策を練らねば………）

「殿、新田から書状が届いたとか？」

「関所の通行料を無くすそうだ。調べはするが、好きに通って構わんと言ってきた」

「ホッ！　なるほど、富裕な新田だからこそできることですな。殿は新田の狙いにお気づきか？」

「気づいておるわ。民を集め、新田の繁栄を見せつける。また国人衆の離反を押さえるためでもあろう。離反すれば物の流れが滞り、領地に逼塞することになるからな。上手い手を考える」

「確かに。ですがこちらにも利はありまする。野辺地や油川との行き来も楽になりましょう。相手に利を与えるが、自分はそれ以上に大きな利を得る。これが新田のやり方ですな」

「急がねばならぬ。不戦の盟はあと三年。その間は、新田は大人しくしておろう。新田が浪岡を得たことで、我らは後ろを気にすることなく、全軍を浅利に向けられる」

金沢円松斎は頷いた。三年で、浅利と檜山安東を攻め落とす。そして三年後、津軽と陸奥で新田と決戦に及ぶ。それが南部晴政と石川高信の見通しであり、吉松も予想していたことであった。

こうして水面下では様々な動きがありつつも、津軽地方はようやく一時の平和を得た。天文二二年（一五五三年）水無月（旧暦六月）、冷夏だった昨年とはうって変わって、暑い夏となっていた。

後書き

　この度は本作を手に取って下さり、誠にありがとうございます。正直に申し上げて、第一巻の後書きに何を書くべきかで迷いました。読者様にとって「ふーん、そうなの」という程度の内容では、やはり面白くないと思います。そこで、ウェブサイトで本作を執筆する中で、読者様より頂戴した疑問、質問にお答えする形式で、後書きを書いていきたいと思います。


一．そもそも、タイトルは何と読めばよいのか？

　これはウェブ連載最初期にいただいた質問です。「三日月があらたくなるまで俺の土地！」と読みます。当然ながら「新たくなる」などという日本語は存在しません。試しに検索をしていただければ、筆頭には本作のウェブ版がヒットし、後は関連するサイトが出てきます。ではなぜ、このような読み方をするタイトルにしたのか。答えは、口に出した時の感覚から決めました。

　最初は「朔するまで」にしようかと思ったのですが、どうも語感が悪く、次に「新になるまで」にしたのですが、やはり何かが違うなと感じ、最終的には「新たくなる」となりました。

そしてタイトルを決めて連載を始めてしばらくして、そのような日本語が存在しないことを知り、愕然としたわけです。今更変えるというのもどうかと思い、そのまま無視して書き続けていたら、アース・スターノベル様より出版の機会をいただき、そしてタイトルを変えることなく書籍化となった次第です。すなわち、日本語に無いタイトルの書籍が書店に流通するわけで、著者としては、これはこれで面白いかなと思うわけであります。

二．なぜ、戦国時代を取り上げたのか？

これは著者の個人的な意見ですが、戦国時代（応仁の乱から関ヶ原の戦い）というのは、日本の歴史において中世から近世へと変わる変貌期であり、現代の日本人の精神構造の出発地点ではないかと思います。戦国時代以前にも、多くの武将が存在しました。ですが日本人に馴染み深い武将といえば、信長、秀吉、家康などではないでしょうか。清盛、頼朝、義貞、尊氏などはあまり出てこないかと思います。それだけ戦国時代というのは、現代の日本人に「特別視」されています。

その理由は、この時代が真の意味で「日本列島全体の革新期」だったからではないでしょうか。それまでの平安、鎌倉、室町の時代は、公家や武士の時代でした。ですが戦国時代は、日本列島に生きる人間すべてが対象となりました。一部の記録を除いて、商人、町人、百姓の名前が歴史に登場するようになるのは、戦国時代以降です。日本の歴史上、最初に訪れた「誰もがチャンスを摑める変革期」だからこそ、多くの日本人が惹かれるのではないでしょうか。

本作で本州最北端の一国人を取り上げたのも、そうしたエキサイティングな時代を描いてみたいと思ったからです。

三．一所懸命や武士成立への異論について

「俺の土地」というタイトル通り、本作の主人公は、土地に命を懸ける武士たちから、強制的に土地を取り上げて銭で雇用するという仕組みを導入しようとします。当然ながら強烈な反発があり、戦においても本領安堵を認めないため、調略という手段が使えないという縛りがあります。

なぜそこまでして、土地を取り上げようとするのか。これは本作のテーマでもあり、それを解説するために、荘園制度から生まれた開発領主や、それに雇用された武装集団、そして幕府体制で誕生した守護制度についての説明が作中に出てきます。

平安時代末期から鎌倉時代にかけて、武士という階級が出現しました。この経緯については現在でも歴史学者たちによって研究が続けられています。本作では「在地領主論」「職能論」を採用し、できるだけ嚙み砕いて述べています。より詳しく知りたい方は、神戸大学名誉教授の高橋昌明先生の著書などをお薦めします。

他にも、幾つかのご質問をいただきましたが、後書きですべてを答えさせていただくことは難しく、本作に関わる部分に集中してお答えさせていただきました。他にも、南部晴政の武将としての描き方や、謎の多い浪岡氏についてなど、歴史好きの方には関心のある内容が、本作の中には詰められています。楽しんでいただければ幸いです。

本作のイラストは、ウェブ投稿を始めたときから、書籍化した場合はこの方にと決めていました。編集担当との一番最初の打ち合わせで「絵師は長沢克泰先生に！」とピンポイントで指名させていただきました。快くお受けいただき、期待を遥かに超える素晴らしいキャラデザイン、表紙、口絵、挿絵を描いてくださいました。歴史系ライトノベルに劇画調をという思いを完璧以上に実現してくださった長沢先生の構成力と画力には、ただただ脱帽です。

また校正において、アース・スターノベル様の編集担当であるF様には、大変にお世話になりました。設定の齟齬についてのご指摘の他、調べきれなかった史料を出していただいたりと、本作の完成度を大きく高めていただきました。

両氏にはこの場をお借りして、篤く御礼申し上げ、後書きの締めとさせていただきます。

大湊駅近くのカフェにて　篠崎　冬馬

三日月が新たしなるまで
俺の土地!
よろしくね!!
2023.1.

もふもふとむくむくと
異世界漂流生活
メイドなら当然です。
濡れ衣を着せられた
万能メイドさんは
旅に出ることにしました
転生して
ハイエルフになりましたが、
スローライフは
120年で飽きました
駄菓子屋ヤハギ
異世界に出店します
ドイツ軍召喚ッ!
～勇者達に全てを奪われた
ドラゴン召喚士、
元最強は復讐を誓う～
偽典·演義
～とある策士の三國志～
生まれた直後に捨てられたけど、
前世が大賢者だったので余裕で生きてます
ようこそ、異世界へ!!
EARTH STAR
NOVEL
アース・スター ノベル

EARTH STAR NOVEL

三日月が新たくなるまで俺の土地！
～マイナー武将「新田政盛」に転生したので野望MAXで生きていきます～

発行 ―― 2023年2月15日　初版第1刷発行

著者 ―― 篠崎冬馬

イラストレーター ―― 長沢克泰

装丁デザイン ―― 鈴木大輔（ソウルデザイン）

発行者 ―― 幕内和博

編集 ―― 古里 学

発行所 ―― 株式会社アース・スター エンターテイメント
〒141-0021　東京都品川区上大崎 3-1-1
目黒セントラルスクエア　7F
TEL：03-5561-7630
FAX：03-5561-7632
https://www.es-novel.jp/

印刷・製本 ―― 中央精版印刷株式会社

ISBN 978-4-8030-1749-6